Taylor Fitzgerald

HEARTBEAT

Wait for me

Oetinger Taschenbuch

Noch mehr Herzklopfen bei Oetinger Taschenbuch

Ira Severin: Heartbeat. More than a kiss (November 2018)
Julie Chapel: Heartbeat. Truly yours (November 2018)
Sandra Wright: Heartbeat. Crush on you (Januar 2019)

MIX
Paper from responsible sources
FSC® C002795

Originalausgabe
1. Auflage 2019

Text: Julia Stein
Covergestaltung: Nele Schütz unter Verwendung eines
Motives von Schutterstock/Solominviktor
Druck: Livonia Print SIA,
Ventspils iela 50, LV-1002, Riga, Lettland
978-3-8415-0564-4

www.oetinger-taschenbuch.de

EINS

Der Sonnenuntergang war alles andere als atemberaubend gewesen. Jetzt kroch Nebel über die Ebene und überzog das Weideland, das sich bis zu den Bergen erstreckte, mit einem gräulichen Filter. Die Ausläufer einer Rinderherde verschwanden in der Dämmerung. Nicht, dass ich in New York viele spektakuläre Sonnenuntergänge gesehen hatte. Aber von unserer alten Wohnung aus konnte man immerhin auf die Park Avenue schauen. Mein Vater hatte immer Wert auf eine gute Adresse gelegt. Das war vorbei. Das Gefängnis in Utah, in das er verlegt worden war, hatte – da war ich mir ziemlich sicher – keine besonders vornehme Adresse. Und die Ranch meiner Tante in Montana mit dem Ausblick auf weidende Kühe war es definitiv nicht.

Ich stand vor den geöffneten Türen meines Kleiderschranks und kämpfte mit den Tränen. Auf dem altmodischen Bett und den nicht ausgepackten Umzugskisten verteilt lagen dunkelblaue Faltenröcke, Pullover mit Schulemblem, weiße Blusen, das Jackett mit dem *Forrest Lake*-Logo. Das konnte man in Montana natürlich besonders gut gebrauchen: ein Jackett mit dem Wappen einer elitären New Yorker Schule. Zum Ställeausmisten vielleicht? Ich begann, die Sachen in einen großen Plastiksack zu stopfen.

Wer hätte gedacht, dass all diese Dinge so schnell sinnlose Erinnerungsstücke werden würden? Erinnerungen an eine Zeit, in der mein Leben in Ordnung gewesen war oder zumindest eine klare Richtung hatte. Alles hatte sich um meine Noten gedreht, was zählte, war, dass irgendwann im März dieser dicke Umschlag im Briefkasten lag: mein Ticket nach Harvard. Selbst meine sogenannte Freizeit war mit Dingen gefüllt gewesen, die dazu dienten, die Unis zu beeindrucken.

Der Brief von Harvard war gekommen. Und nicht nur der – alle Eliteunis hatten mich angenommen: Harvard, Princeton, Yale, sogar Stanford. Meine Mitschüler waren grün vor Neid gewesen.

Ich zog ein schwarzes Kleid aus einer Kiste. Es war das einzige kurze Kleid mit tiefem Ausschnitt, das ich besaß. Das Preisschild baumelte noch am Saum. Ich hatte es nie angehabt, weil ich mich darin fühlte wie ein männermordendes Möchtegern-Model. Lula hatte mich zu dem Kauf überredet und gesagt, ich sähe umwerfend darin aus, aber Lula hatte einen völlig anderen Stil als ich, bei ihr war alles kurz und sexy, ganz im Gegensatz zu mir. Wieso sollte ich mich auch wie eine Sexbombe anziehen, wenn ich pünktlich um zehn völlig nüchtern von jeder Party verschwand, weil ich noch für den College-Eignungstest lernen wollte? Es hatte sich allerdings gelohnt, ich hatte die Höchstpunktzahl erreicht. Und wofür? Für Montana und eine Herde Longhorns, offenbar. Aber das Leben als brave Nerd-Pearl war so dermaßen vorbei, wie es nur sein konnte. Für die Montana-Pearl war dieses Kleid perfekt. Mit einer abrupten Bewegung riss ich das

Preisschild herunter. Dieser Abend würde ein bisschen anders verlaufen als die letzten siebenhundert.

Ich streifte meine Shorts ab, zog die Blümchenbluse über den Kopf und stopfte sie direkt in den großen Sack zu den rosafarbenen Strickjacken, Haarreifen und der Schuluniform. Dann schlüpfte ich in das schwarze Kleid und stellte mich vor den Spiegel, der in die Tür des Holzschranks eingelassen war. Der Schrank sah so aus, als würde er schon seit zweihundert Jahren hier stehen und hätte schon die Kleidung von meiner Urgroßmutter beherbergt. Wahrscheinlich ein Erbstück, das Tante Rose mit auf die Ranch gebracht hatte.

Das Kleid saß wie eine zweite Haut. Eine zweite Haut, die eine Nummer zu klein war. Es presste alle Körperteile zusammen, nur Busen und Po wurden herausgedrückt, als wäre der Stoff an diesen Stellen nachgiebiger. Vorn war das Kleid so tief ausgeschnitten, dass mein Busen herauszuspringen drohte, wenn ich mich nach vorn lehnte. Das Risiko würde ich in Kauf nehmen.

Ich streifte mein Haargummi herunter und schüttelte meine dunkelblonden, glatten Haare, bis sie aussahen, als wäre ich gerade aus dem Bett gestiegen. Eigentlich konnte man sich die teuren Dry-Bars in New York sparen, die einem *Bed Hair de Luxe* föhnten. Ich sah so nicht viel anders aus. *Poor Girls Bed Hair*, würde Lula sagen. Tja, das war jetzt wohl mein neuer Look.

Ich lehnte mich nah an den Spiegel und zog meine Lippen mit dem rotesten Lippenstift nach, den ich fand. Er schmeckte bitter, weil er alt und fast nie benutzt war. Ich trug normalerweise nur wenig Makeup. Es gab viel, was es an mir auszusetzen gab, aber meine Haut gehörte nicht dazu. Sie war vielleicht blass, aber Pickel hatte ich, abgesehen von ein paar Ausrutschern mit vierzehn, nie gehabt. Ich tupfte noch ein wenig Lippenstift als Rouge auf die Wangen und umrandete meine Augen mit schwarzem Kajal.

In einer Ecke entdeckte ich die Kiste mit meinen Schuhen. Ich wühlte so lange, bis ich die höchsten High Heels fand, die ich besaß. Dann stopfte ich meine gefälschte ID – ein Führerschein, demzufolge ich einundzwanzig Jahre alt war und Alkohol bestellen durfte, die Standardausrüstung eines jeden Teenagers in New York – und ein paar Dollarnoten in einen kleinen schwarzen Beutel und nahm Autoschlüssel und Handy von dem Tisch, der wohl mein Schreibtisch sein sollte.

Für einen Moment überlegte ich, ob ich meiner Mutter Bescheid sagen sollte. Aber dann stellte ich das Handy lieber auf lautlos und schrieb einen Zettel, um ihn auf den Küchentisch zu legen.

Bin noch etwas ausgegangen. Geh ruhig schlafen, kann spät werden. Pearl

Meine Mutter würde ausrasten. Wir waren erst vor einer Stunde hier angekommen, und sie war zum Haupthaus rübergegangen, um uns anzumelden. Allerdings nur beim Personal, denn meine Tante kam heute erst spätabends zurück. Wir würden sie morgen treffen. Liam, mein zehnjähriger Bruder, war nach der Fahrt direkt eingeschlafen. Er schlief in dem kleinen

Dachzimmer mit den schrägen Wänden. Ich hatte meiner Mutter gesagt, dass ich auch zu müde sei, um mit nach nebenan zu kommen. Wenn ich ehrlich war, war es mir völlig egal, ob meine Mutter ausflippen würde oder nicht. Schließlich war es ihr ebenfalls egal gewesen, dass sie mich und Liam jahrelang belogen hatte.

In der Küche angekommen, fiel mein Blick sofort auf die Unterlagen der Montana Mountain University, die auf der Theke lagen. Eine Broschüre mit ein paar Bergen drauf. Gab es eigentlich irgendjemanden, der von der Montana Mountain University abgelehnt wurde? Vermutlich nicht, die waren sicher froh über jeden Studenten.

Ich trat nach draußen und schloss leise die Holztür, damit mein Bruder nicht aufwachte. Abschließen konnte man sie nicht. Das war hier wohl nicht üblich.

Hinter dem Haus, im Licht einer altmodischen Laterne, stand ein staubiger Volvo, der seine besten Zeiten lange hinter sich gelassen hatte. Er war orangebraun, eine so hässliche Farbe, dass man kaum nachvollziehen konnte, wie die jemals in Mode gewesen sein konnte. Die Fahrertür quietschte, als ich sie aufzog. Meine Mutter hatte so getan, als wäre es das Allergrößte, dass Tante Rose mir das alte Auto zur Verfügung stellte, bis wir uns ein zusätzliches leisten konnten, und hatte mir den Schlüssel mit einem so strahlenden Lächeln übergeben, als hätte sie mir etwas geschenkt.

Ohne Auto war es unmöglich, hier klarzukommen. Allein für den Weg zur Uni brauchte ich eins, denn einen Bus gab es nicht. Jeder Laden, jede Drogerie, alles war mindestens fünf Meilen von meinem neuen Zuhause entfernt. Immerhin sprang das Auto problemlos an, und kurz danach folgte ich dem Lichtkegel, den die Scheinwerfer auf die Straße warfen. Es gab keine Straßenbeleuchtung, sodass die Umgebung wie im Nichts lag. Ein merkwürdiges Gefühl. Durch die geöffneten Fenster blies die kühle Abendluft herein, und über meinen Armen breitete sich eine Gänsehaut aus.

Online hatte ich eine Bar gefunden, die nicht allzu weit weg war. Die Website des *Sweet Dream Valley* sah alles andere als vielversprechend aus, doch es waren laut Maps nur zwanzig Minuten Fahrt bis dorthin. Hin und wieder schaute ich auf mein Handy, aber der Weg war alles andere als kompliziert. Man bog zweimal ab, der Rest war … einfach geradeaus. Gelegentlich erkannte ich gelbe Lichtpunkte in der Dunkelheit. Das mussten einzelne Häuser sein, die einsam in der Ebene lagen. Dann gab es plötzlich Straßenlaternen, und ich passierte eine Ansammlung unspektakulärer Läden: Supermarkt, Autoreparatur, Dunkin' Donuts, unappetitlich aussehende Diner, Target und ein paar günstige Klamottenketten. Ich kam zu einer Abzweigung, und kurz danach erschien eine beleuchtete Häusergruppe. Auf der Plakatwand neben der Straße stand *Dancing Night* in verblichenen Buchstaben. Dahinter lagen ein Parkplatz und ein recht großes Holzhaus. Auf dem Leuchtschild über dem Eingang stand *Sweet Dream Valley*. Das sollte die Bar sein?

Ich fuhr auf den Parkplatz, kaum mehr als ein Klecks Teer auf einem Acker, und stellte den Motor aus. Von dem Haus, das eher aussah wie eine Scheune, drang

Musik zu mir herüber. Irgendein blöder Popsong, den ich schon mal gehört hatte, dessen Name ich mir aber nicht die Mühe gemacht hatte zu merken. Vielleicht sollte ich doch besser wieder umdrehen? Wem wollte ich eigentlich etwas beweisen? Ach ja, mir. Ich würde ausnahmsweise mal Spaß haben und einen Typen abschleppen. Einen, den ich mir selbst ausgesucht hatte. Das konnte doch eigentlich nicht so schwer sein.

Ein weiteres Auto, ein übergroßer Pick-up, fuhr im Schneckentempo auf den Parkplatz. Kurz glitten die Scheinwerfer über den Volvo und erhellten das Wageninnere. Ich kniff die Augen vor der plötzlichen Helligkeit zusammen. Aus dem Pick-up stiegen zwei Jungs und ein Mädchen, alle drei nicht viel älter als ich.

»Kelsey, du musst dich entspannen. Irgendwann siehst du ihn sowieso wieder«, sagte der eine. Man konnte sie gut hören, die Nacht um uns herum war so still, dass die Stimmen weit getragen wurden.

»Ja, aber lieber später als früher«, antwortete sie.

Die drei wirken fröhlich, machten Witze. Die Jungs trugen Jeans und T-Shirt, einer sogar einen Stetson-Cowboyhut. Ich hätte nie gedacht, dass Stetsons irgendwo auf der Welt ernsthaft getragen wurden, aber er sah nicht so aus, als hätte er sich für heute Abend verkleidet. Das Mädchen trug ebenfalls Jeans und T-Shirt. Ich war hoffnungslos overdressed.

Als die Gruppe die Tür zu Bar öffnete, erleuchtete ein Lichtstrahl die Holztreppe davor. Dann schloss sich die Tür wieder. Ich schaltete die kleine Lampe im Auto an und schaute hoch in den Rückspiegel.

Ein fremdes Mädchen sah mir entgegen: rote Lippen, dunkel umrandete, grüne Augen. Das letzte Mal hatte ich so viel Schminke im Gesicht, als ich mit dem Make-up meiner Mutter gespielt hatte.

Ein weiteres Auto, genauso verstaubt wie die anderen, fuhr auf den Parkplatz und hielt direkt neben mir. Noch bevor ich es schaffte, das Licht wieder auszuschalten, stiegen die Insassen aus und schauten neugierig zu mir herüber. Jetzt es gab kein Zurück mehr. Ich griff nach meiner Tasche, drückte mit einem Ruck die Autotür auf und schob mich in meinem engen Kleid umständlich nach draußen. Um nicht sofort seine Unterhose zu entblößen, musste man sich in so einem Kleid völlig anders bewegen als in meinen normalen Klamotten.

Jetzt war ich also hier. Die alte Pearl wäre bei dem Anblick der Bar wohl umgedreht. Nicht die neue Pearl. Die ging mutig drauflos. Vielleicht war ich heute einfach mal nicht Pearl, sondern Jennifer. So hieß ich mit zweitem Namen. Es klang nicht so rein und weiß wie Pearl. Jennifer also. Jennifer würde heute Spaß haben und alles vergessen, was Pearl passiert war. Sie würde es einfach mit neuen Erfahrungen auslöschen. Wie das mit dem Spaßhaben ging, würde ihr schon wieder einfallen.

***

Die Abendluft war mild und kühl und roch nach Gras, weniger stickig als die Luft in New York. Vor zwei Tagen war es dort unglaublich heiß gewesen. Hier gab es allerdings auch keinen Straßenbelag, der sich so aufheizen konnte wie der New Yorker Asphalt. Es gab einfach nichts.

Ich balancierte in meinen hohen Schuhen so würdevoll wie möglich über den unebenen Grund. An der Eingangstür merkte ich, dass ich meine Handtasche umklammerte, als könnte sie mir helfen.

Aber ich war Jennifer, ich war sorglos und mutig. Und was sollte mir hier schon passieren? Mit der freien Hand zog ich den Saum des Kleids, der mit jedem Schritt ein Stück weiter hochgerutscht war, wieder nach unten. Ich holte ein letztes Mal tief Luft und schob die Holztür mit Schwung auf. Sie gab leichter nach als erwartet, ich stolperte nach vorn und wäre fast in den Typen reingerannt, der auf einem Barhocker neben der Tür saß. Noch ein Cowboy. Typen in karierten Hemden und Jeans gab es hier scheinbar jede Menge.

»Woooah, nicht so stürmisch«, sagte er und hob abwehrend die Arme, lächelte mir dabei aber freundlich zu. »Darf ich deine ID sehen, schöne Unbekannte?«

Er sah so nett und harmlos aus, dass ich ihm diese altbackene Formulierung durchgehen ließ. Mein Portemonnaie samt ID war ziemlich weit unten in meiner Handtasche. Als ich es endlich gefunden hatte und wieder hochschaute, stellte ich fest, dass sein Blick leicht hypnotisiert wirkte und auf mein Dekolleté geheftet war. Er schaute schnell nach oben und wirkte etwas beschämt, dass ich ihn dabei ertappt hatte. Das entspannte mich wieder. In New York hätte er unter Garantie einen anzüglichen Kommentar gemacht. Doch als er jetzt mit rotem Kopf auf meine gefälschte ID schaute, wirkte er fast unschuldig. »Du bist nicht von hier ... Pearl«, sagte er mit Blick auf meine ID.

»Jennifer«, verbesserte ich mit einem Lächeln. »Mein Rufname ist Jennifer.«

Er nickte. »New York?«, fragte er bewundernd.

»Yay.« Ich versuchte, lässig auszusehen. Natürlich. Aus New York zu kommen war für die Landeier hier beeindruckend. Heute war ich also das coole Mädchen aus New York. Dabei war ich in New York ein Nerd gewesen – aber hier würde ich das ändern. Immerhin wusste ich, wie es ging, cool zu sein, oder zumindest so zu wirken. In New York gab es genug Mädchen, von denen man das lernen konnte. Nur hatte ich wegen der völlig übertriebenen Vorbereitung für die SATs nie Zeit dafür gehabt. Etwas weniger Vorbereitung und vor allem weniger Praktikum bei diesem grauenhaften Dr. Pfitzer hätte es auch getan. Egal. Es war ohnehin alles umsonst gewesen. Ich schob den Gedanken zur Seite.

»Danke.« Der Cowboy-Türsteher reichte mir meine ID zurück. Er nahm ein blaues Band, das signalisieren sollte, dass ich über 21 Jahre alt war, und legte es um mein Handgelenk. Langsam und sehr sorgfältig knotete er es fest. Keine Frage, er ließ sich Zeit. Was ein tief ausgeschnittenes Kleid so alles veränderte ... »Ich bin übrigens Tom«, sagte er, als er endlich mit seinem Knoten fertig war.

»Hi, Tom.« Ich lächelte ihn freundlich und mit einem Schuss Arroganz an und versuchte dabei, Lula zu imitieren. Ohne hinzuschauen, ließ ich mein Portemonnaie zurück in meine Tasche gleiten. Ich würde meine Drinks heute nicht selbst bezahlen. Einige Mädchen aus meiner Schule hatten sich einen Spaß daraus gemacht, auszugehen und andere Männer zahlen zu lassen. Ich hatte das bisher verabscheut. Aber hier konnte ich es ja mal versuchen. Ich lächelte ihn an. »Danke, Tom. Die Bar sieht cool aus.«

»Bist du allein hier?«

»Ja, ich bin neu in der Stadt.« Sein Blick sprang zu meinen rot geschminkten Lippen. »Mir war langweilig zu Hause.« Ich lächelte und tat so, als hätte ich nicht gemerkt, dass er auf meinen Mund starrte. Ich zwinkerte ihm mit einem Auge zu wie ein Victoria-Secret-Model auf dem Laufsteg. Tom blickte mich voller ehrlicher Begeisterung an, sodass ich fast losgeprustet hätte. So einfach war das also!

»Wo wohnst du denn?«, fragte er interessiert.

»Nicht weit von hier«, erwiderte ich vage und ging zur Tür, die weiter in den Innenraum führte. Meine Adresse würde ich wildfremden Kerlen dann doch nicht geben. »Willkommen in Montana!«, rief er mir nach. »Viel Spaß.«

»Werde ich haben«, murmelte ich. Jennifer würde so viel Spaß haben wie noch nie. Ich warf meine dunkelblonden Haare mit Schwung zur Seite und trat in den Raum, bevor ich es mir anders überlegen konnte.

Die Bar war eingerichtet wie eine 08/15-Sportsbar, ein bisschen bieder, keine Experimente. An der linken Seite erstreckte sich eine lange Theke aus Holz, rechts gab es Tische zum Sitzen, an den Wänden entlang waren zusätzlich Stehtische aufgereiht. Ein riesiger Bildschirm zeigte irgendein Baseballspiel ohne Ton. In New York wurden die Bars im Sommer so brutal runtergekühlt, dass man überall fror, doch hier war die Luft von dem vergangenen Sommertag aufgeheizt. Die Wände waren rot gestrichen und im unteren Teil getäfelt, was dem Raum eine warme Atmosphäre verlieh. An einer Seite standen Flipperautomaten und im hinteren Teil der Bar gab es eine große Tanzfläche, die man bisher nur daran erkennen konnte, dass an der Decke darüber verschiedene Scheinwerfer angebracht waren. Immerhin waren die anderen Besucher nicht uralt, wie ich befürchtet hatte. Cowboys waren in meiner Vorstellung immer irgendwie alt gewesen, das lag vielleicht an den Westernfilmen, die mein Vater früher geschaut hatte. Aber hier gab es durchaus Gäste, die im College-Alter waren. Natürlich, denn außer dieser Bar gab es ja auch nicht viele Alternativen ... Im Moment schauten einige Augenpaare zu mir, denn dass ich nicht von hier kam und wahrscheinlich auch noch nie hier gewesen war, war nach einer Nanosekunde klar. Dazu brauchte es keinen Sherlock Holmes.

Keine der anderen anwesenden Frauen trug ein hautenges, schwarzes Kleid mit hohen Schuhen und war geschminkt wie ich. Sie hatten sich zum Teil aufgehübscht, aber wesentlich dezenter und deutlich harmloser. Im Moment redeten alle über die Musik hinweg, aber das würde sich bestimmt noch ändern, wenn ich das Wippen einiger Füße richtig deutete.

Ich ging zielstrebig zur Theke und widerstand dem Impuls, mein Handy aus der Tasche zu ziehen. Was gab es auch zu schauen? Die Nachrichten meiner ehemaligen Freunde aus New York interessierten mich nicht mehr. Die meisten Chats hatte ich ohnehin gelöscht. Irgendwie war niemand übrig geblieben von meinen alten Freunden. Sogar Lula hatte irgendwann keine Lust mehr gehabt, mein Jammern zu hören. Und meine Kaffees zu bezahlen. Aber sie erinnerten mich ohnehin zu sehr an alles, was ich verloren hatte.

Ich konnte die Blicke einiger Männer auf mir spüren, wenn sie über mein Kleid glitten, das nicht viel von dem verbarg, was darunter war. Im Gegenteil, es setzte alles in Szene. Ohne das Kleid hatte ich wesentlich weniger Rundungen. Als ich die kurze Verlegenheit über die Blicke abgelegt und mich daran erinnert hatte, dass ich heute Jennifer, nicht Pearl, war, gaben mir die Blicke sogar Energie.

Ich glitt auf einen freien Barhocker an der Theke. Innerhalb von Sekunden stand der Barkeeper vor mir. »Kann ich dir etwas anbieten?«, fragte er, während er eine Serviette vor mich legte und die Bar noch mal abwischte, als würde er alles extra schön für mich machen.

»Was kannst du mir empfehlen?«

»*Bull's Delight*.«

»Nicht dein Ernst. Hast du dir den Namen selbst ausgedacht?«

Er nickte und lächelte geschmeichelt. »Du wirst es mögen. Falls nicht, geht der Drink auf mich.« Er strich sich die Haare zurück. Eine überflüssige Geste, denn jede Haarsträhne auf seinem Kopf war in Position gegelt und glänzte vor Stylingcreme. Er trug ein weißes Hemd, das einen schönen Kontrast zu seiner olivfarbenen Haut und den schwarzen Haaren bildete. »Klingt perfekt.«

Er schüttelte und rührte einen Moment mit weit ausholenden Bewegungen seine silbernen Mixbehälter, wirbelte mit grünen Limonen und Minze, schüttete beidhändig Flüssigkeiten aus verschiedenen Flaschen zusammen. Hatte er sich das in Filmen abgeschaut?

Schließlich stellte er das Glas schwungvoll auf den Tresen. »Ich warte auf dein Feedback«, sagte er und lehnte sich weit zu mir.

»Okay«, nickte ich. »Ich komme gleich wieder.« Ich griff mir den Drink, nibbelte am Strohhalm und lief los. Hinten gab es noch einen weiteren Raum mit Tischkicker und Billard, an dem ein paar Typen – Schüler oder Studenten – mit verkehrt herum aufgesetzten Baseballcaps spielten, um zwei Mädchen zu beeindrucken, die daneben standen. Der Verkehrt-herum-Baseballcap-Look war in New York längst in Vergessenheit geraten, hier aber offenbar in Mode. Wobei – gab es überhaupt so etwas wie Mode in Montana?

Ich zirkelte zurück zum Tresen und trank dabei mein Glas leer. Der Drink schmeckte nach Minze, süß, überhaupt nicht nach Alkohol. Während ich lief, schaute ich cool geradeaus, als würden mich die anderen Gäste nicht sonderlich interessieren. So, wie man in New York durch die Gänge seiner Highschool ging oder eben Clubs und Bars durchstreifte – und dabei aus dem Augenwinkel genau beobachtete, wer einen anschaute. Das funktionierte sehr gut, wenn man es ein wenig übte. Meine Freundin Lula, vielleicht eher meine Exfreundin, hatte dieses Spiel mit den Blicken bis zur Perfektion beherrscht. Ich merkte jedoch schnell, dass hier alle sehr direkt hinschauten. Niemand versuchte, unbeteiligt auszusehen.

Die meisten Typen waren gar nicht so unattraktiv. Landeier, keine Frage, und viele trugen dicke Outdoor-Schuhe, mit denen man sofort eine Wanderung hätte beginnen können, Cowboystiefel oder Sneakers. Aber sie sahen eigentlich ganz gut aus, gebräunt und kräftig, und traten bereitwillig zur Seite, wenn ich mich näherte. Irgendjemanden würde ich für meine Zwecke schon finden.

Ich schob mich zurück auf meinen Barhocker. Mit dem kurzen Rock war das ein Balanceakt.

»Ich nehme noch einen.«

»Das verstehe ich als Kompliment. Ich verspreche den Ladys nie zu viel«, sagte der Barkeeper und zwinkerte. Der ehrliche Ausdruck, den sein Gesicht dabei hatte, machte das schleimige Kompliment zu einem akzeptablen.

»Du sprichst nicht so, als wärst du von hier, und siehst auch nicht so aus«, fuhr er fort. Mit geschickten Bewegungen ließ er seine Flaschen rotieren und begleitete den nächsten Drink mit einer neuen Vorstellung. Von weit oben schüttete er die einzelnen Zutaten in das Glas. Es war offenbar recht viel Gin dabei. Den hatte ich gar nicht geschmeckt.

»Das hast du schnell gehört. Habe ich einen so starken Yankee-Akzent?«

»Nein. Aber ich könnte mich definitiv an dich erinnern, wenn du schon mal hier gewesen wärst«, grinste der Barkeeper, während er mir den Drink zuschob.

Auch das war keine blöde Anmache, sondern einfach freundlich. So etwas gab es in New York nicht. In New York gehörte es quasi zum Berufsbild des Barkeepers, arrogant zu sein und einen nur zu bedienen, wenn man genug Trinkgeld gab.

Er schob den neuen *Bull's Delight* über die Theke, mit Schwung, aber so austariert, dass das Glas genau vor mir zum Stehen kam.

Er hatte ein Grübchen, wenn er lächelte. »Wartest du auf jemanden?«

Ich zuckte mit den Schultern und rückte zur Seite, weil sich ein Mann auf den Hocker neben mir schob. Während ich mich abwandte, merkte ich, wie sein Blick in meinen Ausschnitt fiel. Mein erster Impuls war, mich aufzurichten und mein Kleid zurechtzuzupfen, aber ich hielt mich zurück: Die neue Pearl-Jennifer richtete sich nicht auf, zog den Ausschnitt nach oben oder so etwas. Also lehnte ich mich noch weiter vor, schob meine Arme etwas weiter zusammen und nahm den Strohhalm zwischen die Lippen. So lohnte sich das Hinschauen für den Typen wenigstens. Das Leben als Jennifer war gar nicht so unlustig.

Ich stützte meinen Kopf auf eine Hand und ließ meinen Blick über die Menge gleiten. Woher kamen die Leute hier überhaupt? Was arbeiteten die hier? Die konnten ja nicht alle an dieser einen winzigen Uni oder auf den Ranches arbeiten. Es waren zwar ein paar Leute da, die wie Studenten aussahen, aber das *Sweet Dream Valley* war definitiv keine Studentenbar.

Ich schlug die Beine übereinander, weil mein Rock immer wieder zu hoch rutschte und meine Unterhose leuchtend weiß war. Wenn ich ein fortgeschrittenes Partygirl wäre, hätte ich bei so einem kurzen Rock an eine schwarze Unterhose gedacht. Oder ließ man die Unterhose in so einem Fall einfach weg? Ich musste bei dem Gedanken kichern. Jennifer. Jenny. Bevor alle dachten, ich sei völlig durchgeknallt, nahm ich noch einen Schluck von dem Drink. Und weil ich seit meiner Ankunft in Montana vor gut vier Stunden noch nichts gegessen hatte, begann es in meinem Kopf zu rauschen. Alles wurde etwas weicher. Es war eigentlich ganz nett hier, wenn es auch inzwischen sehr voll war und wegen der fehlenden Klimaanlage ziemlich heiß. Natürlich. Freitagabend auf dem Land. Hier gab es wahrscheinlich keine Clubs, die die ganze Woche geöffnet hatten. Hier war der Freitagabend noch ein echter Freitagabend. Willkommen in Montana.

ZWEI

Ein angenehmer Luftzug traf meinen Nacken und lenkte meinen Blick Richtung Tür. Eine Gruppe Studenten, zumindest schienen sie ungefähr in meinem Alter zu sein, kam herein.

Meine Augen blieben sofort an einem der Typen hängen. Keine Ahnung warum, vielleicht war es einfach die Art, wie er ging. Er schien mehr Platz im Raum einzunehmen als die anderen und bewegte sich, als gehöre ihm der Laden. Mit einer lässigen Bewegung hielt er die Tür für seine Freunde auf und lachte ziemlich laut über etwas, das ein koreanisch aussehender Junge gerade erzählte. Alle vier Jungs wirkten sportlich, selbstbewusst. Sie hatten die Ausstrahlung von Typen, die an ihrem Leben nichts auszusetzen hatten. Der erste, der offenbar der Wortführer der kleinen Gruppe war, trug Jeans und ein blaues T-Shirt, das an seinem Körper klebte, als wäre es statisch aufgeladen. Seine Haare waren von einem warmen Braunton und standen in verschiedene Richtungen ab. Ich konnte nicht einschätzen, ob das so geplant oder einfach passiert war. Vielleicht eine Mischung aus beidem, denn gerade fuhr er sich wieder durch die Haare und schob sie in eine andere Richtung. Er hatte ein auffällig schönes Lachen, herzhaft, ein bisschen hemmungslos. Ich hätte zu gern gewusst, was sein koreanischer Kumpel gerade gesagt hatte.

Ich nahm noch einen Schluck von meinem Drink. Dazu lehnte ich mich nach vorn und ließ meine Haare über meine rechte Schulter gleiten. Meine Güte, dieses Kleid war wirklich sehr, sehr eng.

Ich nahm auf meinem Hocker eine Pose ein, über die ich mich sonst lustig machte. Durchgedrückter Rücken, Po nach hinten, Bauch ein wenig eingezogen, weil angespannt, Busen nach vorn. Als hätte ich vor, ein Selfie zu machen wie diese Instagram-Models mit acht Millionen Followern. Ich fasste meine Haare im Nacken zusammen und drehte mich zur Seite. Es hatte funktioniert. Die vier Jungs waren am Eingang stehen geblieben und schauten nun alle zu mir. Auch der Typ in dem blauen Shirt. Unsere Blicke begegneten sich, und ich widerstand dem Reflex, mich wegzudrehen. Stattdessen schaute ich zurück. Sein Blick haftete an meinem. Einer seiner Mundwinkel schob sich nach oben. Obwohl ich direkt in sein Gesicht sah, fühlte sich sein Mund weit weg an, so gefangen war ich von seinen Augen. Sie waren braun und glänzten wach, offen für alles, was kommen würde. Er lächelte und machte keine Anstalten, wegzuschauen, auch noch, als sein Freund ihn ansprach. Sogar als er ihm antwortete, hielt er meinen Blick. Mein Herzschlag beschleunigte sich, und ein Prickeln zog sich von meinen Wangen den Nacken herunter, es wurde intensiver, je länger wir uns anblickten.

Ich musste mich kurz sammeln von diesem Blick, der direkt unter die Haut gegangen war, und wandte mich ab. Leider schoss mir die Erinnerung an einen anderen Blick in den Kopf, der mir in den letzten zwei Jahren regelmäßig unter die Haut gekrochen war: der Blick von Dr. Pfitzer. Bei der Erinnerung erschauerte ich. Schnell drehte ich mich wieder in Richtung des Typen. Aber er hatte sich abgewandt und sprach mit einem Mädchen. Die beiden schlenderten nebeneinander zu einem Stehtisch. Sie sprach unentwegt auf ihn ein. Ich kam mir total dämlich vor. Was hatte ich mir gerade eingebildet mit dem »magnetischen« Blick?

John stellte einen Teller Erdnüsse vor mich auf den Tresen.

»Du solltest etwas essen, *bella*.«

»Ich heiße Jennifer«, sagte ich.

»Das wollte ich wissen. Ich bin John.« Er grinste schief.

»Der Typ da drüben möchte dir etwas ausgeben«, sagte John.

Ich brauchte nicht hinsehen, um zu wissen, wen er meinte. Der Kerl hatte mich schon die ganze Zeit im Auge. Etwas älter, Vollbart, allerdings nicht einer dieser hippen Vollbärte, die in letzter Zeit ein Trend waren, sondern einer der altmodischen Sorte.

»Du musst nichts annehmen«, sagte John.

Ich hatte den Mund schon halb geöffnet, um abzulehnen, da schloss ich ihn wieder. Das wäre eindeutig etwas, das Pearl tun würde. Aber heute war ich Jennifer.

»Ich nehme eine Cola«, sagte ich.

John zog eine Augenbraue nach oben. Wahrscheinlich hatte er Angst, dass ich mich zu billig weggab. Aber das musste er nicht.

Ich würde den Drink annehmen und dann trotzdem machen, was ich wollte. Ich war nicht käuflich. Ich würde nicht lieb sein, um etwas zu bekommen. Ich lächelte also kurz in Richtung des Vollbärtigen und zuckte mit den Schultern.

Dann ließ ich mich vom Barhocker gleiten. Mein Kleid rutschte dabei nach oben, ich zog es wieder herunter, ein ewiges Spiel. Das Kleid war anstrengend.

Ich nahm die Cola, ging zu meinem Sponsor und hauchte »Danke«. Bevor er etwas sagen konnte, lächelte ich kurz und lief dann einfach weiter. Was hatte er gedacht? Eine Cola und ich gehe mit ihm nach Hause oder was?

Die Flipperautomaten waren altmodische Maschinen. In New York gab es so was als Nostalgie-Gag, auf Achtziger oder Neunziger oder was auch immer getrimmt. Hier war es ... ernst gemeint? Ich war mir nicht ganz sicher, ob das cool oder traurig war.

Auch wenn ich mir das erst so richtig eingestand, als ich vor dem Flipperautomaten stand, mein Ziel war klar: dieser Typ im blauen Shirt. Ich spürte die Blicke der anderen Männer im Rücken, als würden sie Hitze abstrahlen wie Scheinwerfer, die Schauspieler im Rampenlicht zum Schwitzen brachten. Genauso kam ich mir gerade vor. Zugegeben, ein ziemlich gutes Gefühl. Das hätte ich nie für möglich gehalten.

Der koreanisch aussehende Junge spielte gerade mit vollem Körpereinsatz. Seine Freunde feuerten ihn an. Der Typ im blauen Shirt hatte einen Arm seitlich gegen die Wand gestützt. Alles, was er machte, nahm Raum ein. Er hatte keine Angst, groß zu sein, keine Ahnung, warum ich das so anziehend fand. Vielleicht, weil ich mich immer unter den Erwartungen anderer kleinmachte? Nein, gemacht hatte.

Wenn er lachte, krauste er die Nase, was unschuldig wirkte und einen Kontrast zu seinem Lachen bildete und zu seinen wunderschön geschwungenen Lippen, die gar nicht unschuldig wirkten. Er sah aus wie jemand, der von der Aufmerksamkeit der Mädchen verdorben war. Solche Jungs gab es in New York zuhauf, wenn dann noch ein fetter Trust Fund und ein reicher Daddy, der alle Türen öffnete, dazukamen, konnte man die Typen vergessen. Sie waren versaut. Von klein auf war ihnen eingetrichtert worden, dass sie etwas Besonders waren. Und sie glaubten so fest daran, dass auch alle in ihrer Umgebung es irgendwann glaubten.

Zwei Mädchen in Jeans und Spaghetti-Tops, die eigentlich ganz sympathisch aussahen, näherten sich ihm. Vor mir. Die eine hatte einen auffällig großen Busen. Wenn ich schon fasziniert auf diesen Busen schaute, wie ging es dann wohl den Männern?

Ich nahm einen Schluck Cola und drehte noch eine Runde durch die Bar, bis die Mädchen, die nur kurz mit ihm gesprochen hatten, wieder verschwunden waren. Wenn mich jemand anlächelte, was ständig passierte, lächelte ich kurz zurück, aber ohne längeren Blickkontakt. Von ihnen wollte ich nicht angesprochen werden. Ich blickte zum blauen T-Shirt und erstarrte. Er sah mich direkt an. Am liebsten hätte ich mich umgedreht, um zu kontrollieren, ob jemand hinter mir stand, und musste mich beherrschen, nicht mit dem Finger auf mich selbst zu zeigen und »Meinst du mich?« mit dem Mund zu formen. So schaute man jemanden an, den man kannte. Die Mädchen, die jetzt ziemlich dicht an ihm vorbeigingen, und, wenn ich das richtig einschätzte, keineswegs zufällig, hatte er scheinbar überhaupt nicht bemerkt.

Sein Blick war kein kleiner Scheinwerfer, er war das zentrale Spotlight auf einer riesigen Bühne. Okay, jetzt bloß nicht gleichgültig tun. Ich schaute zurück. Ich lächelte ihn an wie jemand, der daran interessiert war, ihn kennenzulernen. Für New Yorker Verhältnisse ein viel zu direkter Blick.

Blaues T-Shirt drückte sich mit dem Rücken von der Wand ab und hielt meinen Blick. Als wollte er, genau wie ich, nicht riskieren, dass der Kontakt abgebrochen wurde. Er fädelte sich an einigen anderen vorbei. Als ihn jemand anrempelte und er zur Seite schauen musste, um eine Entschuldigung von einer ausgesprochen hübschen, stark geschminkten Frau anzunehmen, blickte er mich danach an und zuckte mit den Schultern. Er entschuldigte sich dafür, dass er ein wildfremdes Mädchen, mit dem er gerade Blickkontakt hielt – mich – kurz mit Blicken allein gelassen hatte?

Ich musste kichern und senkte den Kopf. Als ich wieder hochschaute, fiel mein Blick auf den bärtigen Typen an der Bar, der mich genau beobachtete und nicht sehr fröhlich aussah. Es war mir unglaublich egal.

Blaues Shirt war jetzt fast bei mir. Seine braunen Augen glänzten, als könnte er es nicht erwarten, mich kennenzulernen. Ich konnte nicht erwarten, ihn kennenzulernen. Es fühlte sich an, als würde gleich etwas ganz Großartiges zwischen uns passieren. Hoffentlich würde er nichts Dämliches sagen. Oder lispeln und mir beim Reden ins Gesicht spucken.

Dann stand er vor mir.

»Es ist nicht fair, dass ich zuerst reden muss«, sagte er. Seine Stimme war dunkel, aber melodisch. Er sprach die Vokale etwas gedehnt, wie das im mittleren Westen üblich war. »Wenn dir nicht gefällt, was ich sage, kannst du dich umdrehen und schweigend davongehen, und ich weiß nicht, ob ich gerade was richtig Gutes verpasst habe. Oder ob ich auch weggerannt wäre, wenn du als Erste gesprochen hättest. Wobei ich mir sicher bin, dass ich nicht so schnell davonrennen würde.«

Ich war sprachlos. Hatte er meine Gedanken gelesen?

»*Ich* hätte zumindest deinen zweiten Satz abgewartet«, fügte er hinzu. Er grinste. Aus der Nähe sah er noch besser aus. Ich wusste bisher nicht, dass ich einen Typ hatte, aber offensichtlich war es so. Er stand vor mir.

»Das ist wirklich gnädig von dir. Bei so viel Arroganz sollte ich vielleicht doch besser gehen.«

»Ich hätte immer deinen zweiten Satz abgewartet, weil ich auf meinen Bauch gehört hätte. Ich glaube, die Menschen, die nicht auf die merkwürdige Stimme im Bauch hören, sind die Dummen. Der Bauch ist ein Gehirn. Die meisten Nerven laufen im Bauch zusammen, nur ein paar weniger als im Gehirn, sagt die Wissenschaft. Und mein Bauchgefühl hätte mir gesagt, dass ich auf jeden Fall hierbleiben sollte.«

»Mit so einem semi-wissenschaftlichen Erguss hatte ich jetzt nicht gerechnet.«

»Verwirre ich dich?«

»Gott, du hast Selbstbewusstsein.«

»Nein, ich bin nervös.« Er blickte mich entwaffnend ehrlich an. »Ich wollte was Ausgefallenes sagen. Und dann habe ich angefangen und dachte, irgendetwas Kluges kommt noch dabei heraus. Hat nur so mittelmäßig geklappt. Ich heiße Caden.«

»Du besitzt mehr Selbstreflexion als ein Mädchen. Hätte ich einem Cowboy gar nicht zugetraut.« Ich zögerte. »Ich bin Jennifer. Du siehst nicht so aus wie jemand, der seinem Bauch so genau zuhört und im zweiten Satz, wenn er mit einem Mädchen spricht, sofort eine wissenschaftliche Studie zitiert«, bemerkte ich.

»Wie sieht man denn aus, wenn man seinem Bauch genau zuhört?«, fragte er.

»Ich weiß nicht. Irgendwie anders. Du siehst mehr aus wie ein …« Ich suchte vergeblich nach Worten.

»Ich bin gespannt.«

»Also jedenfalls nicht wie jemand, der wissenschaftliche Artikel liest. Im Bauch sind nämlich 100 Millionen Nervenzellen gebündelt, so viel wie in einem Katzengehirn.«

»In der Studie, die ich gelesen habe, waren es 110 Millionen Nervenzellen.«

»Wirklich? Wie viele solcher Studien liest du eigentlich?« Ich war platt.

Caden wirkte einen Moment, als hätte er ein schlechtes Gewissen.

»Was ist?«, fragte ich.

»Ich mag jetzt nicht antworten.«

»Warum willst du denn auf so eine Frage nicht antworten?«

»Weil du dann vielleicht aufhörst zu lächeln.«

»Warum?«

»Weil das Letzte nicht stimmte. Ich weiß nicht, wie viel Millionen es waren. Ich habe es zufällig in einem Artikel gelesen. Wieso liest *du* solche Studien?«

»Ich will Medizin studieren.«

»Du willst Ärztin werden?«

»Ja.« Aber während ich das sagte, blieb mir fast die Luft weg. Es war so schnell über meine Lippen gekommen. Aber stimmte es überhaupt? Ich sagte das nur, weil ich es schon immer sagte. Seit dem ersten Vorstellungsgespräch für die Middle School. Es war ein guter Berufswunsch, hatte der College-Coach damals meinen Eltern gesagt. Er passte zu meinem psychologischen Profil und käme bei Vorstellungsgesprächen gut an.

»Ich weiß nicht so recht, was du gerade denkst. Aber das waren gerade viele Gedanken«, sagte Caden, der mich offensichtlich ziemlich genau studierte.

»Na ja, eigentlich weiß ich nicht ganz genau, was ich werden will.«

Caden legte den Kopf schief. Seine Augen sahen fast schwarz aus. Er hatte ein kantiges Gesicht. Obwohl er nicht gerade frisch rasiert war, wirkte seine Haut sehr weich. Er wirkte muskulös, ohne aufgeplustert zu sein, gesund und gebräunt. Mehr Rennpferd als Preisboxer.

»Studierst du hier?«

»Ich bin nur zu Besuch aus New York. Ich bleibe nicht lange«, sagte ich. Ich erzählte viel zu viel von mir selbst.

»Du bist also nur auf der Durchreise? Dein erstes Mal in Montana?«, fragte Caden.

Ich nickte. Ich würde versuchen, diesen kleinen Stopp so kurz zu halten, wie es nur eben ging. Bis zum nächsten Halbjahr ein Stipendium bekommen und dann abhauen. Es war zu spät für eine Bewerbung gewesen, als ich den Mist mit meinen Eltern erfahren hatte. Ich hatte mich immer geschämt, weil mein Vater keine großen Summen bei der Schul-Charity gespendet hatte. Nie wäre ich auf die Idee gekommen, dass er nichts spendete, weil er nichts mehr hatte. Weil sein Kartenhaus gerade zusammenfiel.

»Es wäre charmant von mir, dir einen Drink anzubieten, aber ich glaube, du hast schon genug getrunken, und egal, was der Türsteher glaubt und wie du dieses Band bekommen hast: Du siehst nicht so aus, als dürftest du in unserem Staat legal trinken.«

»Bist du ein Undercoverpolizist?«

Sein Gesicht war nah vor meinem und seine Stimme warm und tief. Eine kleine weiße Narbe zog sich über seine Wange. Keine entstellende Narbe, einfach nur ein heller Strich. Ich wollte sie berühren.

»Leider nein, wobei das nicht so uninteressant wäre.

Vielleicht könnte ich dann einen Grund finden, dich festzunehmen und mitzunehmen.«

»Du meinst so richtig mit Handschellen?«

Cadens Kinnlade klappte nach unten.

»Das war ein Witz. Aber der Effekt in deinem Gesicht war interessant.«

Dann fügte er hinzu: »Ich bin mir nicht sicher, ob ich nicht Angst vor dir haben sollte. Ich hatte eher an Sternegucken gedacht.«

»Da bin ich mir auch nicht sicher«, erwiderte ich. Keine Ahnung, wo diese ganzen Sprüche auf einmal herkamen. Sie flossen einfach so aus mir heraus. Vielleicht hatte ich sie jahrelang aufgestaut.

In dem Moment trat Cadens koreanischer Freund zu uns.

»Oh, Ji-Hoon, immer zur richtigen Zeit.« Er grinste und klopfte seinem Freund auf die Schulter. »Darf ich vorstellen, Jennifer.« Er deutete auf mich. »Das ist Joo. Ich habe den Eindruck, er möchte dich auch gerne kennenlernen. Er weiß nur noch nicht, dass er zu spät kommt. Aber deshalb kann ich dich ja großzügig vorstellen. Die Würfel sind schließlich schon gefallen.«

»Hallo Jennifer. Ich komme, um dich zu warnen. Nachher wird er dir den Sternenhimmel über Montana erklären wollen. Ich sage dir eins: Glaub ihm kein Wort. Er hat keine Ahnung von den Sternen. Wenn du die Sterne wirklich kennenlernen willst, musst du mich fragen.«

Ich musste grinsen. »Dein Freund kennt dich gut«, sagte ich zu Caden, dem das Ganze kein bisschen unangenehm zu sein schien. Die beiden waren irgendwie süß, obwohl sie so durchschaubar flirteten. Dabei waren sie nicht aufdringlich, nicht so, als würde es keine Grenzen geben. Ich war wahrscheinlich bereiter als sie, Grenzen zu überschreiten. Schon wieder starrte ich auf die schön geschwungene Oberlippe von Caden. Nach zwei Minuten Small-Talk ging Joo wieder. Er merkte, dass er überflüssig war.

Caden biss sich auf die Unterlippe. »Es ist zu heiß hier drin, und hier sind zu viele Leute«, sagte er. »Aber ich hätte da eine Idee.«

»Du willst mir die Sterne zeigen?«, fragte ich.

»Du kannst Gedanken lesen«, erwiderte er.

»Sterne anschauen, das ist doch nur ein Synonym für etwas ganz anderes.«

Ein warmer Strom breitete sich in meinem Körper aus, während ich sprach, als würde mein Blut mit jedem Wort wärmer und irgendwie langsamer durch meine Adern fließen.

»Was ist ein Synonym?«

Das konnte nicht wahr sein.

Ein Lächeln stahl sich in Cadens Mundwinkel. »Du bist dir gerade nicht sicher, ob ich wirklich nicht weiß, was ein Synonym ist, oder?«

Ich zog eine Augenbraue hoch.

»Wäre ich dann durchgefallen? Nur weil ich irgendwann in Literatur nicht aufgepasst habe? Du kommst also mit?«

Als ich ansetzte, etwas zu sagen, hob Caden plötzlich die Hand und legte mit einer schnellen und doch vorsichtigen Bewegung seinen Mittel- und Zeigefinger auf meine Lippen. Ich stand da wie gelähmt.

»Du darfst natürlich nicht zustimmen, Jennifer.«

Ich konnte mich nicht rühren. Er sprach leise, aber er stand nah genug, dass ich trotzdem jedes Wort verstand. Seine Worte waren hypnotisch, ich nahm nichts anderes mehr wahr. »Wenn du jetzt zustimmst, kann ich keine Nacht mehr ruhig schlafen. Ist dir nicht klar, dass ich ein völliger Psychopath sein könnte? Haben dich deine Eltern nicht davor gewarnt, mit Fremden mitzugehen?«

Seine Worte lösten ein Feuerwerk von Gedanken in mir aus. Hatten meine Eltern mich gewarnt? Ich dachte an Dr. Pfitzer und seine Finger. Und schob den Gedanken schnell wieder weg. »Vielleicht ist es mir egal. Vielleicht möchte ich das Risiko eingehen. Und wer sagt denn, das nicht ich die Durchgeknallte von uns bin?«, erwiderte ich.

»Es wäre dir egal, wenn ich ein durchgeknallter Psychopath wäre?«, erwiderte Caden fassungslos. Eine sehr große Falte erschien zwischen seinen Augen. Sie stand ihm gut. »Hast du gemerkt, wie dich alle in diesem Laden angeschaut haben? Ich habe dich angesprochen, um dich vor den ganzen Idioten zu retten. Ich habe den Typen, der neben dir saß, genau beobachtet.«

»Er hat mir eine Cola ausgegeben. Er war nett. Ich kann mich schon alleine wehren. Wenn du nur deshalb gekommen bist …«

»Ich habe dich sofort gesehen, als ich zur Tür hereingekommen bin. Und ich wollte sofort mit dir sprechen, am liebsten, ohne dass zu viele dabei sind. Eigentlich wollte ich natürlich nicht nur mit dir sprechen. Aber weil du sonst einen schlechten Eindruck von mir bekommst, sage ich jetzt nichts mehr. Wir gehen nur kurz vor die Tür, nicht weit. Sag einer Freundin Bescheid.«

»Ich habe keine.«

»Weiß irgendjemand, wo du bist?«

Ich schüttelte den Kopf.

Caden rollte mit den Augen und griff nach meiner Hand. Kurz bevor er sie berührte, fragte er: »Darf ich?«

Er hatte wieder diesen hypnotischen Blick. Dieser Blick funktionierte so gut, es war lächerlich. Ich spürte diesen Blick in den Knien, was anatomisch, das wusste ich, auch ohne Medizin studiert zu haben, völlig unmöglich war. Ich nickte, und seine Hand schloss sich um meine Finger. Ich ignorierte den Blick vom Barkeeper John und auch den Blick des Bärtigen. Auf dem Weg nach draußen nahm er mein halb leeres Glas und stellte es auf den Tisch vor dem Türsteher.

»Draußen sind keine Gläser erlaubt. Du möchtest bestimmt nicht bei deinem ersten Besuch direkt gegen die Vorschriften verstoßen. Wir wollen schließlich nicht, dass das mit den Handschellen noch Wirklichkeit wird«, grinste er.

»Handschellen wegen einem Glas?«

»Vielleicht nehmen wir in Montana unsere Gesetze ernster als ihr Yankees.«

Die Nachtluft war kühl, erst jetzt merkte ich, wie heiß es drinnen gewesen war.

»Okay, Sterne anschauen ist also kein Synonym.« Ich warf ihm einen zweifelnden Blick zu.

»Mir war nur heiß. Deine Fantasie scheint etwas wild zu sein …« Er zuckte mit den Schultern.

Gegen meinen Willen musste ich lachen. »Wie schaffst du das nur, alles so umzudrehen, dass ich diejenige mit den schmutzigen Gedanken bin?«

»Schmutzige Gedanken?« Caden sah übertrieben schockiert aus. »Langsam bekomme ich Angst. Ich bin ein unschuldiger Typ vom Land. Hey, ich bin hier aufgewachsen. Harte Citygirls überfordern mich.«

»Stimmt, du wirkst völlig eingeschüchtert.« Ich grinste. Die Rolle der Femme fatale machte wahnsinnig Spaß. Wieso war ich darauf nicht schon viel früher gekommen? Gleichzeitig konnte ich selbst nicht glauben, was für eine Nummer ich hier abzog.

Er lachte und schob seine Haare schon wieder in eine andere Richtung. Sie standen etwas vom Kopf ab, so konstant, dass er entweder natürliche Wellen oder Gel in den Haaren haben musste. Dann schaute er nach oben in der Erwartung, dass ich seinem Blick folgte. Ich legte den Kopf in den Nacken. Der Himmel war unglaublich. Tiefschwarz oder blau, ein Farbton, den es in der Stadt einfach nicht gab. Überall waren Sterne, so viele hatte ich noch nie gesehen.

»Wow.«

»Der Himmel über Montana ist der schönste in Amerika. Er ist unendlich weit. Und unendlich hell in der Nacht, weil hier so wenige Menschen leben. Wir lassen ihn einfach strahlen und versuchen nicht, ihn mit Wolkenkratzern und Leuchtreklamen zu ärgern. Allein schon wegen dieses Himmels könnte ich Montana nie verlassen. Aber ich möchte dir etwas zeigen. Kommst du mit?« Er zögerte einen Moment. »Ich weiß, dass wir uns nicht kennen. Ich weiß, dass wir eigentlich aus anderen Gründen hier rausgekommen sind. Ich weiß, dass ich dich jetzt eigentlich offensiv anmachen müsste. Das mache ich natürlich auch noch, sonst wäre ich ja wahnsinnig.«

»Ein bisschen verrückt bist du schon«, sagte ich, aber ich folgte ihm. Obwohl er gerade Dinge sagte, die man eigentlich nicht sagte. Nicht sagen durfte. Und natürlich war es nicht in Ordnung, diesem Typen direkt so zu vertrauen. Aber ich tat es. Ich hatte keine Erklärung dafür, aber ich fühlte mich sicher bei Caden. Außerdem konnte ich ziemlich laut schreien. Eigentlich hätte ich auch nichts dagegen gehabt, direkt mit diesen anderen Gründen anzufangen. Mein Plus raste, und ich konnte den Gedanken, wie es wäre, seine wunderschönen Lippen zu küssen, einfach nicht wegschieben.

»Wir gehen nicht weit. Und ich kann nur wiederholen: Du solltest so etwas nie mit anderen Männern machen.« Sein Blick glitt kurz über mein Kleid. »So was sind die Leute hier nicht gewohnt.«

Wir schlenderten zu der Wiese, die neben der Bar lag. Die Musik drang nur noch gedämpft zu uns. Der Mond leuchtete hell. In der Ferne grasten Kühe, man konnte nicht erkennen, ob davor überhaupt ein Zaun war.

Caden folgte meinem Blick zu den Rindern.

»Die sind zu weit weg, keine Sorge. Wir sind hier sicher.« Er nahm den Pullover, den er sich auf dem Weg nach draußen gegriffen hatte, und breitete ihn im Gras aus. Dann legte er sich hin, sodass nur sein Kopf auf dem Pullover lag, und schaute zu mir hoch.

»Komm her. Du musst es sehen.« Er deutete neben sich. Irgendwie konnte ich selbst nicht glauben, was gerade passierte. Ich ließ mich auf meine Knie sinken, und dann legte ich mich nach hinten neben ihn, mein Kopf auf seinem Pullover. Nun lag ich also mit Caden, den ich vor heute Abend noch nie gesehen hatte, im Gras in Montana, um Sterne anzuschauen. Natürlich war klar, wohin das führen würde. Und genau das wollte ich. Von außen sah man es mir vielleicht nicht an, aber ich fühlte mich so hibbelig, als hätte ich gerade fünf Kilo Süßigkeiten gegessen. Ich rückte meinen Kopf auf dem Pullover zurecht, der gut roch, ein wenig nach Waschmittel und nach Junge. Mädchen rochen anders.

»Man denkt ja immer, die Sterne sind überall auf der Welt gleich. Aber das stimmt nicht. In Montana sind sie am schönsten. Wenn man hier in den Himmel schaut, weiß man, dass es Gott gibt.«

»Das ... das kam jetzt überraschend.« An Gott hatte ich gerade gar nicht gedacht. Ich hatte alles andere als heilige Gedanken. »Aber du weißt schon, dass es die Evolution gibt, oder? Warte mal, stimmt es, dass bei euch in der Schule unterrichtet wird, dass die Evolutionstheorie eine Lüge und Gotteslästerung ist?«

Caden lachte leise. »Das ist in Tennessee und Louisiana so, aber nicht bei uns. Nicht alles, was jenseits der Ostküste liegt, ist dasselbe.«

»Klingt einleuchtend.« Leider fiel mir keine schlagfertige Antwort ein. Caden drehte mir seinen Kopf zu. Er lag so nah neben mir, dass ich seinen Atem an meiner Wange spüren konnte. Ich betrachtete sein Gesicht: seine Augen, seine Nase, die wie eine etwas zu groß geratene Stupsnase aussah, sein Mund. Die Luft hier war weich, weicher als in New York, man wurde die ganze Zeit von ihr gestreichelt. Das Gras war etwas feucht, und einzelne Gräser piksten in meine Beine und meine Füße. Meine hohen Schuhe hatte ich abgestreift. Mir lief ein Schauer über den Rücken, und ich bekam eine Gänsehaut.

»Ist dir kalt? Möchtest du mein Shirt haben?«

»Wir liegen auf deinem Shirt.« Ich blickte wieder in den Himmel.

»Das ist mein Pullover. Ich könnte mein T-Shirt ausziehen.« Caden grinste ziemlich breit, was ich an seiner Stimme hören konnte, ohne sein Gesicht zu sehen.

»Du willst mir deinen nackten Oberkörper vorführen? Lohnt sich das?« Da war ich mir sicher.

»Quatsch, so etwas würde ich nie tun. Wir Landjungen sind euch Citygirls doch so schon hoffnungslos ausgeliefert.«

»Stimmt, mir ist auch schon aufgefallen, wie hilflos du wirkst.«

Caden gab ein glucksendes Lachen von sich.

Natürlich war das alles nur ein Spiel. Er sah viel zu gut aus, um das nicht zu wissen. Ich hatte gesehen, wie er die Bar betreten hatte. Er wusste, dass Mädchen ihn anschauten. Ich war sicher nicht das erste Mädchen, das er je angesprochen hatte. Auch die Blicke seiner Freunde waren mir nicht entgangen. Die waren keineswegs überrascht gewesen, dass er nach ein paar Minuten schon jemanden gefunden hatte, der mit ihm nach draußen ging. Trotzdem – war das nicht alles egal, wenn man unter diesem Himmel lag? Außerdem waren das Gedanken, wie Pearl sie gehabt hätte. Ich, Jennifer, war doch nicht weniger auf eine Sache aus als er. Caden griff vorsichtig nach meiner Hand.

»Ich weiß, dass von mir erwartet wird, dass ich schwer zu haben bin. Dass ich zumindest so tun muss, als wäre nicht seit der ersten Sekunde dieser eine Gedanke in meinem Kopf gewesen.« Ich bemühte mich, deutlich zu sprechen und nicht zu kichern. »Ich sollte mich zumindest ein bisschen bitten lassen. Denn das ist ja schließlich das Spiel, das alle spielen. Meine Mutter hat mir mal so einen Ratgeber geschenkt. Der Ratgeber hieß *Die Regeln* und ist voller Anweisungen, wie man sich verhalten soll, wenn man einen Mann abbekommen will. So hat meine Mutter wahrscheinlich meinen Vater klargemacht.«

Das sprudelte alles aus mir heraus. Vielleicht war das peinlich, doch er sah mich so interessiert an, mit so glänzenden aufgerissenen Augen, dass er bestimmt nicht daran dachte, mich hier allein zu lassen, weil ich etwas zu viel redete.

Caden lachte. Dabei vibrierte sein ganzer Körper, was ich in meinem Bauch spürte. »Mit einem Ratgeber? New Yorker haben einen Dachschaden. Hier draußen braucht man für so etwas keinen Ratgeber.«

Er zog eine Hand unter seinem Kopf weg und begann, mit einer meiner Haarsträhnen zu spielen. Er wickelte sie sich um den Finger und drapierte sie neu um meinen Kopf.

»Ich habe das Gefühl, du hast schon ziemlich viele Mädchen geküsst«, sagte ich. Zum Glück war es dunkel. Unfassbar, dass ich diesen Satz sagte. Und dann auch wieder: ehrlich.

»Du hast Vorurteile.«

»Nein, ich habe Augen im Kopf.«

»Aber wen soll ich geküsst haben? Ich hänge die ganze Zeit mit dir rum.«

»Ich meinte nicht heute Abend.« Ich versuchte, mich aufzusetzen, aber er zog mich wieder nach unten. Mit einer kleinen, sanften Bewegung hatte er seine Hand um meinen Oberarm gelegt und festgehalten. Ich gab sofort nach.

»Bleib noch ein bisschen«, murmelte er.

»Das ist natürlich extra suspekt, dass du sagst, dass ich geschmeichelt sein sollte, weil du *heute Abend* noch kein anderes Mädchen geküsst hast.«

»Das solltest du auch.«

Sein Arm schnellte schon wieder vor, bevor ich mich entrüstet aufrichten konnte. »Das war ein Witz. Ich bin harmloser, als du denkst«, sagte Caden. Dort, wo seine Hand mich berührte, breitete sich ein Feuer unter meiner Haut aus. »Mit Sicherheit harmloser als du.«

Einen Moment schwiegen wir.

Irgendwie hatte ich vergessen, dass er natürlich einen ganz anderen Eindruck von mir haben musste. »Du willst sagen, du hast noch nicht viele Mädchen geküsst?«

Caden druckste rum.

»Sei ehrlich. Wir sehen uns nie wieder.«

»Hey, hier ist es nicht so wie in New York. Es gibt nicht so viel zu tun. Also hat hier jeder einige Mädchen geküsst, weil das die einzige Freizeitbeschäftigung ist. Es gibt schließlich keinen Broadway und keine tausend Restaurants und Kneipen. Ganz ehrlich, du bist heute Abend am aufregendsten Ort in einem Radius von eintausend Meilen.«

»Das ist in der Tat ziemlich deprimierend.«

»Dafür gebe ich hier mein Bestes, das verwöhnte Citygirl zu unterhalten. Schließlich sollst du zurück in New York von deinen Abenteuern erzählen können.«

Für einen Moment blickten wir wieder stumm in den Sternenhimmel. Er war so samtig dunkelblau, dass ich am liebsten eine Hand ausgestreckt hätte, um ihn zu streicheln. Plötzlich musste ich kichern. »Ich habe noch nie mit einem wildfremden Jungen auf der Wiese gelegen und mir Sterne angeschaut. Etwas kitschig.«

»Nur von außen betrachtet«, erwiderte Caden. »Ansonsten fühlt es sich einfach richtig an.«

»Wie meinst du das?«, fragte ich.

»Wenn jemand uns beobachten würde, dann würde er sagen: ›Meine Güte, ist das kitschig.‹ Aber von innen betrachtet ist es null kitschig, sondern einfach perfekt.«

Bei seinen Worten wurde mir warm, und eine merkwürdige Energie floss durch meinen Körper. Es war so anders, mit ihm zu reden als mit jedem anderen.

Ich hatte ihn ausgesucht, um mit ihm zu knutschen. Dinge zu machen, die ich bisher nur mit Leuten gemacht hatte, mit denen ich sie gar nicht tun wollte. Damit, dass es so viel Spaß machen würde, sich mit ihm zu unterhalten, hatte ich irgendwie nicht gerechnet. Mein Herz pochte aufgeregt, es sprang förmlich in meiner Brust umher und klopfte so laut gegen meinen Brustkorb, als wollte es etwas sagen.

»Ich habe noch nie ein Mädchen wie dich getroffen. Irgendetwas passt nicht so richtig zusammen. Aber ich weiß nicht, was es ist.«

»Meine Arme passen nicht zu meinen Beinen?«

»Deine Arme passen sehr gut zu deinen Beinen. Ich meinte eher dein Verhalten, die Dinge, die du sagst. Es ist auch nicht so, dass es mir nicht gefällt, aber ...«

»Willst du mich jetzt nicht endlich küssen?«, unterbrach ich ihn, und wieder surrte mein Kopf von meinen eigenen Worten.

»Es gibt wohl wenig, was ich gerade lieber täte, aber ich will es nicht versauen. Ich will erst sicherstellen, dass du mir deine Telefonnummer gibst. Vorher mache ich gar nichts. Was, wenn du mich küsst und danach bist du weg und ich habe keine Nummer, weil du im Citystyle denkst, dass wir uns sowieso nie wiedersehen? Dann hätte ich nur diese eine Chance gehabt. Da ist mir der Druck zu hoch. Da kann man sich gar nicht aufs Küssen konzentrieren. Und da willst du doch meine volle Aufmerksamkeit, oder?«

»Diese Unterhaltung ist völlig absurd. Du bist völlig absurd.«

»Und du bist wunderschön. Und saucool. Wenn du

mir deine Nummer nicht gibst, muss ich so einen peinlichen Internet-Such-Aufruf machen, und dann geht's durch die Talkshows wie diese Catfish-Sendung, und das wollen wir doch beide nicht. Gib mir mal dein Telefon.« Seine Hand schwebte abwartend über mir in der Luft.

»Mein Telefon?«

Er nickte.

Ich tastete im Gras nach dem Telefon, das ich beim Rausgehen in der Hand gehalten hatte, und reichte es ihm.

»Ist das eine rosa Katze?«, fragte er, als das Displaylicht ein wenig Helligkeit brachte und er die Hülle erkennen konnte. Er rollte sich auf den Bauch. »Ein Mädchentelefon. Ich hätte eher mit einem Totenkopf gerechnet. Du hast übrigens ziemlich viele Anrufe von einer Person namens *Mom*. Vielleicht solltest du dich bei Gelegenheit mal zurückmelden.« Er hielt das Telefon vor seinen Mund und drückte die Taste für Sprachaufnahme: »Hi, Jennifer. Meine Telefonnummer ist 646 958 4444. Ich bin Caden. Der Junge, in den du dich schockverliebt hast, weil er dir den Himmel über Montana erklärt hat.« Während er sprach, musterte er mich genau. Es schien, als würde er mich wirklich sehen. Wieder konnte ich mich nicht abwenden und wegschauen. Wie machte er das nur? Es war verrückt. Wie konnte dieser Junge, den ich erst seit ein paar Minuten kannte, genau das fühlen, was ich fühlte? Dass das mit uns etwas Besonderes war und dass es zu gut war für nur eine Nacht. Ich wusste schon jetzt, dass ich ihn anrufen würde, egal, wie der

Kuss ausfiel. Der Kuss. Mein ganzer Körper prickelte vor Vorfreude, als würden Ameisen durch meine Venen krabbeln, oder nein, ganze Insektenschwärme. Mein Kopf war viel zu leicht und schwindelig, als hätte ich zu lange die Luft angehalten. »Und wenn du ihn nicht anrufst, passiert wahrscheinlich etwas sehr Schlimmes. Nein, das ist keine Drohung. Nur ein Hinweis.«

Ich nickte. Trotzdem gefiel es mir weniger, als ich noch vor ein paar Stunden gedacht hätte, dass er mich Jennifer nannte. Er ließ sich zurückfallen und legte das Handy ins Gras neben mich.

Ich rollte mich zur Seite und stützte mich auf den Ellenbogen. Vielleicht bildete ich es mir nur ein, aber ich glaube, dass er einen kleinen Seufzer von sich gab. Dann war ich plötzlich seitlich über ihm. Er verschränkte erwartungsvoll seine Arme hinter dem Kopf und schaute zu mir hoch. Seine Augenlider senkten sich, während sein Blick über mich hinwegglitt.

Ich würde wahrscheinlich nie wieder in diese Bar kommen und Caden nach heute Abend niemals wiedersehen. Bevor er noch etwas sagen konnte und während das Blut in meinen Ohren rauschte und ich meinen eigenen Mut nicht fassen konnte, ließ ich meine Hand in seinen Nacken gleiten und zog seinen Kopf zu mir heran. Er ließ sich von mir führen. Ich zog ihn noch näher zu mir, bis meine Lippen auf seine trafen. Sie waren weich und einladend. Er bewegte sich kein bisschen, hielt vollkommen still, trotzdem spürte ich, wie zwischen uns ein Wirbelsturm von Energie zu kreisen begann.

DREI

»Caden?« Eine schrille Frauenstimme brachte die Blase, in der Caden und ich ganz allein gewesen waren, zum Platzen.

Caden richtete sich so ruckartig auf, dass unsere Nasen fast aneinandergeprallt wären. »Fuck.« Er blickte schuldbewusst in die Richtung, aus der die Stimme gekommen war.

»Oh. Mein. Gott. Du hast eine Freundin.« Ich konnte es nicht glauben.

»Quatsch«, sagte Caden, klang aber nicht vollständig überzeugt. Im Gegenteil, er sah aus, als wäre ihm das gerade sehr unangenehm.

»Caden! Verdammt noch mal, wo bist du?«, durchschnitt die Stimme die klare Abendluft. »Ich suche dich schon die ganze Zeit!« Ich fühlte mich, als hätte mir jemand einen Eimer Eiswasser über den Kopf gekippt.

»Das klingt aber verdammt nach einer Freundin.«

»Sie ist nicht meine Freundin.«

»Caden? Wo bist du?« Jemand war sehr sauer.

»Weiß sie auch, dass sie nicht deine Freundin ist?« Caden sah schuldbewusst aus. Oh nein. Wie hatte ich nur glauben können, dass jemand wie er keine Freundin hatte? »Hier!«, schrie ich und hob die Hand, damit das Mädchen uns sehen konnte.

Caden blickte mich fassungslos an.

»Vielleicht solltest du ihr erklären, dass du nicht ihr Freund bist, meinst du nicht?« Ich sprang auf und zog mein Kleid nach unten. Solche Kleider waren wirklich nichts für mich. Das ständige Aufpassen, dass sie nicht hochrutschten, nervte. Plötzlich war mir kalt. Wo war meine Handtasche? Hatte ich sie in der Bar gelassen? Vermutlich. Wie konnte man nur so kopflos sein.

»Jennifer?«

Ich drehte mich nicht um, sondern hob nur leicht meine Hand zum Abschied und schlüpfte in meine Schuhe. Ich bemühte mich, aufrecht und gerade zur Bar zurückzugehen, was mit den hohen Absätzen auf dem unebenen Boden gar nicht so leicht war. Ich lief, so schnell es ging, ohne zu rennen, zielstrebig auf den Eingang der Bar zu. Das Mädchen war schon verschwunden, sie machte Caden grade wahrscheinlich eine riesige Szene. Arschloch.

Wie bescheuert war ich eigentlich? Was hatte ich erwartet? Wenn man selbst einen auf Femme fatale machte, waren die anderen auch nicht anders. Ich hatte doch vorher gewusst, dass er jedem Mädchen die Sterne zeigte. Das hatte sein Freund deutlich gesagt. Ich hatte es darauf angelegt, einen lustigen Abend zu haben. Mit einem Kerl rumzumachen, einfach mal nicht ich selbst zu sein. Und jetzt war ich eifersüchtig wegen eines Typen, den ich vor einer Stunde getroffen hatte und der offensichtlich bereit war, auch mit jedem anderen Mädchen nach draußen zu gehen?

Ich öffnete die Tür zum *Sweet Valley Dreams*. Dort

stand immer noch mein Freund Türsteher Tom, der mich erleichtert anstrahlte. Hatte er gedacht, dass ich nicht wiederkommen würde? Wahrscheinlich. Er kannte Caden bestimmt. Als er mich sah, holte er mein Glas hervor, das noch halb voll war.

»Ich habe es für dich aufgehoben«, sagte er. »Möchtest du den Drink noch?«, fragte er.

Ich schüttelte den Kopf. »Zu warm.« Ich brauchte etwas Kühles. »Aber danke.« Ich lächelte Tom zu und unterdrückte den Anflug von Übelkeit, den ich spürte. Eine Mischung aus Aufregung und dem ungewohnt vielen Alkohol.

Im Hauptraum der Bar hatte sich in der Zeit, in der ich draußen gewesen war, alles verändert. Die Leute waren betrunkener, lauter, verschwitzter. Einige Gäste tanzten. Es war nicht mehr so nett und entspannt. Auch mein Barkeeper-Freund begrüßte mich.

»Du bist wieder da«, sagte er.

»Yap. *Bull's Delight* ist toll. Aber ich brauche eine Cola zur Abwechslung.« Ich spürte den letzten Drink überall. Ich hatte viel zu schnell getrunken und war es ja überhaupt nicht gewohnt.

»Sicher«, sagte er. Ich schob ihm das Geld hin.

Die Augen vieler Besucher waren inzwischen glänzend bis glasig, die Blicke einiger Männer glitten noch schamloser über mich hinweg als vorher. Der Beat der Musik besaß einen aggressiveren Rhythmus, es war kein harmloser Countrypop mehr. Der Bärtige saß immer noch an der Bar. Er unterhielt sich mit einem Freund, der ähnlich aussah wie er, mit kariertem Hemd und Jeans, aber ohne Bart.

»Du bist zurück«, sagte er lächelnd, als er mich sah, und ignorierte seinen Freund, der fortfuhr, ihm irgendetwas zu erzählen.

»Ich bin zurück.«

»Noch einen Drink?« Er war wirklich hartnäckig.

»Cola«, sagte ich, obwohl ich gerade ein frisches Getränk in der Hand hielt. Mir war gar nicht klar gewesen, wie einfach es war, nichts zu bezahlen. Selbst schuld.

»Wir trinken Whiskey?«, sagte er und sprach den Satz wie eine Frage aus.

Ich schüttelte den Kopf.

Mir war vorhin schon schlecht gewesen. Ich trank noch einen Schluck Cola, und prompt stellte sich ein Würgereiz ein, den ich mühsam unterdrückte.

Er lächelte. Keine Ahnung, ob er gemerkt hatte, dass ich mich gerade fast auf ihn übergeben hätte. »Soll ich dir was sagen?« Ich zog meine Nase kraus und lehnte mich zu ihm. Dabei verlor ich fast das Gleichgewicht und griff schnell nach der Theke. Er half mir, indem er mich an der Hüfte festhielt. »Ich mag leider keine Vollbärte. Noch nicht mal die hippen. Ist nicht so mein Ding«, sagte ich. »Ich gehe jetzt tanzen.«

Er sah mich entgeistert an. Seine Hand lag immer noch heiß auf meiner Hüfte. Ihm wurde langsam klar, dass er hier aufs falsche Pferd gesetzt hatte. Während ich mich wegdrehte, glitt seine Hand über meinen Rücken, aber er versuchte nicht, mich aufzuhalten. Aus dem Augenwinkel sah ich, wie sein Freund losprustete und ihm auf die Schulter klopfte. Immerhin hatten sie Humor.

Ich lief in Richtung Tanzfläche. Plötzlich tauchte ein Mädchen vor mir auf. Ich wollte mich an ihr vorbeischieben, aber sie verstellte mir den Weg. Ihr weißes Spitzenshirt gab großzügig den Blick auf ihre Unterwäsche frei. Ihre Haare waren schwarz und glatt, ihr Mund voll und etwas schief.

»Ich weiß nicht, was ihr da draußen gemacht habt, aber bilde dir bitte nichts Falsches ein«, sagte sie knapp. »Caden gehört mir.« Natürlich, an ihrer Stimme erkannte ich sie. Das musste das Mädchen von vorhin sein, die so hysterisch gerufen hatte.

Ich war leider zu verblüfft, um ihr eine schlagfertige Antwort zu geben.

»Er hat dir die Sterne gezeigt, was?«, zischte sie verächtlich.

Ich beschloss, nicht zu nicken.

»Caden zeigt immer sehr gern die Sterne, aber da machen sich einige Mädchen falsche Hoffnungen. Du hast dich ja richtig schick gemacht für unsere Jungs. Lieb von dir. Eddie gibt dir bestimmt noch was aus.« Sie schob mich zurück und nickte in Richtung des Bärtigen, der an der Bar saß.

Wenn sie dachte, dass sie mich so leicht provozieren konnte, hatte sie sich geschnitten. »Danke für das Kompliment«, sagte ich und lächelte so freundlich, wie ich konnte. Das würde sie besonders ärgern, dieses freundliche Lächeln. Ich spürte, wie sich mein Magen gegen die Drinks wehrte, die Cola, die Nüsse, die das Einzige waren, das ich seit Stunden gegessen hatte nach der endlos langen Fahrt durch die Hitze. Ich schluckte energisch, mir würde jetzt nicht schlecht werden. Diesen Abend würde ich mir nicht verderben lassen. »Ich möchte jetzt gern tanzen.« Ich schob sie zur Seite, als wäre sie nur ein lästiges Hindernis auf dem Weg zur Tanzfläche. Sie ließ es zu. Ich würde mich jetzt nicht umschauen, ob Caden irgendwo stand. Ich hatte schon die ganze Zeit immer wieder verstohlen nach ihm Ausschau gehalten, damit war jetzt Schluss. Es ärgerte mich, was ich mir in den paar Minuten draußen alles zusammenfantasiert hatte. Dass ich mich unter dem Sternenhimmel fast in diesen wildfremden Kerl verliebt hatte. Noch immer spürte ich seine Lippen auf meinen. Wie hatte ich überhaupt denken können, dass es mit ihm anders war, dass es alles etwas ganz anderes bedeutete? Ich war bekloppt. Ich hatte schon das Leben als Cowgirl mit Cowboy-Ehemann und einer Schar Kinder in winzigen Cowboy-Boots an meinem inneren Auge vorbeiziehen sehen.

Aber jetzt tanzte ich und drehte mich im Licht der Discokugel. Mein Körper tanzte fast von allein, ich konnte mich einfach der Musik überlassen. Neben mir drehten sich noch ein paar andere Typen, Mädchen und Frauen, auch der Freund vom Bärtigen, der eigentlich ganz nett aussah. Er war gar nicht so schlimm. Insgesamt waren alle nicht so schlimm oder gleich schlimm, oder irgendwie war es auch total egal. Ich tanzte jedenfalls. Die Lieder wechselten, die Zeit hatte eine andere Geschwindigkeit angenommen. Jeder Moment war irgendwie verlangsamt und dann wieder ganz zeitlos.

***

Als ich endlich stehen blieb, um Atem zu holen, drehte sich mein Kopf weiter. Oh Gott. Mir wurde schlecht.

Ich musste hier raus. Plötzlich war ein Typ neben mir, den ich vorher noch gar nicht gesehen hatte. Er fing mich auf, als ich bei dem Versuch, Richtung Eingang zu gehen, zur Seite kippte. Ich war ziemlich dankbar, aber dann fühlte ich, wie seine Hand meinen Rücken heruntterglitt und auf meinem Po liegen blieb. Bis die Nachricht von meinem Po zu meinem Gehirn gelangte, brauchte es allerdings ziemlich lange, und der Typ hatte angefangen, mich zu streicheln, was ich überhaupt nicht wollte. Ich hatte mir einen Typen suchen wollen, aber doch nicht ihn. Meine Reaktion war aber so zäh und träge, wie es angeblich bei Dinosauriern der Fall war, bei denen es Sekunden brauchte, bis die Nervenzellen von der Schwanzspitze Nachrichten an den Kopf gesendet hatten. Nur war ich kein Dinosaurier, sondern ein Mädchen, das offenbar zu viel getrunken und zu wenig gegessen hatte. Und obwohl in keinem Moment mit Caden die dumpfe Beklemmung in mir aufgestiegen war, wie ich sie aus der Vergangenheit kannte, jetzt kam sie. Als ich meinen Kopf zurücklehnte, sah ich in das fettig glänzende Gesicht des Typen, der mich streichelte. War das der Freund von dem Bärtigen von vorhin? Dachte er jetzt, weil er keinen Bart hatte, dass er eine Chance hatte? Bevor ich von ihm abrücken konnte und seine Hand von meinem Po schieben, lehnte er sich vor und küsste mich oder versuchte es zumindest. Sein Atem roch nach Whiskey, seine Lippen nach Zigaretten. Und plötzlich war er wieder da, Dr. Pfitzer. Seine heiße Hand, sein unangenehmer Atem, der nach abgestandenem Kaffee roch. Und genau wie damals versteinerte ich. Aber warte mal, das wollte ich doch gerade ändern. Deshalb hatte ich doch dieses Kleid angezogen. Ich wollte die Kontrolle behalten! Ich musste irgendetwas tun, musste mich wehren. Sollte ich ihm einfach eine reinhauen? Mein Kopf war ein einziger Nebel. Ich starrte den Typen an und versuchte, ihn wegzustoßen, aber ich hatte keine Kraft. Panik stieg in mir hoch. Plötzlich spürte ich einen Schmerz an meinem Arm, fühlte eine Hand, die sich viel zu fest um meinen Arm schloss und mich wegriss. Ich stolperte hinter der Hand her, wollte mich wehren. Dann erkannte ich das blaue Shirt. Caden war zurückgekommen! Er zog mich hinter sich her und aus der Kneipe heraus. Ich folgte ihm, ohne mich zu wehren, nur lief er zu schnell, ich konnte kaum mit ihm mithalten.

Vor der Tür drehte er sich zu mir um: »Ist alles in Ordnung? Ich sollte dich besser nach Hause bringen.«

»Alles okay«, sagte ich. Doch ich konnte immer noch die Hände des Typen auf mir spüren. »Wo ist deine Freundin?«

Er winkte ab. »Sie ist nicht meine Freundin.«

Leider überkam mich genau in diesem Moment wieder die Übelkeit. Der bittere Geschmack von Galle stieg mir in den Mund. Ich schluckte. Es half nichts, im Gegenteil, mein Magen rumorte noch stärker. In letzter Sekunde machte ich einen schnellen Schritt nach vorn, lehnte mich über das Geländer, das das Eingangspodest zur Bar einfasste, und übergab mich. Ich hatte nicht viel gegessen, aber die *Bull's Delight* und die Cola kamen wieder raus. Es war ekelhaft. Es tat gut. Hoffentlich hatte mich niemand gesehen. Halt. Caden stand direkt hinter mir.

»Ah, ich wollte sowieso gerade gehen«, nuschelte ich. »Mir ist etwas schlecht, dieser *Bull's Delight* ist ein Teufelszeug.«

Caden hatte einen etwas angestrengten Gesichtsausdruck, vermutlich kein Wunder bei meinem Anblick. Ich wischte mir den Mund ab.

»Ja, das habe ich gesehen. Du wolltest doch nicht ernsthaft mit Eddie und Matt mitgehen.«

»Wer sind Eddie und Matt?«, fragte ich.

»Vergiss es. Wie wolltest du nach Hause kommen – laufen?«

»Ich bin mit dem Auto da«, sagte ich und stolperte in Richtung Parkplatz.

»Du kannst nicht mehr fahren. Und deine neuen Freunde dadrinnen fahren dich auch nicht. Wo wohnst du?«

»Immer geradeaus«, sagte ich und zeigte in die Richtung, wo die Straße lag. »Immer geradeaus.« Ich merkte, dass meine Bewegungen irgendwie fahrig waren. »Eine andere Richtung gibt es ja gar nicht. Wie viele Straßenkreuzungen gibt es in Montana? Fünf?«

Ich fühlte mich schwindelig und aufgedreht. Ich musste lachen, es war einfach so absurd. Wo war ich hier eigentlich?

»Jesus«, murmelte Caden.

»Ist irgendwie ziemlich lustig, dass es keine andere Richtung gibt, findest du nicht?«

Ich lächelte ihn an. Mir ging es schon viel besser als eben noch. Wir sollten jetzt endlich rumknutschen.

Wäre da nicht dieser Geschmack im Mund. »Hast du was zu trinken? Also, ich meine Cola oder so? Oder eine Flasche Listerine?« Ich deutete auf meinen Mund und verzog das Gesicht. »Ekelig. Jetzt müssen wir mit dem Knutschen warten«, sagte ich.

Cadens Blick ruhte auf mir. Aber er war irgendwie anders als vorhin, nicht mehr so weich und offen. Er sah nicht mehr aus wie der Caden, den ich geküsst hatte. Wieso hatten wir eigentlich mit dem Küssen aufgehört? Wieso waren wir noch mal aufgestanden?

VIER

Kurz später saß ich in seinem Auto. Ein Pick-up-Truck natürlich.

»Bist du stolz auf deinen Pick-up?«, fragte ich ihn und lächelte. Mein Lächeln fühlte sich komisch an, breit und nicht kontrolliert. Meine Stimme klang immer noch merkwürdig.

»Nicht so richtig. Er ist praktisch«, erwiderte er knapp.

»Aber ist man nicht ziemlich stolz auf so ein Auto hier in Montana?«

»Nein. Meine Güte, wie konnten sie dir nur so viel zu trinken geben.«

»Weil sie nett sind«, sagte ich und verschränkte die Arme.

»Hier geht es lang, du bist dir sicher?«, fragte er.

»Ja, ich bin nicht total bescheuert«, erwiderte ich beleidigt. »Die Straßen in New York sind doch *etwas* komplizierter.« Ich blickte zu ihm, seine Hände umfassten das Steuer, und er blickte konzentriert auf die Straße. Er sah einfach wahnsinnig gut aus. Sein Pullover lag neben ihm, und sein T-Shirt haftete an seinem Körper, obwohl es gar nicht übertrieben eng war. Aber sein Oberkörper zeichnete sich genau ab, seine Brust und seine kantigen Schultern. Ich nahm noch einen Schluck von der Limo, die er mir im Auto zu trinken gegeben hatte. Sie war warm, aber machte den beißenden Geschmack in meinem Mund viel, viel besser.

»Können wir nicht einfach jetzt miteinander schlafen? Ich wäre dafür«, sagte ich. Und so, wie er vorhin auf der Wiese gewesen war, hatte er doch auch nichts dagegen. Wir könnten einfach wieder da anfangen, wo wir aufgehört hatten. Ich war mir sicher, dass das bei mir keinerlei komische Gefühle mit sich bringen würde, von wegen Beklemmungen und so weiter. Diesmal wollte ich es schließlich unbedingt. Den ekeligen Dr. Pfitzer und die schlimme Party damals konnte man damit zwar nicht ungeschehen machen, aber ich könnte neue Erfahrungen darüberlegen, so viele, bis die alten nicht mehr durchscheinen würden. Ich könnte sie vergessen machen. Da war ich sicher.

»Fühlst du das zwischen uns nicht auch? Es ist doch krass, oder? Und … ich mag deinen Körper«, fügte ich hinzu. So wie Männer das sagten. Ein unvorstellbarer Satz für die alte Pearl. »Er sieht sogar in Klamotten appetitlich aus. Man kann doch wahrscheinlich auch hier im Pick-up Sex haben, oder? Macht man das hier nicht so in Montana?« Ich probierte ein Duckface, blickte ihn von unten nach oben an und blinzelte.

Caden bremste abrupt. Das heißt, er bremste, und dann fuhr er doch weiter. Aber so sprunghaft, dass ich nach vorn geworfen wurde und der Anschnallgurt in meinen Oberkörper schnitt.

»Aua.«

»Ich will nicht mit dir schlafen«, sagte Caden langsam, als würde er mit jemandem sprechen, der nur schlecht Englisch sprach.

»Ich habe schon ganz viel Limo getrunken, man schmeckt die Kotze beim Knutschen bestimmt nicht mehr«, sagte ich. Er schaute geradeaus. Ich wurde langsam sauer. »Du hättest die andere doch auch genommen. Vorhin warst du viel netter zu mir.« Aber er reagierte nicht. Es war zum Heulen. »Ich hab's versaut.« Ich wollte den Kopf vorn auf der Ablage abstützen, unterschätzte dabei allerdings das Gewicht meines Kopfs und landete sehr unsanft auf meiner Stirn. »Au!« Ich hielt mir den Kopf und richtete mich wieder auf.

Ich hatte es vermasselt. Dann eben nicht. Oder hätte ich das lieber nicht sagen sollen? Keine Ahnung, es war alles so verwirrend. Aber als ich auf seine Brust neben mir schaute, hätte ich mich am liebsten auf ihn draufgeworfen, sofort.

»Okay«, er rieb sich den Nacken. »Es wäre gelogen, wenn ich sagen würde, dass ich nicht mit dir schlafen wollte. Vorhin jedenfalls. Aber du willst nicht mit mir ins Bett.« Er blickte kurz zu mir herüber. Egal, wie verworren alles war. Den Blick spürte ich, als wäre ein Laserschwert durch mich hindurchgefahren. »Du willst irgendetwas ... wegschlafen. Deinen alten Freund? Irgendetwas? Und ich werde bestimmt nicht der Typ sein, den du morgen bereust.«

»Ich werde dich nicht bereuen. Ich mache das ständig«, log ich. »Du brauchst dir keine Sorgen zu machen.«

»Jennifer. Ich bringe dich jetzt nach Hause«, sagte Caden.

»Du willst echt nicht«, sagte ich.

»Die Typen vorhin wären wahrscheinlich ideal für dein Projekt gewesen«, sagte er angewidert.

»Ich gefalle dir nicht«, sagte ich, bevor ich es verhindern konnte.

Er sah mich voller Mitleid an.

»Du hättest dir die Nummer mit den Sternen sparen können. Ich hasse dich«, schob ich hinterher.

Ich schloss die Augen und legte mir eine Hand vor die Stirn. All die Dinge, die ich gesagt hatte, rauschten durch meinen Kopf. Wie konnte er mich abweisen, nachdem er erst einen auf Romantiker gemacht hatte? Und warum fühlte es sich so an, als hätte ich einen riesigen Fehler gemacht? Sterneschauen. Wenn er so vielen Mädchen die »Sterne zeigte«, wieso dann nicht mir?

Durch meine Finger blickte ich auf meine nackten Beine. Mit der anderen Hand zog ich am Saum meines Kleids, das schon wieder wahnsinnig weit nach oben gerutscht war. Ich blickte auch auf seine Beine. Warte mal, was hatte ich gerade gesagt? Hatte ich das laut ausgesprochen? Ich hustete und richtete mich auf.

»Ist dir wieder schlecht?«, fragte er, und in seiner Stimme schwang diesmal Besorgnis mit. Er ließ das Fenster auf meiner Seite herunterfahren. Die frische, kühle Luft tat gut.

Eigentlich war jetzt sowieso alles egal.

»Du willst mich noch nicht mal küssen?«, fragte ich, und meine Stimme war ähnlich schrill wie die von dem Mädchen von vorhin.

Er schüttelte nur den Kopf. Schlimmer ging es wirklich nicht.

»Lässt du mich bitte aussteigen. Ich laufe den Rest.«

»Du bist völlig verrückt, Citygirl. Ich lasse dich ganz bestimmt nicht allein mitten in der Nacht nach Hause laufen. Bist du dir sicher, dass der Weg hier richtig ist?« Seine Stimme klang nicht so, als würde er irgendwelche Einwände zulassen.

»Ja, an der Kreuzung, wo es nach Bozeman geht, in die andere Richtung … Elm Creek?« Ich ließ meinen Kopf wieder in meine Hände sinken.

Er schaute kurz zu mir rüber, aber er sagte nichts mehr.

Ein paar Minuten später erkannte ich ein Straßenschild wieder, einen Fluss und etwas weiter weg die Ranch.

»Bitte halte an. Es ist da vorn.«

»Wo vorn?«

»Da vorn. Bitte halte hier an, sonst … sonst wacht meine Mutter auf.« Ich bemühte mich, besonders deutlich zu sprechen. Es gelang so halb. Außerdem wurde mir schon wieder übel.

Caden verlangsamte das Tempo.

»Da vorn?«, fragte er noch mal und zeigte in die Dunkelheit in die richtige Richtung. »Bist du sicher?«

Ich nickte. »Ja.«

Caden fuhr langsam in die Nähe des Holzhauses. Er stoppte den Pick-up ein wenig entfernt. »Ich warte hier, bis du drin bist.«

»Nein, bitte, ich …«

»Ich warte, bis du drin bist.« Er klang sehr bestimmt und ziemlich entnervt. Als wäre er sauer auf mich. Dann sprang er aus dem Auto und öffnete meine Tür, als wäre ich nicht in der Lage dazu. Die Tür war schwer, vielleicht lag er gar nicht so falsch. Er deutete mit einer ironisch einladenden Geste Richtung Haus. Ich rutschte vom Sitz und griff nach meiner Tasche. Ich wollte ihn umarmen, aber er stand so abweisend da, dass ich es ließ.

Ich lief am Straßenrand Richtung Haus, dann den unbefestigten Weg entlang. Dabei fing ich fast an zu heulen. All die großen Gefühle, das Gefühl der Freiheit, mich neu zu erfinden, das Gefühl, jemand anders zu sein, alles anders zu machen als sonst, verpuffte in der Nachtluft. Stattdessen blieb nur das saure Gefühl zurück, irgendetwas vermasselt zu haben. Als ich endlich vor dem Haus stand, blickte ich zurück zur Straße. Der Pick-up stand immer noch da. Als ich vorsichtig die Haustür öffnete und einen Arm hob, um ihm zu zeigen, dass ich sicher angekommen war, hörte ich, wie Caden den Motor wieder anließ. Die Scheinwerfer leuchteten auf, und er fuhr davon.

FÜNF

Als ich aufwachte, brauchte ich einen Augenblick, um zu begreifen, wo ich war. Ich starrte verwirrt auf das geschnitzte Fußteil, das offenbar aus dem letzten Jahrhundert übrig geblieben war. Hoffentlich war die Matratze nicht ähnlich alt. Langsam dämmerte es mir: Montana. In der Nähe von Bozeman oder was man hier als »Nähe« bezeichnete. Ich konnte nicht sagen, ob ich gut geschlafen hatte, es war so kurz gewesen. Immerhin brauchte ich nicht aus dem Bett zu springen und mich für die Schule fertig zu machen. Ich lehnte mich nach vorn, um auf die Uhr auf dem Nachttisch zu schauen. Ein stechender Schmerz durchfuhr meinen Kopf. Ich schloss die Augen. Und dann kam alles zurück. Der ganze Abend. Caden. Das blaue Shirt. Der samtblaue Himmel, als wir auf dem Gras gelegen hatten. Ich presste meine Hand vor die Stirn, als auch der Rest der Nacht in Bruchstücken zurückkam. Hatte ich, Pearl, all diese Dinge gesagt? Mir wurde fast schwarz vor Augen. Nein, das musste ich mir eingebildet haben. Aber der Geschmack nach Verwesung in meinem Mund war mehr als real. Ich schleppte mich ins Badezimmer, um mir die Zähne zu putzen. Dann schlurfte ich zurück in mein Zimmer und vergrub meinen Kopf zwischen den Händen.

Egal, wie betrunken ich gewesen war, das war einfach unfassbar peinlich. Kein Wunder, dass Caden später so distanziert gewesen war. Meine Mutter hatte schlafend auf dem Sofa gelegen, als ich nach Hause gekommen war, das Bild hatte ich noch gespeichert. Immerhin hatte sie mich nicht in dem Zustand erlebt.

Oh. Mein. Gott. Hatte ich ihn ernsthaft angebettelt, ob er mit mir schlafen wollte? Bei dem Gedanken fing mein Herz härter zu schlagen an. Ich schaute auf mein Handy, unsicher, ob ich mir seine Aufnahme vielleicht nur eingebildet hatte. Doch, die Nachricht war da. Ich drückte auf den Abspielknopf, um die Telefonnummer abzuhören, die Caden daraufgesprochen hatte. Er klang so warm und flirty. Ich ließ mich wieder auf mein Bett zurückgleiten. Ich spürte seine Stimme tief im Magen, das hatte ich zuvor nur ein Mal erlebt, als ich diesen berühmten Bariton hatte singen hören. Aber Caden war kein professioneller Bariton, er schaffte das mit dieser schlechten Sprachaufnahme auf meinem Telefon.

Ich hörte die Aufnahme noch mal ab. Dann stand ich auf und notierte die Nummer auf einem Stück Papier, einer Rechnung von einer Drogerie in New York, die ich in meinem Portemonnaie gefunden hatte. Dass ich angesichts einer Drogerie-Rechnung so wehmütig werden könnte, hätte ich nie gedacht. Ich seufzte, zerknüllte den Zettel und warf ihn in den Papierkorb. Ich konnte diesem Typen sowieso nie wieder gegenübertreten, nach allem, was passiert war. Aber dann holte ich den Zettel doch wieder heraus und schob ihn zwischen die Seiten eines Buches, das ich aus einer Kiste zog. »Effiziente Vorbereitung für den College-Aufnahmetest« – das hätte ich vor dem Umzug einfach wegwerfen können.

Vielleicht sollte ich ihm eine Nachricht schreiben, irgendeine Erklärung. Aber mein Gehirn brachte keine brauchbare Begründung für mein Verhalten hervor. Wenn ich jetzt eine Nachricht versandte, konnte ich danach nur noch auf seine Antwort lauern. Ich würde in diesem Wartezustand gefangen sein. Lieber ließ ich ihn ein wenig zappeln. Wobei es wahrscheinlich eine Wunschvorstellung war, dass er auf meine Nachricht wartete.

Dieser Moment draußen war wirklich etwas Besonderes gewesen. Das hatte ich mir doch nicht eingebildet? Caden hatte einen völlig falschen Eindruck von mir bekommen.

Aber dann: Wer war das gewesen, der da gerufen hatte? Es war ihm unangenehm gewesen, aber nicht so sehr, als hätte er gerade seine Freundin betrogen. War er jemand, der hemmungslos flirtete und jedem Mädchen halbherzige Versprechungen machte? Wenn ja, konnte man ihn vergessen.

»Pearl!« Die Stimme meiner Mutter holte mich in die Wirklichkeit zurück.

»Ja«, antwortete ich. »Einen Moment.« Ich sprang vom Bett hoch, ignorierte den stechenden Schmerz in meinem Kopf und schaute an mir herunter. Ich hatte es gestern Abend noch nicht einmal mehr geschafft, mich auszuziehen. Das Kleid war hochgerutscht und klebte an meinem Körper wie ein Oberteil. Schnell riss ich mir das Kleid herunter und zog mir eine

Shorts und ein T-Shirt über. Dann öffnete ich das Fenster, um frische Luft hereinzulassen.

Die Tür wurde schwungvoll aufgezogen, und meine Mutter kam herein. Das war knapp. Sie hatte ihre blond gefärbten Haare zu Wellen eingedreht, nicht streng glatt geföhnt wie in New York. Sie sah wütend aus.

»Mom, du hast dich gestylt wie ein Countrystar. LeAnn Rimes?«, sagte ich, bevor sie überhaupt den Mund öffnen konnte.

»Was war das gestern für ein Zettel?«

»Ich wollte nicht, dass du dir Sorgen machst«, sagte ich, als wüsste ich nicht genau, was sie eigentlich meinte.

»Wann bist du zurückgekommen?«

»Nachts, es war nicht so spät. Du hast geschlafen, als ich kam«, sagte ich.

»Hier stinkt es nach Zigaretten. Rauchst du jetzt auch noch?«

Ich rollte mit den Augen. Mein Kopf hämmerte. »Mom, ich habe noch nie geraucht. Ich werde auch nicht damit anfangen. Du kannst aufhören, Gründe zu erfinden, um sauer auf mich zu sein. Ich habe dir einen Zettel geschrieben, damit du Bescheid weißt, dass ich ausgehe. Es war kein toller Abend, und ich bin wieder da.« Hinter ihr erschien der zerzauste Kopf von meinem zehnjährigen Bruder Liam. Er hüpfte komisch hin und her. Ein Tanz aus einem Videospiel, Flossing oder so ähnlich. Es sah albern aus, und ich musste ein Grinsen unterdrücken.

Meine Mutter tobte innerlich. Ich kannte sie gut

genug, um das zu wissen. Natürlich, sie war es nicht gewohnt, nicht genau kontrollieren zu können, wo ich mich aufhielt, was ich tat. Sie hasste es, nicht die Befehlsgewalt über mein Leben zu haben. Ich hatte schließlich mein Leben lang getan, was sie wollte.

»Du wirst ja sehen, wie weit du mit diesem Rebellentum kommst. Du solltest dich jetzt auf jeden Fall ordentlich anziehen«, fauchte sie.

»Auf der Ranch gibt es wohl kaum einen Dresscode. Ich bezweifle auch, dass die Pferde von deiner Frisur beeindruckt sein werden.« Ich musste mich später noch mal hinlegen, hin und wieder wurde mir schwindelig. Ich war wahrscheinlich noch nicht einmal vollständig nüchtern. Und dann musste ich noch einen Weg finden, wie ich mein Auto zurückbekommen konnte, ohne dass meine Mutter merkte, dass es fehlte. Gab es hier überhaupt irgendwelche öffentlichen Verkehrsmittel? Taxis? Wahrscheinlich musste ich irgendjemanden auf der Ranch überreden, mit mir zu der Bar zu fahren. Das Problem war: Ich kannte niemanden hier.

»Wir gehen gleich rüber zum Haupthaus. Rose ist zurück. Wir werden sie und die Familie treffen. Da ist es wohl angemessen, sich nett anzuziehen, um unsere Wertschätzung auszudrücken.« Liam zeigte auf seine beige Hose. Er sah aus, als würde er auf einen Schulevent seiner ehemaligen Prep-School gehen. Er zuckte mit den Schultern, um mir mitzuteilen, dass sich Streit nicht lohnen würde. Manchmal war Liam trotz seiner zehn Jahre klüger als ich.

»Ich finde es cool hier«, warf Liam ein. »Ich hoffe, wir können heute noch reiten.«

»Bestimmt«, sagte meine Mutter, »wenn es hier eine Sache im Überfluss gibt, dann sind das Pferde. Und natürlich Rinder. Kannst du das Geschenk für Rose holen?«, sagte sie an Liam gewandt. Sie wollte ihn offensichtlich loswerden. Sie war so leicht zu durchschauen. Wie hatte ich sie je ernst nehmen können?

»Pearl. Du wirst dich benehmen und Rose dankbar sein. Ich bin froh, dass wir hier sein dürfen. Du weißt, wie schwierig die Situation ist«, sagte sie streng, als Liam verschwunden war.

»Dass du und Dad mich jahrelang angelogen habt, ist jetzt eine *Situation*? Das ist ein Euphemismus, würde ich sagen.« Ich sprach leise, aber nur Liam zuliebe. Er hatte wirklich genug mitgemacht. »Ich hatte volle Punktezahl im Kompetenztest Sprache. Ich versuche jetzt, mehr Fremdworte zu benutzen, an der Montana Mountain University werden die wohl kaum gebraucht.« Meine Stimme triefte vor Sarkasmus. Meine Mutter warf mir einen langen Blick zu. Plötzlich sah sie müde aus. Eine Müdigkeit, die sie sonst mit vielen Spritzen aus ihrem Gesicht verbannt hatte. Stimmt, Botox konnte sie sich wahrscheinlich auch nicht mehr leisten. Es würde ganz interessant sein zu sehen, wie sie in einem halben Jahr aussehen würde, wenn erst mal die Wirkung der ganzen Behandlungen nachließ, denen sie sich in New York ständig unterzogen hatte.

»Ich habe Kaffee gemacht. Bitte zieh dich vernünftig an und wasch dir das Gesicht«, sagte sie und verließ mein Zimmer. Vielleicht sollte ich dieses Kennenlernen einfach schnell hinter mich bringen und dann versuchen, noch ein bisschen zu schlafen.

Im Spiegel sah ich, was meine Mutter gemeint hatte. Der Kajal hatte schwarze Schlieren unter meine Augen gezogen. Ich schrubbte mein Gesicht, um das Make-up zu entfernen, und putzte mir noch mal die Zähne. Dann duschte ich abwechselnd heiß und kalt, um einen klareren Kopf zu bekommen. Nachdem ich zwei Gläser Wasser getrunken hatte, fühlte ich mich ein klein wenig besser. Wir teilten uns hier alle ein Bad, auf der Ablage standen bereits die Sachen meiner Mutter und der Waschbeutel meines Bruders. In New York hatte jeder ein eigenes Badezimmer gehabt.

Zurück in meinem Zimmer zog ich mir wieder Shorts und T-Shirt an. Was sollte ich auch sonst anziehen, einen Cocktaildress?

Im Wohnzimmer standen ziemlich viele Umzugskartons. Es gab ein grünes Cordsofa, das ziemlich gemütlich aussah, und an einer Wand war eine Küchenzeile eingebaut. Ich hatte meine Mutter schon ewig nichts mehr in der Küche machen sehen. Doch nun stand sie da und hatte die Kaffeemaschine angeworfen. Keine schicke Espresso-Supermaschine, sondern eine, aus der der Kaffee einfach durch einen Filter heruntertropfte. Hinter den Fenstern zur Rückseite lag ein Pfad, auf dem vergilbtes Gras wuchs, dahinter begannen direkt die Wiesen, die in einiger Entfernung von einem Fluss durchzogen wurden. Gäste aus der Stadt zahlten viel Geld, um eine Blockhütte mit diesem Ausblick zu mieten.

»Ich habe dir noch nicht alles gesagt«, sagte meine Mutter und reichte mir einen blechernen Becher mit dampfendem Kaffee. Liam, nach dem ich mich reflexmäßig umschaute, war nirgendwo zu sehen. Ich versuchte noch immer, ein bisschen was von dem ganzen Mist von ihm fernzuhalten. Es war schwer genug für ihn, auch wenn er es nicht wirklich zeigte.

Ich nahm den Becher und atmete den Kaffeduft ein. Er roch anders als der Kaffee in New York, bitter. »Ich kann mir nicht vorstellen, was da jetzt noch kommen kann, ehrlich gesagt«, erwiderte ich trocken. »Halt, doch, musst du auch in den Knast?«

Von meinen Worten getroffen, zuckte meine Mutter zusammen. Vielleicht waren sie hart, aber hatten wir nicht lang genug die Unwahrheit gesagt? Sie tat mir fast ein bisschen leid, aber nur fast. Sie hatte mich so im Stich gelassen, als ich sie gebraucht hatte, und jetzt wollte sie meine Unterstützung.

Der Kaffee schmeckte noch schlechter, als er roch, und war viel zu dünn. Wie man so eine Kaffeemaschine bediente, mussten wir wohl noch lernen, Starbucks gab es hier schließlich nicht. Meine Mutter biss sich nervös auf die Lippen. Ich nahm vorsichtig noch einen Schluck der halbdurchsichtigen Brühe. Vielleicht half sie zumindest dabei, den fehlenden Schlaf auszugleichen.

»Ich glaube, dass du noch nicht verstanden hast, dass wir gar kein Geld mehr haben. Nichts. Unsere Konten sind eingefroren oder beschlagnahmt. Ich musste mir Geld leihen, um überhaupt den Umzug zu bezahlen. Die Bradburys haben uns einen Vorschuss auf deine Studiengebühren gegeben.«

Für einen Moment war ich tatsächlich sprachlos. Die Studiengebühren an der Montana Mountain

University waren schließlich nicht sonderlich hoch, kein Vergleich zu Harvard. Wenn wir uns noch nicht mal die leisten konnten, obwohl ich sogar zu Hause wohnte, sah es schlecht aus.

»Ich will nicht, dass Liam es mitbekommt. Aber es reicht nicht, dass wir hier umsonst wohnen dürfen und ein bisschen helfen. Sie haben uns angeboten, Jobs auf der Ranch zu übernehmen, die bezahlt sind. Du weißt selbst, dass Rose und ich lange kein gutes Verhältnis hatten, also ist es ein sehr großzügiges Angebot. Wir werden das annehmen. Du auch. Ich habe schon zugesagt.«

»Du hättest mich vorher fragen können. Und keine Sorge über mein Benehmen. Ich bin nicht diejenige, die sich in letzter Zeit schlecht benommen hat, vergessen?«, erwiderte ich.

»Ich meine damit auch, dass du nicht anfangen kannst, nachts wie eine Prostituierte angezogen auszugehen und bis zum Morgen wegzubleiben. Ich war vorhin in deinem Zimmer, als du geschlafen hast. Du hast ja noch nicht mal dein Kleid ausgezogen, soweit man das Kleid nennen kann. Wir sind nicht in New York. Jeder kennt hier jeden.«

»Willst du sagen, dass ich in New York wie eine Prostituierte weggegangen bin? In New York bin ich nie ausgegangen. Ich habe nur gelernt. Vergessen? Ich würde dich bitten, nicht in mein Zimmer zu kommen, wenn ich schlafe.«

»Die Leute hier sind anders. Für die sind wir Städter fremd. Außerdem kann dir etwas passieren.«

»Ich glaube nicht, dass das der Grund ist, aus dem

du dir Sorgen machst. Bisher hat dich wenig gekümmert, ob mir etwas passieren kann.«

»Das stimmt nicht, und das weißt du. Am besten wäre es, wenn du auch etwas ... charmant bist. Wir können es uns nicht leisten, hier rausgeworfen zu werden. Ich muss mir auch überlegen, was ich jetzt machen werde. Wie meine Zukunft aussieht.«

Klar, dass sie, nachdem sie eine Minute über mich nachgedacht hatte, wieder bei sich selbst angekommen war.

»Wir sind von unseren Gastgebern abhängig und müssen unseren Beitrag leisten. Diese letzte Chance darfst du nicht verspielen. Ich erwarte optimales Benehmen.«

»Optimales Benehmen hat mich bisher nicht sehr weit gebracht«, erwiderte ich bitter.

»Ich brauche mir jetzt nicht noch Vorwürfe von dir anzuhören.« Sie zog sich ihre Schuhe an und nahm eine Strickjacke vom Tisch. Ich schlüpfte in meine Turnschuhe, ignorierte ihren mahnenden Blick und folgte ihr nach draußen.

»Kommst du, Liam?«, rief ich zurück ins Haus. Man hörte schnelle Schritte auf der Treppe, dann kam Liam aus dem Haus. Hoffentlich hatte er uns nicht gehört.

***

Schweigend liefen wir den steinigen Weg zum Haupthaus hinüber. Die Distanzen waren groß. Wahrscheinlich hätten wir das Auto nehmen sollen. Zum Glück war meiner Mutter nicht aufgefallen, dass der Volvo nicht vor der Tür stand. Die Morgensonne wurde durch eine dünne Wolkendecke gefiltert, das Licht war irgendwie weich und gelb, das Grün der Wiesen leuchtete fast künstlich. So ein Licht gab es in New York nur mit Instagram-Filter. Der Weg war zum Teil geteert, ein anderer Teil war nur mit kleinen Steinen belegt, die unter unseren Schuhen knirschten.

Die Ranch verteilte sich über zwei Ebenen. Auf einem Hügel standen das Haupthaus und einige Gästehütten, auf der Ebene darunter stand unsere Hütte und in einiger Entfernung die Ställe und weitere Gästehütten. Ein Platzproblem wie in New York gab es hier definitiv nicht. Schon nach der Hälfte des Weges waren meine Turnschuhe von einer Staubschicht überzogen. Liam rannte vor. Wenn er rennen konnte, statt zu laufen, tat er das. Er hatte immer zu viel Energie.

Um zum Haus zu gelangen, mussten wir eine Holzbrücke überqueren, die einen schnell fließenden, aber nicht sonderlich breiten Fluss überspannte.

Als wir näher kamen, sah ich das Haupthaus zum ersten Mal bei Tageslicht. Es war aus dem gleichen dunklen Holz gebaut wie unsere Gästehütte. Fensterrahmen und Türen waren dunkelrot gestrichen. Zu beiden Seiten erstreckten sich weitere Flügel, und auf der oberen Etage gab es Balkone, ebenfalls aus Holz und mit kleinen Giebeldächern. Zu einer Seite des Hauses lag eine Terrasse mit Sitzgruppen und großen Blumenkübeln mit rot und weiß blühenden Pflanzen. Alles sah einladend und freundlich aus.

Hinter dem Haupthaus erhoben sich Hügel, die

vollständig mit Fichten bewachsen waren, oder zumindest mit dunklen Nadelbäumen, so genau konnte ich die einzelnen Arten nicht unterscheiden.

Ich hatte Rose noch nie gesehen, obwohl sie meine Tante war, und wusste gar nicht, wie sie aussah.

»Wie lang habt ihr euch nicht gesehen?«, fragte ich.

»Fünfzehn Jahre«, murmelte meine Mutter.

»Sagst du mir irgendwann, warum?«

»Irgendwann«, nickte meine Mutter. Aber sie klang nicht sehr überzeugend. Sie wirkte nervös, und wenn ich mich nicht täuschte, stand Angst in ihrem Blick.

Als wir die Haustür fast erreicht hatten, öffnete sie sich, und eine Frau trat heraus. Sie sah völlig anders aus als meine Mutter, doch als sie lächelte, war sofort klar, dass es Tante Rose sein musste. Rose hatte rötliche Haare, die von grauen Strähnen durchzogen waren. Meine Mutter blondierte ihre Haare seit Jahren. Vielleicht hatte sie auch schon graue Haare? Ich hatte noch nie darüber nachgedacht. Möglicherweise hatte sie sogar die gleiche Haarfarbe wie Rose? Über Roses Gesicht zog sich ein Netz von feinen Falten, die geradezu edel wirkten und ihr Gesicht nicht verunstalteten. Im Gegenteil, die Falten um ihre Augen zeigten, dass sie viel lachte. Sie war gebräunt, ohne verbrannt zu sein. Sie war eine fröhliche Version meiner Mutter, die neben ihr merkwürdig glatt gebügelt schien. Ihr Gesicht wirkte von den Substanzen, die sie dort hineingespritzt hatte, versteift.

Rose lachte, vielleicht war sie ebenfalls nervös, aber sie lief mit ausgebreiteten Armen auf meine Mutter zu. In ihren Augen schimmerten Tränen.

»Patty«, sagte sie und schloss meine Mutter in ihre Arme. Meine Mutter schloss die Augen und umarmte sie zurück. Einige Sekunden lang verharrten beide regungslos. Ich konnte die Augen meiner Mutter nicht sehen, vielleicht standen dort auch Tränen. Mir fiel auf, dass ich sie noch nie hatte weinen sehen, weder vor Rührung noch vor Unglück. Sie weinte einfach nicht.

»Rose, vielen Dank, dass du uns hier aufnimmst, und ich möchte …«, murmelte meine Mutter.

»Kommt rein«, unterbrach Rose. »Liam ist bereits da. Er ist schon so groß. Er sieht aus wie … so viele Jahre«, sagte sie und brach ab, weil ihre Stimme sich zu überschlagen drohte.

»Ja, er ist ein guter Junge«, sagte meine Mutter. »Ich danke dir so sehr …«

»Pearl«, wandte Rose sich an mich. Sie wollte die sentimentalen Ausführungen meiner Mutter offenbar gar nicht hören. Rose kam auf mich zu und breitete die Arme aus, und obwohl ich mir vorgenommen hatte, kühl und distanziert zu sein, war das unmöglich, als die warmen Augen meiner Tante auf mir ruhten. Sie trug Jeans und Sweatshirt und hatte eine jugendliche Figur, doch ich war mir sicher, dass sie dafür nicht Stunden mit Pilatestrainern verbrachte, wie meine Mutter das in New York getan hatte.

»Irgendwie habe ich gedacht, dass du noch ein kleines Mädchen bist, aber natürlich, achtzehn Jahre, du bist schon eine wunderschöne Frau. Ich habe gehört, dass du eine ganz tolle Schülerin bist, immer die beste.«

Sie legte die Finger direkt in die Wunde. Vielleicht merkte sie es an meinem Gesichtsausdruck.

»Die Montana Mountain University ist eine sehr gute Uni. Du wirst hier mit Sicherheit auch interessante Kurse finden und nette Leute treffen.«

Auch wenn ich wusste, dass ich alles tun würde, um so schnell wie möglich wieder von hier zu verschwinden, weg von meiner Familie, die mich so enttäuscht hatte, konnte ich ihrem offenen Lächeln nicht widerstehen und lächelte zurück. Doch wenn meine Tante gewusst hätte, dass dieses hübsche, unschuldige Mädchen gestern völlig betrunken in einer Bar abgestürzt war, ihr Auto dort stehen gelassen und einen wildfremden Jungen geküsst hatte, würde ihre Meinung wahrscheinlich etwas anders aussehen.

»Wir haben Frühstück vorbereitet. Jake ist heute früh schon wieder los, weil er einige Rinder kaufen will, aber die anderen sind da. Ich verspreche euch, hier werdet ihr die schwierige Zeit, die ihr hattet, hinter euch lassen.« Sie drückte Moms Arm, die allerdings noch nicht ganz überzeugt die Lippen zusammenpresste.

»Ihr werdet sehen. Die Dinge werden sich zum Guten wenden, und vielleicht wird sich auch Garrets Unschuld herausstellen.«

Ich schluckte eine zynische Antwort herunter. Dads Unschuld würde sich wohl kaum herausstellen. Aus dem einfachen Grund, weil er durchaus schuldig war. Aber ich wollte ihr nicht sofort jede Illusion rauben. Auch Mom schaute bei diesen Worten starr geradeaus.

Im Flur bot Rose uns ein paar Hausschuhe an. Ich zog meine Schuhe aus, aber ging lieber barfuß. Sie führte uns ins Innere des Hauses, wo wir schon die Stimme von Liam hörten, der in seinem üblichen rasanten Redetempo irgendwelche Geschichten erzählte. Auch innen gab es hier viel Holz, dennoch war das Haus nicht dunkel, denn zusätzlich gab es große Fenster, die das Licht von draußen hereinließen. Alles wirkte natürlich, nicht absichtlich gestylt, dennoch war es voller warmer Country-Atmosphäre. Irgendwie hatte ich bisher gedacht, dass so ein Look von Ralph Lauren entworfen worden war und nicht wirklich existierte. Doch nun war mir klar: Der Ralph-Lauren-Store in New York war die Kopie.

Dem Geräusch des klappernden Geschirrs nach zu urteilen, näherten wir uns der Küche.

»Die Kinder sind auch da«, sagte Rose. »Wobei Kinder wohl nicht mehr die richtige Bezeichnung ist.« Sie gluckste.

Was sie dann sagte, hörte ich nicht mehr, denn wir waren in die Küche getreten.

Am Herd stand ein Junge in einem karierten Hemd und schwenkte eine Pfanne. Und nein, es war definitiv kein kleiner Junge, es war ein ziemlich ausgewachsener Junge. Er war groß, hatte breite, muskulöse Schultern, haselnussbraune Haare mit einem rötlichen Schimmer und sehr dunkle Augen. Er war unglaublich attraktiv.

Es war der Typ, den ich noch vor wenigen Stunden geküsst hatte: Caden. Auch ohne Alkohol hatte er nichts von seiner Anziehung verloren. Ich hatte ihn geküsst. Und ich hatte ihn angebettelt, dass er mit mir schlafen sollte. Fast wäre ich vor Scham in Ohnmacht gefallen, als ich daran dachte.

Caden blickte konzentriert auf die Pfanne, wendete einen Pfannkuchen, dann hob er langsam den Kopf. Ich war völlig versteinert und hatte das Gefühl, weder einen weiteren Schritt machen noch nur ein Wort herausbringen zu können. Zum Glück stand ich hinter meiner Mutter, die mein Gesicht nicht sehen konnte. Dort war mit Sicherheit abzulesen, dass irgendetwas nicht stimmte, oder schlimmer, was gestern passiert war, oder eher: Was nicht passiert war. Wie in Zeitlupe verzog sich Cadens Gesicht zu einem Lächeln. Nur ein Mundwinkel zog sich nach oben. Entweder hatte sich die Weltzeit verlangsamt, oder es war wirklich langsam, schwer zu sagen.

»Das ist mein Großer, Caden«, stellte Rose ihn vor. Caden blickte mich entschuldigend an. Natürlich, er hatte ja schon seit gestern gewusst, dass ich die verlorene Verwandtschaft war. Er hatte sich auf das Wiedersehen einstellen können, ich hingegen war völlig unvorbereitet.

»Er zeigt sich heute von der besten Seite und versucht, euch mit seinen Buttermilch-Pfannkuchen zu beeindrucken. Es ist allerdings das Einzige, was er kochen kann, nur zur Warnung.«

»Mom, musst du die Illusion direkt in den ersten fünf Minuten zerstören?«, fragte Caden. »Du hättest mir meinen Ruhm doch ein bisschen länger gönnen können, oder? Deine Verwandtschaft wäre vielleicht noch wochenlang beeindruckt gewesen.«

Aus dem Esszimmer trat Liam in die Küche, neben ihm ein Junge, der ähnlich alt war wie er. Er hatte dunkle, wellige Haare und war wesentlich gebräunter und muskulöser als Liam. Neben ihm sah Liam wie ein dünnes Stadtkind aus.

»Hallo, Tante Patty«, sagte der Junge, ging zu meiner Mutter, als hätte er sie schon tausend Mal gesehen, und umarmte sie. »Ich bin Carl.«

»Hallo, Carl«, sagte meine Mutter und umarmte ihn etwas steif zurück. »Schön, dich kennenzulernen. Auf dem letzten Foto, das ich von dir gesehen habe, warst du noch ein Baby«, sie brach plötzlich ab.

Caden wendete den Pfannkuchen mit einem geschickten Wurf. Dann nahm er die andere Pfanne und blickte beifallheischend zu mir herüber. Doch als sein Blick meinen traf, fiel ihm die Pfanne fast aus der Hand. Ich wusste, warum er sich erschrocken hatte. Er musste den panischen Ausdruck in meinem Gesicht gesehen haben. Ich musste mich zusammenreißen.

»Caden! Das tut mir leid, ich wusste nicht, dass du bei Zuschauern so nervös wirst«, sagte seine Mutter grinsend, als er die Pfanne erst wieder zu fassen bekam, nachdem sie laut auf die Herdkante geschlagen war.

Er lachte. Ich schaute schnell woanders hin.

»Hallo, Carl«, sagte ich und räusperte mich. Carl kam ebenfalls zu mir und umarmte mich kurz. »Hallo, Cousine.«

Ich nickte. Und plötzlich wurde mir klar, dass Caden ebenfalls mein Cousin war. Hatte ich gestern meinen

Cousin geküsst? Hatte ich meinem Cousin angeboten, mit mir zu schlafen? Bei dem Gedanken an den Abend brannte mein Gesicht, und am liebsten hätte ich mich umgedreht und wäre gegangen. Doch ich musste das jetzt durchstehen und mich normal verhalten, was auch immer das war.

Caden holte zwei Teller mit Pfannkuchen aus dem Ofen, wo er sie wohl zum Warmhalten aufbewahrt hatte, und türmte den letzten Pfannkuchen oben auf den Stapel.

»Fertig«, strahlte er. Er stellte die Teller auf die Ablage in der Küche. Liam ging zu ihm, und sie klatschten sich ab. »Hi, Liam. Über dich freue ich mich besonders. Du kannst vielleicht ab jetzt die ›Star-Wars‹-Diskussionen mit meinem Bruder übernehmen. Mein Interesse ist abgeflaut, und er kann wirklich sehr viel über ›Star Wars‹ reden …« Liam strahlte ihn voller Bewunderung an. Perfekt, endlich hatte er den großen Bruder zum Anhimmeln, den er sich immer gewünscht hatte. Dann ging Caden auf meine Mutter zu. Sein Gesichtsausdruck wurde ernster.

»Hallo, Tante … hallo, Patricia. Ich bin Caden«, erklärte er überflüssigerweise. Er warf einen Blick zu Rose, die ihm aufmunternd zunickte. »Willkommen auf der Triple Creek Ranch.« Seine Stimme hatte einen anderen Klang, und die Unbeschwertheit von vorher war plötzlich verschwunden. Es hörte sich nicht sonderlich begeistert an. Er räusperte sich. Dann umarmte er meine Mutter, zog die Arme aber schnell wieder zurück.

Danach machte Caden einen langen Schritt auf mich zu. Er lächelte wieder, aber er wirkte etwas nervös, und seine Wangen waren gerötet. So cool war er dann also doch nicht. Das war beruhigend. Oder auch nicht.

»Hey«, sagte Caden. »Du bist also Pearl.« Seine Stimme klang etwas heiser, aber sie produzierte immer noch diese Wellen, die mir unter die Haut gingen. »Schön, dich kennenzulernen, Pearl«, wiederholte er noch mal meinen Namen. Er genoss es scheinbar, mich daran zu erinnern, dass ich gestern noch Jennifer gewesen war. Er umarmte mich ebenfalls kurz, ein bisschen so, wie ein Rapper seinen Kollegen begrüßen würde, und ließ mich schnell wieder los. Aber es reichte, um mich aus der Fassung zu bringen. Sofort hatte ich einen Flashback, der von gestern vertraute Geruch stieg mir in die Nase, und das Gefühl von seiner Hand auf meiner Schulter war so intensiv, als würde sie auf meiner nackten Haut liegen.

Rose, die scheinbar bessere Antennen als meine Mutter hatte, blickte von ihm zu mir und legte den Kopf etwas schief.

»Habt ihr euch gestern schon getroffen?«, fragte sie.

»Wir sind ja erst so spät angekommen, da ist nicht mehr viel passiert«, sagte ich schnell, ohne wirklich eine Antwort zu geben.

Ich bemerkte ein Zucken in Cadens Gesicht und versuchte, ihm irgendwie mitzuteilen, dass er auf keinen Fall verraten sollte, dass wir uns schon kannten. Ich musste mich beruhigen und das Glühen in meinen Wangen bekämpfen. Vielleicht sollte ich meinen

Kopf für einen Moment in den Kühlschrank halten. Aber das würde leider etwas merkwürdig wirken.

Als Rose und Mom in Richtung Esszimmer vorangingen, drückte er ganz kurz meine Hand und murmelte: »Keine Angst, ich quatsche nicht.« Ich konnte nicht verhindern, dass ich in dem Moment, in dem er meine Hand anfasste, zurückzuckte, als hätte er mich mit einem Elektroschocker berührt. Das durfte einfach nicht wahr sein.

Wir gingen ins Esszimmer und setzten uns an einen langen Holztisch. Die zwei Teller mit Pfannkuchenstapeln kamen in die Mitte, damit sich jeder welche nehmen konnte. Ich konnte es immer noch nicht glauben, dass Caden mein Cousin war. War ich jetzt pervers? Am besten schaute ich überhaupt nicht mehr zu ihm. Es war so unfassbar peinlich. Außerdem fielen mir immer wieder Momente des gestrigen Abends ein, Sätze, die ich gestern von mir gegeben hatte. Ich wünschte, ich hätte einen totalen Filmriss, dann wüsste ich wenigstens nichts mehr davon und bräuchte mich nicht zu schämen.

Mein Cousin. Was dachte sich das Schicksal eigentlich für einen Quatsch aus? Manchmal hatte ich das Gefühl, das Schicksal hatte es darauf angelegt, mich zu überraschen. Ungefähr siebzehn Jahre lang hatte es keine großen Überraschungen gegeben, und jetzt kamen sie Schlag auf Schlag.

»Ich habe gedacht, dass Caden dir nachher ein wenig das Westernreiten beibringen könnte. Deine Mutter meinte, du wärst eine sehr gute Reiterin?«

Ich nickte. Das stimmte so halb. Als ich jünger gewesen war, war ich in verschiedenen Sommercamps gewesen. Da meine Eltern immer Wert darauf gelegt hatten, dass ich mit Leuten in Kontakt kam, die mir später bei meiner Karriere helfen könnten, waren die Camps ziemlich exklusiv gewesen, und natürlich hatte man da auch reiten können. Aber das war schon ein paar Jahre her, keine Ahnung, ob viel von meinen Reitkünsten übrig geblieben war.

Caden warf sein Wasserglas um.

»Shit«, murmelte er.

»Ich habe den Eindruck, Caden war gestern Abend etwas lang unterwegs und ist heute noch nicht ganz frisch«, sagte Tante Rose.

»Hey, Mom, danke, dass du mich nur im besten Licht erscheinen lässt. Das nennt sich Sharenting, und es gibt schon Gerichtsfälle, wo Kinder ihre Eltern verklagt haben, weil sie zu viel aus ihrem Privatleben preisgegeben haben. Ich kann froh sein, dass du das Internet blöd findest und nicht noch Bilder von mir postest.«

»Ach, es gibt so viele süße Bilder von dir …«

»Mom …«, sagte Caden, aber er lachte in sich hinein. Er war süß, wenn er lachte. Ah, ich durfte nicht daran denken, dass er süß oder sonst was war. Das war ein totales No-Go. Erstens war er ein Typ, der Frauen gern das Herz brach. Und zweitens, wichtiger, war er mein Cousin. Mein Cousin, der jetzt dachte, dass ich die größte Schlampe war und im Zweifel mit jedem aus dem Laden nach Hause gegangen wäre. Ich hätte vor Scham im Boden versinken können.

Tatsache war, dass ich rückblickend ziemlich froh war, dass er mich mitgenommen hatte, denn vielleicht hätte ich sonst tatsächlich noch irgendeinen Mist gemacht, den ich dann bereut hätte. Ich konnte schließlich nicht behaupten, dass ich auf irgendwelche erfreulichen sexuellen Erfahrungen zurückblicken konnte. Dabei war ich noch nicht einmal mehr Jungfrau, dann hätte ich zumindest gar keine gehabt.

»Muss ich reiten?«, fragte ich. »Ich glaube, ich habe eine Pferdeallergie.«

Meine Mutter sah mich an, als wollte sie mich erdolchen. Ich hatte keine Pferdeallergie, aber das könnte schließlich sein.

»Oh«, sagte Tante Rose besorgt. »Das wäre natürlich nicht ideal. Pferde gibt es hier wirklich viele. Aber falls es zu schlimm wird, kann man das behandeln.« Sie legte die Stirn in Falten. Mir fiel auf, dass ich noch nie gesehen hatte, wie meine Mutter die Stirn gerunzelt hatte.

»Heute muss ich sowieso wegen der Einschreibung zur Uni fahren. Die Onlinefrist war schon verstrichen, als klar wurde, dass wir herkommen.«

»Natürlich«, sagte Rose und warf meiner Mutter einen Blick zu, der wohl heißen sollte: Mach dir keine Sorgen, sie wird sich schon hier eingewöhnen. »Ruh dich erst einmal ein paar Tage aus und erledige die Dinge an der Uni. Dann kann Caden mit dir reiten gehen. Nicht wahr, Caden?«

Caden nickte. »Natürlich. Ich zeige dir alles«, sagte er und lächelte. Jetzt wirkte er gar nicht mehr nervös. Klar, er fühlte sich mir überlegen, weil er früher verstanden hatte, wer ich war. Hatte er das eigentlich schon im *Sweet Dream Valley* gewusst?

Liam und Carl mampften Pfannkuchen und unterhielten sich über irgendwelche Videospiele. Offenbar unterschieden sich die Interessen von Zehnjährigen in New York und Zehnjährigen in Montana nicht besonders. Ich konzentrierte mich darauf, meinen Pfannkuchen in kleine Stücke zu zerteilen. Ich goss noch eine Portion Ahornsirup drauf. Er war mit Bananen und Walnüssen verfeinert und schmeckte tatsächlich köstlich.

Aber irgendwie nervte mich, dass alle so taten, als wäre alles gut und als wären wir aus freien Stücken hier. Dabei stimmte das ganz und gar nicht. Wir waren hier gestrandet. Mein Vater saß im Knast. Meine Mutter hatte aus Gründen, die sie mir nicht nennen wollte, fünfzehn Jahre nicht mit Tante Rose gesprochen und »vergessen« mir mitzuteilen, dass ich zwei Cousins hatte, von denen ich einen gestern geküsst hatte. Und ich konnte von Glück sagen, dass es bei einem Kuss geblieben war. Ich hatte keine Lust, so zu tun, als gäbe es keine Probleme. Dieses Spiel hatten wir in New York lange genug gespielt. In mir regte sich Widerstand.

»Eigentlich mag ich Pferde nicht sonderlich.« Ich zuckte mit den Schultern. Das stimmte nicht. Ich liebte Pferde. Aber diese Friede-Freude-Eierkuchen-Stimmung war unerträglich.

Meine Mutter riss die Augen auf: »Natürlich magst du Pferde, du wolltest schon als kleines Mädchen dauernd reiten. Wir hatten Probleme, es dir auszureden. Das hast du wahrscheinlich vergessen.« Sie lächelte angestrengt.

»Da war ich zehn«, sagte ich nüchtern.

»Wieso wolltet ihr es ihr denn ausreden?«, fragte Tante Rose.

»Es wurde zu viel mit Klavier und Feldhockey«, erwiderte meine Mutter knapp. »Die Pfannkuchen sind köstlich, nicht wahr, Pearl?« Der strenge Ton und Blick meiner Mutter verrieten, dass sie keineswegs daran interessiert war, ob mir die Pfannkuchen wirklich schmeckten. Sie wollte eine Botschaft senden. Ich sollte gefälligst damit aufhören, querzuschießen. Ich lächelte zurück, aber so, dass sie wusste, dass das Lächeln nicht ernst gemeint war. Ich würde ihre Spielchen nicht länger mitmachen. Ich fing zufällig Cadens Blick auf, der mich genau beobachtete, und sah schnell wieder weg. Sein Blick war ... jedenfalls nicht so, wie man seine Cousine anschaute.

Meine Wangen glühten. Ich hoffte, das hier würde nicht mehr allzu lange dauern.

»Wann seid ihr denn angekommen?«, fragte Caden mich in einem Moment, als Rose und meine Mutter im Gespräch waren.

Ich zerschnitt den Pfannkuchen so energisch, dass mein Messer auf dem Porzellanteller quietschte.

»Ich habe kein Auto hier«, sagte ich leise. »Und ich muss gleich zur Uni. Du hättest mich gestern nicht mitnehmen sollen. Denkst du, dass das lustig ist? Du kannst mir doch nicht erzählen, dass du nicht wusstest, wer ich war.«

»Es wäre unverantwortlich gewesen, dich fahren zu lassen. Jennifer«, fügte er hinzu. »Und wie hätte ich wissen können, dass Jennifer, die nur kurz aus New

York zu Besuch ist, und Pearl Anderson dieselbe Person sind?«

Ich schob mir einen letzten Bissen Pfannkuchen in den Mund. »Die Straße hat eine einzige Kurve, das hätte ich schon geschafft.«

»Dein Auto steht auf dem Parkplatz oben. Du kannst sagen, dass wir noch etwas reparieren mussten.«

Für einen Moment schaute ich ihn verwirrt an.

Caden schob sich eine Haarsträhne aus der Stirn. »Ich habe vorhin zwei von der Ranch losgeschickt, um es zu holen.«

»Was hast du ihnen erzählt?« Ich hielt den Atem an. Das war ja ein toller Einstieg.

»Dass ich zu viel getrunken hatte und das Auto stehen gelassen habe. Entspann dich.«

»Woher hattest du den Schlüssel?«

»Wir hatten noch einen Ersatzschlüssel.«

Für einen Moment blickten wir uns direkt in die Augen. Aber dann begann schon wieder dieser komische Energiestrom zu fließen, der so gar nichts mit Cousin und Cousine zu tun hatte, und ich blickte schnell zur Seite.

Jetzt spürte ich langsam die Müdigkeit in den Gliedern. Die lange Fahrt gestern, der Alkohol, die kurze Nacht. Ich würde dieses Frühstück hinter mich bringen, zur Uni fahren und mich danach ins Bett legen.

»Okay. Ich fahre dann besser mal«, sagte ich, als der letzte Pfannkuchen vertilgt war.

»Soll Caden mit dir fahren?«, fragte Rose.

»Nein, nein«, sagte ich schnell. »Ich habe mir die

Strecke rausgesucht, gar kein Problem. Vielen Dank für das Frühstück.«

Rose stand auf und brachte mich zur Tür.

»Es ist schön, dass ihr hier seid. Ich hoffe, ihr fühlt euch willkommen. Es macht mich sehr glücklich, egal, was die Gründe für euer Kommen sind. Es ist keine Notlösung, sondern ein Geschenk«, sagte sie und sah mich an.

»Danke, Rose«, sagte ich. Und dann drehte ich mich vor der Tür doch noch einmal zu ihr um, und es brach aus mir heraus: »Ich wusste gar nicht, dass du zwei Söhne hast! Mom hat das nie erzählt.«

»Caden ist Jakes Sohn aus erster Ehe«, erklärte Rose. »Aber er ist seit zwölf Jahren auch meiner.«

»Ja, Dad hat die beste Mom der Welt geheiratet«, ertönte Cadens Stimme hinter Rose, sodass ich zusammenzuckte. Er musste gerade in den Flur getreten sein und hatte die letzten Worte seiner Mutter aufgeschnappt.

Caden stellte sich hinter Rose und umfasste ihre Schultern, eine vertraute und liebevolle Berührung.

»Das ist der Zweitschlüssel vom Volvo. Ich dachte, dass du ihn vielleicht gebrauchen könntest«, sagte er und zwinkerte. Er streckte eine Hand aus und hielt mir den Schlüssel hin.

Wie in Trance nahm ich den Schlüssel und achtete darauf, dabei nicht seine Finger zu berühren. »Danke.«

Und dann machte ich, dass ich wegkam. Ich brauchte erst mal etwas Zeit, um zu verarbeiten, was hier los war. Aber ich konnte nicht verleugnen, dass ich irgendwie sehr erleichtert war, dass Caden nicht mein Cousin war.

SECHS

Kurze Zeit später saß ich in meinem orangenen Volvo. Von innen war er einigermaßen sauber, aber außen bedeckte eine dicke Staubschicht den zum Teil rostigen Lack. Lohnte es sich hier eigentlich, Autos zu waschen? Vermutlich waren sie einen Tag später direkt wieder mit Staub überzogen.

Ich hatte mir ein Sweatshirt übergezogen, denn ein kühler Wind blies kleine, zerfaserte Wolken über die Ebene, und so war es trotz der strahlenden Sonne nicht sehr warm. Ich kurbelte die Fenster herunter und ließ den Wind durch meine Haare wehen. Sie waren ziemlich lang, und ich würde sie danach nur schwer kämmen können. Bei dem Gedanken, was meine Mutter zu Rastalocken sagen würde, musste ich kichern. Ich fühlte mich trotz des wenigen Schlafs gar nicht mehr so müde, und der Pfannkuchen hatte meinen Magen beruhigt. Dennoch, so ganz normal fühlte ich mich nicht, eher wie ein Alien, das auf einem fremden Planeten gestrandet war. Und in einem fremden Körper gefangen. Als wären »ich« und die Hand, die vor mir das Steuer lenkte, nicht wirklich verbunden. So viel würde ich nie wieder trinken.

***

Ich fuhr in die andere Richtung als gestern. Die Straße führte über sanft gewelltes Land. Die Landschaft hatte sich hier wahrscheinlich in den letzten tausend Jahren nicht wesentlich verändert, nur dass hier früher Indianer umhergeritten waren statt Autos. Aber abgesehen von den Straßen, die die Ebene durchzogen, wirkte vieles wie von der Zeit unangetastet.

Dann tauchte die Montana Mountain University in der Entfernung auf. Die Gebäude sahen so aus wie die einer renommierten Ostküsten-Uni. Damit hatte ich nicht gerechnet.

Ich fuhr auf eine lange und schnurgerade Auffahrt, die an einem rötlichen Backsteingebäude mit einem großen Turm endete. Das Gebäude war hübsch, nostalgisch, wie die Backsteingebäude im Meatpacking District in New York. Die Wiesen, die rechts und links von der Zufahrtsstraße lagen, waren von einem saftigen Grün. Verteilt darauf standen alte Bäume in ungeordneten Gruppen. Sogar die Bäume wirkten hier entspannter als in New York. Auf dem oberen Teil des Turms prangte eine schwarze Uhr mit goldenen Zeigern, darüber reckte sich ein spitzes Kupferdach in den Himmel, das die Zeit grün gefärbt hatte. Auch die angrenzenden Gebäude waren aus rotem Backstein, es sah nicht viel anders aus als in Harvard – den Campus kannte ich schließlich genau. War diese Universität tatsächlich so alt?

Hinter den Gebäuden erhob sich ein mit Gras bewachsener Hügel, dessen Flanken mit einigen Nadelbäumen gesprenkelt waren, darüber ein großes Stück tiefblauer Himmel. Es war ein geradezu unwirklicher Anblick, jedenfalls, wenn man schnurgerade Straßen bis vor Kurzem nur als mit Autos vollgestopfte Gassen zwischen Hochhäusern erlebt hatte. *Big Sky Country* war der Slogan vom Staat Montana. Es war wirklich ein Himmel zum Angeben. Ich seufzte.

Der Parkplatz war riesig. Natürlich: Alle Studenten kamen mit dem Auto, und wenn Montana an irgendetwas nicht sparen musste, dann am Platz. In New York wurden Autos sogar auf unbefestigten Parkplätzen häufig mit fahrstuhlartigen Konstruktionen gestapelt, jeder Zentimeter wurde genutzt, jede noch so kleine Ecke hatte irgendeine Aufgabe. Heute allerdings waren die meisten Stellplätze leer. Schließlich fanden keine Kurse statt. Es war Orientierungswoche, und die Verwaltung hatte für alle Neuankömmlinge auch am Wochenende geöffnet.

Im Internet hatte ich einen Plan ausgedruckt, mit dessen Hilfe ich schnell das Gebäude fand, das ich suchte.

Das Sekretariat war in einem kleineren Haus aus Holz untergebracht, das eher aussah wie eine Ferienunterkunft im Sommercamp. Ich hatte mich viel zu spät beworben, aber der Uni war aufgefallen, dass ich ein extrem gutes Zeugnis hatte, und sie hatten mich trotzdem aufgenommen. Außerdem hatte meine Tante ein paar Freunde angerufen. Irgendwie kannte hier jeder jeden. Ein Witz.

Nach meiner Anmeldung musste ich nicht warten, um ins Zimmer der Studienberaterin vorgelassen zu werden.

»Hallo, Miss Anderson. Willkommen in Montana. Wir freuen uns, Sie an unserer Uni willkommen zu heißen, und hoffen, dass Sie sich bald zu Hause fühlen werden. Ich bin Mary Berk und werde Ihnen bei der Einschreibung helfen.« Neben der dunkelhäutigen Frau mit dem freundlichen Gesicht stand ein Container mit zwölf Donuts. Sie sah aus, als würde sie die locker allein schaffen. Ihre langen Haare hatte sie zu gleichmäßigen Locken eingedreht. Dazu trug sie pinken Lippenstift, der ihre vollen, freundlich lächelnden Lippen betonte.

»Sie hatten in Ihrer Bewerbung geschrieben, dass Sie am Pre-Med-Program teilnehmen möchten, um später die Medizinische Fakultät zu besuchen, nicht wahr?«

Sie wirkte, als würde sie ihren Job tatsächlich gern machen.

Ich nickte. Pre-Med. Das stimmte. Das war mein Weg. Seit der Grundschule hatte ich das auf jede Bewerbung geschrieben.

»Die Kurse sind tatsächlich ziemlich ausgebucht, und es wird etwas schwer, Sie dort noch unterzubringen.«

»Das macht nichts«, sagte ich. Mir war egal, was ich hier studierte. Ein Semester, dann musste ich es geschafft haben, irgendwo anders unterzukommen.

»Nein, nein«, Mrs Berk wirkte etwas verdattert. »Ich wollte Ihnen sagen, dass Sie sich keine Sorgen machen müssen. Ich habe es dennoch hinbekommen, dass Sie zumindest den ersten Physikkurs und einen Chemiekurs machen können, Biologie dann im nächsten Semester. Dann ist die Reihenfolge etwas anders, aber so kommen Sie in alle Kurse, die Sie später benötigen.«

»Okay«, sagte ich. Ihre Augen hafteten ein wenig länger an meinem Blick, als wollte sie dort die Antwort für mein Verhalten finden. »Was hatten Sie sich denn noch für Kurse ausgesucht? Ich schaue, was ich machen kann.« Sie zwinkerte mir zu.

Ich blinzelte hilflos zurück. Ich hatte mir noch gar nichts ausgesucht. »Darf ich noch mal kurz die Übersicht haben?«, fragte ich schnell.

Sie nickte und reichte mir die Broschüre. »So viele wunderbare Möglichkeiten«, sagte sie nicht ohne Stolz.

Ich schlug die Broschüre auf und tat, als würde ich sie nicht zum ersten Mal sehen, sondern etwas suchen. Ich war auf der Seite mit europäischen Sprachen gelandet.

»Schwedisch?«, sage ich, auch wenn es eher wie eine Frage klang.

»Sie möchten gern einen Schwedischkurs belegen«, wiederholte Mrs Berk. »Das ist kein Problem, in dem Anfängerkurs ist noch Platz.«

»Und …« Ich blätterte weiter. Ich würde den dritten Kurs von oben auf Seite 23 nehmen. Da, hier war die richtige Seite. »Und dann noch *Architektur indischer Tempel: Südindien und Nordindien im Vergleich.*« Erstaunlich, was man in Montana alles studieren konnte.

»Gut«, sagte Mrs Berk. »Auch da ist noch Platz. Da haben wir ja Glück, dass Ihr Geschmack eher ungewöhnlich ist.« Sie war zufrieden mit meiner Auswahl und hatte die Willkür scheinbar nicht bemerkt.

»Möchten Sie auch in das Musikprogramm, Miss Anderson? Aus Ihrer Bewerbung geht hervor, dass Sie sehr gut Klavier spielen. Wir haben ein wundervolles Orchester an der Universität.«

Sie hatte sich meine Bewerbung scheinbar sehr genau angeschaut. Ich schüttelte den Kopf und blätterte weiter. Kein Klavier mehr. Mein Blick fiel auf einen anderen Kurs.

Ich schloss kurz die Augen. Kleine helle Sterne flogen vor dem Inneren meiner Lider vorbei. Ich musste an gestern Nacht denken, den Himmel, der geleuchtet hatte, wie ich es noch nie gesehen hatte.

»Gibt es noch einen Platz in Astronomie?«, fragte ich. *»Astro 101: Einführung in die Physik des Weltraums?«*

Mary zog ihre hohe Stirn in Falten. »Der Kurs ist immer sehr beliebt und eigentlich voll. Aber ...« Sie tippte etwas in ihren Computer, brummte, tippte weiter. »Ich machte jetzt etwas, was ich eigentlich nicht tun darf, und schaffe ein bisschen Platz.« Sie lächelte mich verschmitzt an. »Aber erzählen Sie es niemandem. Wir sagen einfach, es war ein Computerfehler, dass noch eine Person mehr zugelassen wurde.« Sie zwinkerte mir zu.

»Das war's?«, fragte sie dann.

Ich nickte.

Der Drucker in der Ecke begann zu arbeiten und spuckte meinen Stundenplan aus. Sie griff nach dem Papier und reichte mir den Plan.

»Möchten Sie noch einem Sportteam beitreten?« Ihr Blick fiel auf meine Bewerbung. »Feldhockey haben wir hier leider nicht.«

»Ich mag sowieso kein Hockey.«

Wieder fixierte sie mich mit diesen großen, ruhigen Augen, wohlwollend, vielleicht etwas mitleidig. Sie dachte wahrscheinlich, dass ich die Trotzphase noch nicht hinter mir gelassen hatte.

»Ich gebe Ihnen einfach die Übersicht mit. Dann gehen Sie direkt zum Coach. Das wird schon.«

»Danke«, sagte ich, obwohl ich auf keinen Fall vorhatte, irgendeinen Zusatzkurs zu belegen, nicht in Sport oder sonst wo.

»Wunderbar«, sagte Mary. »Das hat ja gut geklappt. Und im nächsten Semester können Sie sich frühzeitig selbst online anmelden. Dann sind auch alle Kurse offen.«

Ich blickte auf den Plan in meiner Hand. Er sah völlig anders aus als der Plan, den ich mir vorgestellt hatte, als ich mich am College beworben hatte. Die Geschichte Indiens? Schwedisch, Astrophysik und daneben noch ein paar Kurse für zukünftige Medizinstudenten? Er wirkte ein wenig wie der Stundenplan einer Irren.

»Sie können jederzeit vorbeikommen und mir erzählen, wie es läuft. Sie wissen ja, wo Sie mich finden. Und auch wenn Sie die Einführungswoche verpasst haben, leben Sie sich bestimmt schnell ein«, sagte Mary Berk. »Ich bin mir sicher, dass es Ihnen hier gut gefallen wird.« In meinen Ohren klang es so, als wollte sie es beschwören.

Als ich mit meinem ausgedruckten Plan und der Karte in meinem Handy über den Campus lief und die Nummern auf meinem Plan mit denen auf den Gebäuden verglich, damit ich am Montag meine Kurse problemlos finden würde, ertönte hinter mir eine Stimme.

»Kann ich dir helfen?«

Ich wandte mich um. Drei Typen standen dort zusammen. Sie hatten scheinbar schon eine Weile beobachtet, wie ich versuchte, mich zurechtzufinden. Jedenfalls sahen alle drei zu mir. Der eine, lange Beine, bekleidet mit einer schwarzen Lederjacke, löste sich von der Gruppe und kam auf mich zu.

»Du bist neu hier an der Uni?«, fragte er und schob eine schwarze, glatte Haarsträhne zur Seite. Seine Augen waren schmal, fast ein wenig asiatisch, aber grün.

Ich nickte. »Gerade angekommen. Und du?«

»Zweites Jahr«, erwiderte er.

»Du kennst dich hier also aus?« Ich legte den Kopf schief.

»Ich denke schon.« Er grinste selbstbewusst. Er trug nicht nur eine schwarze Lederjacke. Seine Kleidung war komplett schwarz: schwarzes T-Shirt, schwarze Hose, schwarze Boots.

»Ich suche Fisk Hall und das Mansfield Freeman Center.«

»Die kann ich dir zeigen, ich hätte gerade Zeit, ist nicht weit.«

Ich zuckte mit den Schultern. »Okay.« Die Leute hier waren seltsam. In New York waren alle unnahbarer.

»Du magst Schwarz«, sagte ich mit Blick auf seine Klamotten, als wir uns in Bewegung setzten.

»Du magst sehr kurze Shorts«, sagte er mit Blick auf meine abgeschnittene Jeans. Oder eher auf meine Beine in der abgeschnittenen Jeans.

Er lief neben mir her, als wäre das selbstverständlich und als wäre es unmöglich, sein Verhalten als aufdringlich zu verstehen.

»Wenn du im zweiten Jahr bist, warum bist du dann während der Orientierungswoche schon hier?«, fragte ich.

»Vielleicht möchte ich ja sehen, welche Studenten neu sind«, erwiderte er.

»Nicht dein Ernst, oder? Ihr steht da, um das Frischfleisch abzuchecken?«

»Könnte sein. Woher kommst du?«

»New York City«, sagte ich. Mir entging nicht, dass er beeindruckt war. Irgendwie gefiel mir diese Rolle des Citygirls. Ich kam mir vor wie das Mädchen von nebenan, das das coole Mädchen aus New York spielte. Schließlich war ich in New York alles andere als cool, sondern ein Mega-Nerd gewesen.

***

Eine halbe Stunde später saß ich im Volvo zurück zur Ranch. Ich hatte die Gebäude von meinen ersten Vorlesungen gefunden und die Telefonnummer von einem Typen namens River war neu in meinem Telefon eingespeichert. Wie konnte man sein Kind nur River nennen! Aber er meinte, seine Eltern seien Hippies gewesen und seine Schwester hieße Star. *Star.* Schon wieder musste ich an gestern denken. Den Himmel. Den Nicht-Cousin. Darüber, wie ich Caden alles erklären würde, würde ich später nachdenken, beschloss ich, als ich den Volvo vor unserem Haus parkte. Jetzt musste ich erst einmal schlafen.

SIEBEN

Die nächsten paar Tage vergingen schnell. Die Uni hatte begonnen, und zu Hause waren wir damit beschäftigt, die restlichen Kartons auszupacken. Ich brachte viel von dem, was ich aus den Kartons und Koffern zog, direkt zur Heilsarmee-Sammelstelle, die nur zehn Minuten von der Uni entfernt war. Inzwischen war ich mehr als dankbar für den geräumigen Volvo. Dieser ganze überflüssige Quatsch, den ich hierhin mitgeschleppt hatte!

Zum Glück hatte ich zwischen Uni und Auspacken nicht viel Zeit, um über den Abend im *Sweet Dream Valley* nachzudenken. Caden besuchte mit seinem Vater Jake eine Konferenz für Landwirtschaft, also konnte ich ihm auch nicht unerwartet über den Weg laufen. Ich war ganz froh darüber, ihn nach diesem peinlichsten Abend meines Lebens ein paar Tage nicht sehen zu müssen. Ich beschloss, den Abend in meinem Gedächtnis einfach hinter die Mauer zu schieben, wo noch einige andere Erinnerungen gelagert waren, die ich aus meinem Bewusstsein verbannt hatte.

Ein paar Tage später begann auch Liams Schule, und ich wechselte mich mit meiner Mutter mit dem Hinbringen ab. Carl fuhr mit einer Fahrgemeinschaft, die momentan aber keinen Platz frei hatte.

»Dir gefällt es hier nicht, oder?«, fragte Liam, als wir im Volvo saßen und ich die Sender nach Musik durchsuchte, die seine Zustimmung fand. Wenn man mal etwas Passendes gefunden hatte, war der Sound der alten Anlage erstaunlich gut.

Ich warf ihm einen kurzen Blick zu. Er fixierte mich aus seinen großen grün-blauen Augen, den gleichen, die ich sah, wenn ich in den Spiegel schaute. Wir hatten die Augen von meinem Vater geerbt.

»Du bist traurig wegen Harvard, nicht wahr?«, sagte er. Mein Bruder war blonder als ich und schien schon in den wenigen Tagen unter der strahlenden Sonne Montanas eine weitere Schattierung heller geworden zu sein. Sein Gesicht war gebräunt, er sah wesentlich gesünder aus als in New York. Carl war seit dem ersten Tag sein Freund. Die Cousins, immerhin waren sie wirklich Cousins, hatten einfach geklickt. In New York war Liam vor lauter geplanten Aktivitäten kaum zum Spielen gekommen, hier stromerte er den Großteil des Nachmittags mit Carl über die Ranch und hatte sogar schon ein »eigenes« Pony, das er reiten durfte, wenn es nicht im Schulbetrieb gebraucht wurde.

»Vielleicht bewerbe ich mich nächstes Jahr für ein Stipendium«, sagte ich.

»Ich bin auch manchmal traurig«, sagte er plötzlich. »Ich habe Angst um Daddy. In einigen Gefängnissen ist es gefährlich. Er hat doch gar nichts so Schlimmes gemacht.«

»Das sehen die Leute, deren Geld er verloren hat, anders«, sagte ich. Den Gedanken an meinen Vater verdrängte ich, soweit es ging. Ich wusste einfach nicht, wie ich damit umgehen sollte. »Es ist bestimmt nicht so schlimm wie in diesen Gefängnis-Dokus, die man im Fernsehen sieht. Das sind die Abteilungen für Schwerverbrecher«, fügte ich hinzu, um ihn zu beruhigen.

»Wenn wir ihn wenigstens besuchen dürften.« Liam kurbelte das Fenster herunter und hielt seine flache Hand in den Wind. Aber ich hörte an seiner Stimme, dass er versuchte, nicht in Tränen auszubrechen.

»Das Besuchsverbot wird wohl irgendwann aufgehoben. Dann fahren wir zusammen hin, okay?« Ich bemühte mich um ein Lächeln. Ich war so in meinem Selbstmitleid gefangen, dass ich vergessen hatte, wie sehr Liam litt. Vielleicht gefiel es ihm hier viel besser als mir, und er hatte einen Freund, aber die Geschichte mit unserem Vater war für ihn ein genauso großer Schock wie für mich. Vielleicht traf es ihn sogar mehr. Ich war besser im Verdrängen.

»Ich finde es schön, dass wir uns jetzt mehr sehen«, sagte ich und lächelte ihm aufmunternd zu, als wir vor seiner Schule hielten. Ein zweistöckiges Gebäude aus rotem Backstein und Glas, umgeben von weitläufigen Sportplätzen. »Deine Schule hier hat auch viel bessere Sportanlagen als die Schule in New York.«

»Ja, es ist schon ganz okay hier«, nickte Liam. »Nur das Schulessen ist nicht so mein Ding«, er zuckte mit den Schultern und grinste.

»Ich kann dir heute Abend einen Burger machen. Hey, ich kann lesen und googeln, so schwer wird's nicht sein«, sagte ich. »Viel Spaß und bis später.«

Ich hörte mir zwei Vorlesungen an der Uni an, schlug zwei Einladungen für Freshman-Partys aus und fuhr von der Uni direkt zum Stall. Ich wollte gar nicht viele Leute kennenlernen. Was sollte ich mit neuen Freunden, wenn ich ohnehin versuchen würde, sobald wie möglich die Uni zu wechseln?

Caden war seit gestern von der Konferenz zurück und sollte mir eine Reitstunde geben, um zu schauen, ob ich ins Gelände gehen und vielleicht sogar mit den Gästen helfen konnte.

Ich war pünktlich im Stall, um das Pferd zu satteln und vorzubereiten. Doch von Caden war keine Spur zu sehen. Ich wusste nicht, welches Pferd ich nehmen sollte, also ging ich wieder nach draußen und schaute den Pferden im Auslauf zu.

Die Aussicht, ihn wiederzusehen machte mich nervös. Einerseits wollte ich den ersten Abend vergessen, weil die Erinnerung so peinlich war. Andererseits hatte ich schließlich seine Telefonnummer auf meinem Handy, die und eine Sprachnotiz, die ich nicht nur einmal abgehört hatte. Er hatte mit mir geflirtet. Das hatte ich mir nicht eingebildet. Aber bisher hatte er keinen Versuch gemacht, mich wiederzusehen, auch vor der Konferenz. Eher im Gegenteil. Vielleicht würde sich das heute klären.

***

»Hi, du bist schon da.« Caden kam kurz nach drei zum Auslauf. Er trug Jeans und Boots und schien gerade von einem Ausritt zurückzukommen.

»Hi«, erwiderte ich wenig einfallsreich.

Sein Blick glitt an mir herunter und blieb dann an

meinen Turnschuhen hängen. »Du hast ja noch gar keine Stiefel. Im Raum neben der Sattelkammer sind die Boots für die Gäste. Such dir ein passendes Paar heraus, okay?« Er wies mit der Hand in die Richtung, wo ich die Sattelkammer finden würde.

»Cowboystiefel?«

»Besserer Halt in den Steigbügeln.«

»Okay, dann hole ich mir eben die Stiefel«, sagte ich und verschwand in Richtung Stiefelkammer. Was war das denn für eine Begrüßung. Kein »Wie geht's dir? Hast du dich gut eingelebt?«. Zu den Ranchgästen war er bestimmt netter. Eigentlich freute ich mich darauf, wieder zu reiten. Aber Cadens Art war wirklich unmöglich.

In der Sattelkammer gab es tatsächlich Boots in jeder Größe. Ich suchte mir ein dunkelrotes Paar mit Sternen aus. Sie passten besser zu Jennifer als zu Pearl, aber vielleicht war das gar nicht schlecht.

Als ich zurückkam, sprach Caden mit James, einem der jüngeren Cowboys im Stall, den ich schon einmal gesehen hatte. Beide drehten sich zu mir.

»Wann bist du das letzte Mal geritten?«, fragte Caden. Wieder klang sein Ton geschäftig und distanziert. Über meine Stiefel verlor er kein Wort.

»Hm, das ist vielleicht fünf Jahre her.« Danach war ich nicht mehr ins Camp gefahren.

»Okay.« Er nickte. »Das ist lange her, aber Reiten verlernt man nicht. Bist du schon mal im Westernstil geritten?« Ich schüttelte den Kopf.

»Es ist anders als der englische Reitstil. Ein wesentlicher Unterschied ist, dass du die Zügel nur in einer Hand hältst und dem Pferd vorn mehr Raum gibst und es lockerer führst.« Er griff nach dem Zügel und machte es vor. »Nicht am Kopf rumreißen. Schön mit Gewicht lenken. James hier erklärt dir den Rest und reitet mit dir aus.«

Ich schaute erstaunt zu James, der mir freundlich zunickte. »Zu Diensten«, sagte er gespielt förmlich und deutete eine Verbeugung an.

»Viel Erfolg«, sagte Caden, nickte uns zu, drehte sich um und ging davon.

Ich war fassungslos. Er hatte ja nicht schnell genug abhauen können. Als hätte ich eine ansteckende Krankheit. Keine Erklärung, warum er mir keine Reitstunde gab wie eigentlich ausgemacht. Nichts.

***

Abends versuchte ich mich an dem versprochenen Burger für Liam. Ich versuchte, nicht sauer auf Caden zu sein, ich versuchte eher, gar nicht an ihn zu denken und mich aufs Kochen zu konzentrieren. Der Burger sah eigentlich ganz gut aus.

»Du kochst? Unser neues Leben bringt ja viele erfreuliche Veränderungen«, sagte meine Mutter zufrieden, als sie um sieben Uhr dazukam. Sie hatte Rose mitgebracht.

»Ich wollte doch mal hören, wie sich unsere Städter hier so eingelebt haben?«, fragte sie interessiert und lächelte ihr warmes Lächeln. Gegen meine Mutter mit ihren geföhnten Haaren wirkte sie wie ein Hippie mit ihrer Jeans und der bestickten Bluse.

»Möchtest du auch einen Burger?«, fragte ich. »Ich kann nicht für die Qualität garantieren, aber laut Internet ist es ein super Rezept.«

»Sie schmecken toll«, sagte Liam mit vollem Mund.

»Nein danke, ich esse gleich drüben mit der Familie. Wie war das Reiten mit Caden heute?«, fragte sie. »Wir hatten überlegt, dass du – natürlich nur, wenn du magst – bei den Ausritten mit den Gästen helfen könntest. Deine Mutter hat mir gesagt, dass du gern einen Aushilfsjob auf der Ranch hättest. Und ich dachte, dass das etwas sein könnte, was dir auch noch Spaß machen würde. Zumindest, wenn du deinen Spaß am Reiten wiederentdeckst.«

Ich nickte. »Das wäre toll. Es lief eigentlich ganz okay. James hat mir gezeigt, was ich beim Westernreiten beachten muss. Aber wir waren nur auf dem Platz und nicht im Gelände.«

»James?«, fragte Rose überrascht und zog die Stirn in Falten. »Hatte Caden keine Zeit?«

Ich zuckte mit den Schultern »Ich glaube nicht.« Ich bemühte mich, gleichgültig zu wirken.

»Und die Allergie war kein Problem?«

Fast hätte ich gefragt, wovon sie sprach. Aber dann fiel es mir wieder ein. »Nein, ich habe nichts gemerkt.« Ich zuckte mit den Schultern, musste aber ihrem klaren Blick ausweichen.

Wir unterhielten uns noch einen Moment, dann verabschiedete sie sich und ging zurück zum Haupthaus. Caden ging mir also wirklich aus dem Weg. Das hatte ich mir nicht eingebildet.

ACHT

Am nächsten Tag fuhr ich früh zur Uni. Der Weg kam mir inzwischen gar nicht mehr so lang vor, man konnte seine Gedanken schweifen lassen, das war eigentlich schön. Die Uni war zwar nicht mit Harvard zu vergleichen, aber ganz okay. Ich konnte immerhin schon *Hey do* auf Schwedisch sagen und hatte ein paar Chemieformeln gelernt. Heute fand meine erste Astronomievorlesung statt, auf die ich mich besonders freute.

Das Buch für den Kurs war ziemlich dick, und ich hatte schon darin gelesen. Nichts davon würde ich jemals benötigen, außer ich würde Astrophysikerin werden, was trotz meiner momentanen Orientierungslosigkeit unwahrscheinlich war. Aber es war trotzdem das interessanteste Buch, das ich seit Jahren gelesen hatte. Vielleicht, weil ich es freiwillig las.

***

Der Kurs wurde im größten Hörsaal abgehalten. Inzwischen wusste ich, dass es einer der beliebtesten Kurse der Uni war, den Studenten aus allen Fachbereichen absolvierten. Ich war Mary Berk wirklich dankbar, dass sie mir noch einen Platz erschlichen hatte.

Professor Bernstein begrüßte uns in einem weißen Kittel. Mit seinen dunklen Augen und welligen Haaren erinnerte er mich an den jungen Einstein, nur ohne Schnäuzer. Er war knuffig. Mit dem Zeigefinger schob er seine Brille zurecht, durch die er uns mit einem wohlwollenden Blick betrachtete. Unter dem Kittel trug er eine etwas merkwürdig sitzende Jeans, die vielleicht vor zwanzig Jahren in Mode gewesen war. Er räusperte sich, und im Hörsaal wurde es still.

»Dieser Kurs wird euch für immer verändern. Sich mit dem Weltall zu beschäftigen, bedeutet, Dinge in Perspektive zu rücken. Falls ihr Probleme habt, schaut in die Sterne. Eure Probleme werden dadurch sehr klein«, sagte er und lächelte. Dann deutete er auf einen mager aussehenden Jungen mit mausbraunen Haaren, der die Hand gehoben hatte.

»Glauben Sie, dass es im Weltall noch andere intelligente Wesen gibt?«, fragte er mit leiser, fast atemloser Stimme.

Ein Raunen ging durch den Hörsaal, einige fanden die Frage offenbar lächerlich.

Professor Bernstein nickte nachdenklich. »Das ist eine wichtige und interessante Frage«, sagte er. »Und genau auf solche Fragen werdet ihr noch oft stoßen. Meine Meinung ist: auf jeden Fall. Ich halte jede andere Antwort für Selbstüberschätzung. Der Mensch möchte etwas Einmaliges und Herausragendes sein. Ich bin überzeugt davon, dass wir ein Wunder darstellen. Aber die Frage ist, ob wir das größte Wunder im All sind.«

Es war mucksmäuschenstill im Saal. Niemand sprach, niemand schaute auf sein Handy. Mit diesen paar

Sätzen hatte er es geschafft, uns alle völlig in seinen Bann zu ziehen.

Er fuhr fort: »Vielleicht werden nicht nur eure Probleme unwichtig erscheinen, wenn ihr die Wunder des Alls kennenlernt. Vielleicht wird euch eure gesamte Existenz unwichtig und irrelevant vorkommen. Das kann passieren. Aber ich möchte daran erinnern, einfach nicht in solchen Kategorien zu denken, sondern das Wunder der Schöpfung als solches hinzunehmen. Ihr seid ein Teil davon.«

Jeder Student hing an den Lippen des Professors. Mein Herz pochte schneller. Ich konnte mich nicht erinnern, mich jemals so sehr auf einen Kurs gefreut zu haben. Ich konnte nicht abwarten, alles zu lernen – ganz unabhängig von Noten oder davon, irgendjemanden mit meiner Leistung zu beeindrucken.

»Hey, Caden«, hörte ich eine helle Frauenstimme hinter mir, als ich nach der Vorlesung den Hörsaal verließ. Ich musste noch rüber zur Bibliothek. Unwillkürlich drehte ich mich um und schaute direkt in Cadens Gesicht. Die Studentin, die ihn begrüßt hatte, war weitergegangen.

»Oh«, sagte ich. »Hi, Caden.«

»Hi, Pearl«, erwiderte er. Seine dunkle Stimme hatte die gleiche Wirkung auf mich wie immer: Sie ging mir direkt unter die Haut und brachte in Sekunden jede Faser meines Körpers zum Vibrieren. Wir liefen nebeneinander den Gang entlang.

»Du bist auch an der Uni?« Damit hatte ich irgendwie überhaupt nicht gerechnet. Er gehörte zu der Ranch, nicht zum College.

Caden nickte. »Ich bin im ersten Jahr. Bist du hier Jennifer oder Pearl? Nur, dass ich nichts falsch mache.«

Am liebsten hätte ich ihm eine Ohrfeige verpasst. Aber ich beherrschte mich.

»Dachtest du, Cowboys wären hier nicht erlaubt?«, fragte er mit Blick auf meinen Gesichtsausdruck.

»Bist du nicht ein Jahr älter als ich?«

»Ich habe nach dem Abschluss ein Jahr Pause gemacht«, sagte er merkwürdig schroff.

»Was ... was studierst du denn im Hauptfach?«, lenkte ich ab.

»Ich mache einen Doppelabschluss: Agrarwissenschaften und Filmwissenschaften.«

»Du studierst Film?«

Caden nickte. »Genau. Und Agrarwissenschaften.«

Irgendwie hatte ich das Gefühl, dass er die Unterhaltung schnellstmöglich beenden und von mir wegwollte.

»Und was machst du dann in der Astronomievorlesung?«, fragte ich ihn, nicht zuletzt, damit er nicht so schnell gehen konnte.

»Astronomie mache ich nur zum Spaß. Wie die meisten. Du hast riesiges Glück, einen Platz ergattert zu haben. Jeder am College will den Kurs machen.«

»Ich verstehe, warum«, nickte ich. »Der Professor ist genial.«

»Stimmt. Ich muss jetzt los, wir sehen uns«, sagte er. Aber es klang nicht so, als wäre er scharf darauf. Und schon war er weg. Er wirkte überhaupt nicht so, als würde es ihn irgendwie aus der Fassung bringen, mich zu sehen. Er wirkte auch nicht so, als würde es ihn besonders freuen. Im Gegenteil, ich war mir nicht sicher, ob er mir überhaupt Hallo gesagt hätte, wenn ich mich nicht nach ihm umgedreht hätte.

***

Als ich abends in meinem Zimmer saß und mir die architektonischen Besonderheiten von südindischen Tempeln anschaute, piepste mein Handy. Eine Nachricht von Caden.

Morgen Nachmittag Probeausritt, passt das?

Für einen Moment überlegte ich, erst am nächsten Morgen zu antworten. Aber nein, das war mir dann doch zu riskant. Schließlich wollte ich auf jeden Fall mit ihm ausreiten. Gleichzeitig war ich mir nicht sicher, ob er nicht einen Rüffel von Rose bekommen hatte und der Vorschlag nicht ganz freiwillig kam.

NEUN

Als ich am nächsten Nachmittag den Stall erreichte, war es sehr warm geworden. Die Feuchtigkeit und der leichte Nebel, der morgens auf den Wiesen gelegen hatte, war vollständig verschwunden. Vor dem Stall waren Pferde an einer langen Stange angebunden. Einige Gäste waren mit Sid, einem Cowboy der Ranch, dabei, ihre Pferde zum Reiten fertig zu machen. Es roch nach Heu und Pferd, für einen Moment war ich in das Camp zurückversetzt, das ich als Kind im kühlen Maine besucht hatte.

Nach kurzem Suchen fand ich Caden an einer schattigeren Stelle. Er war gerade dabei, ein dunkelbraunes Pferd zu striegeln. Wieder fielen mir seine Arme auf, deren Muskeln sich unter seiner Haut abzeichneten, während er die Bürste in langen, kraftvollen Bewegungen über das Fell zog. Er strahlte so viel Stärke aus. Als er sich umdrehte, schaute ich schnell zur Seite und steckte die Hände in die Taschen. Ich musste mir abgewöhnen, ihn anzustarren wie einen Chocolate Chip Cookie während einer Diät.

»Hi«, sagte ich. »Du bist ja schon da.« Ich würde ab jetzt einfach so tun, als ob der *Sweet Dream Valley*-Abend nie passiert wäre.

»Hi, Pearl«, sagte er. »Gib mir noch einen Moment.« Er sprach nicht sehr laut, wahrscheinlich, um das wunderschöne, aber nervös hin und her tänzelnde Pferd nicht weiter zu verschrecken. Sein konzentriertes Gesicht wirkte jungenhaft und männlich zugleich. Mit den braunen Haaren, seinen dunklen Augen, die einen so durchdringend anschauen konnten, sah er beinahe absurd gut aus. Er streichelte dem Pferd über die kleine, sternförmige weiße Blesse auf der Stirn und sprach beruhigend auf es ein. Dann hob er einen Sattel vom Haken und legte ihn dem Pferd auf den Rücken. Vor dem Anlegen des Zaumzeugs hielt er es sanft am Halfter, strich ihm immer wieder über die Nase. Langsam beruhigte es sich unter der immer gleichen Bewegung. Sollte ich darauf reiten? Das Pferd wirkte ziemlich schreckhaft. Hatte er extra ein kompliziertes Pferd ausgesucht, um dem Stadtmädchen eine Lektion zu erteilen?

Er trat zurück und wandte sich mir zu. »Spirit ist eigentlich ganz brav, nur satteln mag er nicht so, da hat der Vorbesitzer ihn verdorben.«

»Soll ich ihn reiten?«, fragte ich zögernd mit Blick auf den dunkelbraunen Wallach, der mit gespitzten Ohren in die Ferne schaute.

»Nee, das ist meiner. Vielleicht nicht so gut für den ersten Ausritt ins Gelände«, sagte er. »Ich lasse auch nur meine Freunde drauf.«

Ich zuckte mit den Schultern. Das war deutlich gewesen, zu seinen Freunden zählte ich nicht. »Ich will mich nicht aufdrängen«, erwiderte ich kühl.

»Das war ein Scherz. Wo ist dein Humor? Als ich dich kennengelernt habe, warst du lockerer.«

So viel zum Thema: So tun, als ob der Abend nicht passiert wäre. Er fuhr fort, bevor mir eine passende Antwort eingefallen war.

»Du bekommst Blue. Er ist etwas ruhiger, mit ihm solltest du klarkommen.« Er zeigte auf das Pferd, das neben seinem angebunden und schon fertig gesattelt war. Ein hellbraunes Pferd mit einer schwarzen Mähne, das zufrieden auf einem Büschel Heu kaute. »Sattelservice gibt es nur heute.« Er klopfte Blue auf den Hals. »Wen bist du mit James geritten?«

»Bella. Die war eigentlich ganz okay.«

»Ich glaube, Blue passt besser zu dir«, sagte er. »Außerdem zeigt er dir im Zweifel, was du machen musst. Er ist ein tolles Pferd und super beritten. Er reagiert sensibel auf Kommandos.«

Es schmeichelte mir, dass er sich darüber Gedanken gemacht hatte, welches Pferd am besten zu mir passte.

Er erklärte mir noch ein paar Eigenarten von Blue, und ich versuchte, mich darauf zu konzentrieren, was er sagte, und nicht auf seine Nähe. Mein Herz begann schon wieder, viel zu schnell zu schlagen. Dass er so dicht neben mir stand, machte mich total nervös. Ständig stiegen die Erinnerungen an den Abend im *Sweet Dream Valley* in mir auf. Bilder von mir in dem kurzen Kleid, Sachen, die ich gesagt hatte. Es war so peinlich. Dabei sollte mir doch nichts mehr peinlich sein, nur war das einfacher gesagt als getan. Anschließend ging ich in die Kammer mit den Stiefeln für die Gäste. Ich musste mir unbedingt eigene kaufen, sobald ich etwas Geld zusammenhatte. Als ich die Kammer gerade verlassen wollte, kam Caden durch die Tür. Ich machte instinktiv einen Schritt nach hinten. In geschlossenen Räumen war seine Anwesenheit noch deutlicher zu spüren als draußen.

»Warte, du brauchst noch einen Helm.« Er ging an mir vorbei zum Teil der Kammer, wo die Helme aufgereiht waren.

Ich hatte das Gefühl, meine Umgebung doppelt so deutlich wahrzunehmen, wenn er in meiner Nähe war. Es war, als würden meine Sinne die zweifache Leistung fahren, um auch den schwächsten Geruch von ihm aufzunehmen. Ich kam mir vor wie ein Freak, das war doch nicht normal.

Er hielt mir einen Helm hin. Er selbst trug einen Cowboyhut. »Irgendwie hätte ich nicht gedacht, dass jemand wirklich und in echt Cowboyhüte trägt«, bemerkte ich. »Oder ist das ein Gag für die Touristen?«

»Wir meinen das tatsächlich ernst, Cowboyhüte für Cowboys. Du passt ja manchmal nicht wirklich gut auf dich auf, darum bekommst du einen richtigen Helm.« Er schaute mich mit seinem hypnotischen Blick an.

Ich biss die Zähne zusammen. Auf diese Bemerkungen und Andeutungen würde ich nicht eingehen.

»Ich glaube kaum, dass deine Schädeldecke härter ist als meine«, sagte ich. Aber ich nahm den Helm und setzte ihn mir auf den Kopf. Hoffentlich würde sich die Spannung zwischen uns irgendwann in Luft auflösen. Momentan war sie, wenn wir in einem Raum waren oder eine Sicherheitszone von zehn Metern überschritten hatten, so stark, dass man sie fast schon sehen konnte.

***

Ein paar Minuten später ging es los. Ich hatte Blue mit einer Möhre bestochen, damit er sich gut benahm. Er hatte sie vorsichtig genommen und mit den Nüstern gegen meine Hand gepustet. Ich hatte sie nie bewusst vermisst, aber jetzt konnte ich nicht genug davon bekommen, weiche Pferdenasen zu streicheln.

»Sein Fell glänzt wirklich wunderschön«, bemerkte ich und klopfte seinen Hals, bevor ich mich in den Sattel schwang.

»Wie gesagt, beim nächsten Mal musst du selbst striegeln und satteln, das war heute der Gästeservice«, erwiderte Caden. Sein Blick glitt prüfend über mich. »Sieht okay aus. Ich würde sagen, wir gehen es langsam an und galoppieren erst ein bisschen später, damit Blue nicht zu munter ist.«

Ich nickte. Der Westernsattel war immer noch ein bisschen ungewohnt, aber fühlte sich gleichzeitig gut an. Die Pferde waren Quarter Horses, die eine angenehme Größe hatten, nicht zu klein und nicht zu groß, dabei sehr muskulös. Es war schon beim zweiten Mal wieder überraschend normal, auf dem Rücken eines Pferdes zu sitzen.

Wir ritten einen ausgetrampelten Pfad am Fluss entlang. Es gab drei Flüsse in der Nähe der Ranch, die für den Namen Triple Creek Ranch verantwortlich waren. Der Weg war schmal und uneben, wir mussten hintereinander reiten und aufpassen, dass uns keine Äste ins Gesicht schlugen. Mir passte das ganz gut, denn so mussten wir uns nicht unterhalten. Allerdings ritt Caden vor mir, und ich hatte Zeit, seinen Rücken zu betrachten, was es mir unmöglich machte, nicht doch immer wieder an meinen ersten Abend hier zu denken. Caden war an dem Abend so … anders gewesen. Warum war er jetzt so distanziert, wenn er am ersten Abend so offensiv mit mir geflirtet hatte? Vielleicht hatte ich mir das alles nur eingebildet. Seine Freunde hatten sich schließlich so verhalten, als würde er das jede Woche machen. Niemand war überrascht über die neue Bekanntschaft gewesen. Er war ein völlig gewöhnlicher Macho. Ein ganz besonders attraktiver, gewöhnlicher Macho. Es ergab nur keinen Sinn, dass er jetzt kein Interesse mehr an mir hatte und sogar auf Distanz ging. Schließlich musste er doch denken, dass ich genauso bereit für einen Flirt war wie er. Ich wurde einfach nicht schlau aus ihm. Ich musste einen Weg finden, um herauszufinden, was los war.

Langsam wurden die Bäume weniger dicht, und man sah mehr Himmel. Die Farben hier waren wirklich atemberaubend: das saftige Grün der Wiesen, das das Blau des Himmels zum Leuchten brachte, das sanft geschwungene Flussbett mit dem klaren Wasser, das über die Steine lief. Dann wurde der Pfad breiter, und wir konnten nebeneinander reiten. Caden zügelte sein Pferd ein wenig und wartete, bis Blue auf seiner Höhe war.

»Das war gefährlich im *Sweet Dream Valley*«, sagte er ohne Überleitung. »Einige der Jungs sind so was nicht gewöhnt. Und dann rasten sie aus.«

Mir blieb fast die Luft weg. Er hatte offenbar auch die ganze Zeit an den Abend gedacht.

»Ich brauche niemanden, der auf mich aufpasst.«
»Das sah mir vor einigen Tagen aber anders aus.«
»Du meinst, ich soll längere Röcke anziehen«, erwiderte ich, »um niemanden in Versuchung zu führen? Wir leben nicht im Mittelalter.«
»Das meinte ich nicht. Du hast einen ziemlichen Auftritt hingelegt.«
»Ich bin in eine Bar gegangen und habe mir einen Drink bestellt. Ich hatte nicht das Gefühl, dass dich mein Verhalten an dem Abend sonderlich gestört hätte.«
Caden erwiderte nichts, sondern wischte einen Ast zur Seite, der ihm ins Gesicht zu schlagen drohte.
»Ich hatte nicht den Eindruck, dass du in dem Laden noch nie ein Mädchen angesprochen und abgeschleppt hast. Ich kann mir doch auch einen Typen suchen, wenn ich Lust drauf habe. Wieso sollten für mich andere Regeln gelten als für dich?«
Was ich sagte, klang nicht nach mir oder wie etwas, was ich jemals getan hatte. Ich »suchte« mir schließlich keine Typen, auf die ich Lust hatte. Das hatte ich noch nie gemacht. Dr. Pfitzer hatte mir die Lust auf jedes Date verdorben. Doch das lag in der Vergangenheit.
»Es gelten keine anderen Regeln. Es gelten die gleichen Regeln, nämlich die, nach denen man leben möchte. Wenn du so leben willst, dann tu das. Aber wenn du allein, ohne Freunde, völlig betrunken in einer Bar bist und nicht mehr so genau weißt, was du tust, können schnell Dinge passieren, die du am nächsten Tag bereust.«

»Vielleicht will ich ja, dass solche Dinge passieren. Und sie tun mir gar nicht leid.« Das war natürlich gelogen. Wobei – mit Caden hätte gern mehr passieren können. Das hätte ich bestimmt nicht bereut, eher im Gegenteil. Egal, wie peinlich alles war, was ich in dieser Nacht gesagt hatte, es war nicht so, dass es nicht die Wahrheit gewesen wäre.

»Ich sage nur, dass es gefährlich sein kann.«

»Weil du mich vor Sex mit Unbekannten bewahren willst? Vielleicht will ich ja gar nicht davor bewahrt werden.« Ich hörte die Worte, die da aus meinem Mund kamen, und war fasziniert. So hatte ich noch nie geredet. Ich hatte gar keine Ahnung, was Sex eigentlich war. »Du machst doch auch, was du willst. Und bei Frauen wird genau das gleiche Verhalten schräg angesehen. Das kotzt mich total an.«

»Ich weiß nicht, ob es wirklich erstrebenswert ist, mit irgendeinem Typen aus einer Bar zu schlafen und sich am nächsten Tag nicht mehr daran zu erinnern.«

Das war nicht erstrebenswert. Aber ich hatte keine Lust, ihm zuzustimmen. »Aber irgendeine Frau abzuschleppen ist in Ordnung? Ich erinnere mich an jede Sekunde von dem Abend.«

Er schwieg kurz. Dann sagte er: »Erstens kann ich mich mindestens genauso gut an jede Sekunde von dem Abend erinnern. Zweitens kann ich mich wehren. Das ist eine Sache von Stärke, rein körperlich. Dass du mit mir mitgekommen bist, ist überhaupt nicht in Ordnung«, fügte er hinzu. »Ich hätte ja Wer-weiß-wer sein können. Ich wusste auch erst, als ich dich abgesetzt habe, wer du bist.«

»Wieso nur hatte ich den Eindruck, dass du durchaus jemand bist, der gelegentlich jemanden aus einer Bar mit nach Hause nimmt«, sagte ich. »Aber seit wir in Triple Creek sind, gehst du mir aus dem Weg.«

»Ich interessiere mich nicht für Mädchen, die nur Partys im Kopf haben.«

Das saß. Aber so leicht würde ich ihn nicht davonkommen lassen.

»Ich habe deine Telefonnummer auf meinem Handy. Du wirktest an dem Abend nicht sonderlich abgeschreckt von einem Mädchen, das offensichtlich gern auf Partys geht.«

»Du hast gesagt, dass du nur auf der Durchreise bist.«

»Ach so«, sagte ich ironisch. »Deshalb. Ein One-Night-Stand mit einem Partygirl wäre okay gewesen?«

»Ich hatte an dem Abend gar nicht an einen One-Night-Stand gedacht.« Er machte eine kurze Pause. »Ich dachte einfach, du wärst anders.«

»Das dachte ich von dir auch«, sagte ich und ignorierte das flaue Gefühl, das seine Worte in meinem Magen hinterließen.

Hatte er letztlich genau das Gleiche gefühlt wie ich an dem Abend, war aber dann zu der Überzeugung gekommen, dass ich jemand war, der mit jedem mitging? Das Gefühl der Stärke verpuffte, und ein hohles Gefühl blieb in mir zurück. Ich spürte, wie Tränen in mir hochstiegen.

Vor uns lag eine Weide, die kein Ende zu haben schien. Ich presste meine Waden dichter an die warmen Flanken von Blue, legte ein Bein etwas zurück und schnalzte mit der Zunge. Dabei ließ ich die

Zügel etwas länger, das Kommando zu galoppieren, wie es im Westernstil üblich war. Blue fiel fast aus dem Stand in Galopp. Er war wirklich toll zugeritten. Meine Angst, irgendetwas verlernt zu haben, war völlig unbegründet gewesen. Natürlich war Westernreiten anders, auch die Sättel und das Zaumeug waren anders, aber ein Pferd war ein Pferd. Ich lehnte mich nach vorn. Blue wurde flach und schien es zu genießen, endlich rennen zu können. Der Sattel und die Gangart waren angenehm weich, trotz des Tempos. Blue wurde immer schneller. Plötzlich sprang ein Hirsch aus einem Busch, und Blue machte einen Satz zur Seite, um ihm auszuweichen. Fast verlor ich die Balance, aber nur fast.

Plötzlich war Caden neben mir.

»Du musst aufhören, ihm das Galopp-Kommando zu geben!«, rief Caden.

»Was?«

»Beim Westernreiten gibt man nur einmal kurz das Kommando. Sonst wird er immer schneller!«, schrie er.

Ich nickte, änderte die Position meiner Beine und lehnte mich etwas nach hinten.

»Easy!«, rief Caden, und tatsächlich wurde Blue langsamer. Er reagierte auf seine Stimme.

»Easy!«, rief ich ebenfalls, und es funktionierte, vielleicht nicht ganz so gut wie bei Caden, aber immerhin.

Das letzte Stück ritten wir nebeneinander. Das Fell der Pferde war dunkel vom Schweiß, trotzdem wirkten sie immer noch nicht ausgepowert. Wir trabten, Caden gab mir Anweisungen, wie ich die Zügel führen sollte. Er klang nun wieder so distanziert, als würde er mit einem Ranchgast sprechen. Immerhin kühlte der Wind beim Trab mein glühendes Gesicht.

***

»Ich habe noch einen Termin mit ein paar Gästen. Ich muss direkt weiter«, erklärte Caden, als wir wieder an der Ranch ankamen. Er klopfte Spirit und drückte die Zügel einem der Stalljungen in die Hand, die hier aushalfen. Er zeigte auf Sid, der ein paar Meter entfernt mit einigen Feriengästen stand. »Wenn du mit irgendetwas Hilfe brauchst, wende dich an Sid.«

Im Weggehen drehte er sich noch mal um. Er zog den Hut ab und fuhr sich durch die Haare. »Du kannst Blue immer nehmen, wenn du willst. Ihr passt gut zusammen. Für ein Citygirl kannst du gut reiten. Wenn du Lust hast, kannst du bei den Ausritten mit den Gästen helfen.«

Damit hatte ich nach seinem Schweigen nicht gerechnet.

Ich nickte: »Gern.« Dann wurde mir das Reiten als Arbeitszeit angerechnet. Als Kind wäre das mein Traumjob gewesen. Aber das würde ich nicht zugeben.

Im Stall war Sid der Boss, so viel hatte ich verstanden. Er war vielleicht so alt wie meine Mutter, um die vierzig, hatte aber viel mehr Falten als sie. Trotzdem wirkte er jünger. Natürlich war sein Hemd kariert, auf seinem Kopf saß ein Stetson, an den Füßen Cowboystiefel. Er half mir beim Absatteln.

»Hast du dich schon etwas eingelebt? Du reitest gar nicht schlecht, nach dem was ich bisher gesehen habe. Blue passt gut zu dir. Das ist ja wie bei Menschen. Bei einigen ist die Chemie einfach sofort da. Und man kann gar nichts dagegen machen.«

»Danke. Ja, es geht«, sagte ich.

»Ich wusste gar nicht, dass Rose noch so viel Familie hat. Ihr habt euch zu wenig blicken lassen in den letzten Jahren.«

»Ja, es ... ging irgendwie nie«, sagte ich vage. Ich wollte nichts weniger, als ihm unsere merkwürdige Familiengeschichte aufzutischen. Außerdem wusste ich ja selbst viel zu wenig darüber.

»Wie gefällt dir Montana?«, fragte er, während er das Gebiss der Trense abwusch.

»Ganz nett. Besser, als ich dachte. Ich wollte eigentlich nicht hierhin.« Irgendwie brachte er mich dazu, die Wahrheit zu sagen. Gleichzeitig wollte ich ihn nicht beleidigen. Wie alle, die ich bisher getroffen hatte, war er bestimmt ebenfalls verliebt in Land und Landschaft.

»Montana hat bisher noch jeden überzeugt«, sagte er tatsächlich. »Und wie läuft es mit Caden?«, fragte er dann ziemlich unverblümt. »Benimmt er sich?«

Mir blieb fast die Luft weg. Hatte er etwas bemerkt? Hatte er etwa meine gierigen Blicke auf Cadens Bizeps beobachtet? War es so offensichtlich gewesen?

»Er ist okay«, sagte ich und hängte die Trense sehr sorgfältig an den beschrifteten Haken.

»Er ist manchmal ein bisschen kompliziert«, sagte Sid. »Sei nett zu ihm.«

»Er wirkt nicht so, als wäre er darauf angewiesen, dass ich nett zu ihm bin.«

Sid lachte. »Das mag sein. Wenn du irgendetwas wissen willst auf Triple Creek, kannst du zu mir kommen.« Er blickte mich mit seinen kleinen, aber durchdringenden blauen Augen direkt an. Und irgendwie hatte ich das Gefühl, dass er viel mehr verstand, als man so einem wettergegerbten Cowboy zutrauen würde.

»Danke, Sid«, sagte ich.

ZEHN

Auf dem Weg zur Uni am folgenden Mittwoch waren meine Gedanken immer noch beim Ausritt vom Wochenende. Und natürlich bei Caden. Immer wieder musste ich daran denken, dass Caden so ein falsches Bild von mir hatte. Sollte ich ihm einfach erklären, was an dem Abend los gewesen war? Dass er nicht mich gesehen hatte, sondern Jennifer, die ich mir ausgedacht hatte, um für eine Nacht meinem Leben zu entfliehen? Aber dazu musste er erst einmal lang genug zuhören.

Heute hatte ich Labortag. Auf dem Weg zum Labor traf ich Kim im Flur, mit der ich den Chemiekurs zusammen belegte und die als mein Lab-Partner für die Experimente eingeteilt worden war. Sobald wir das Labor betreten hatten, wuselte sie in Hochgeschwindigkeit zwischen den Tischen herum, um den besten Platz zu finden, wobei ihr hoher, hellblonder Pferdeschwanz auf ihrem Kopf hin und her wippte. Sie war sehr klein, mit einer zierlichen, drahtigen Figur und versprühte mehr Energie als alle anderen Studenten.

»Was ist dein Hauptfach?«, fragte sie, während wir etwas später versuchten, die Versuchsanleitung zu verstehen und das nötige Arbeitsmaterial zusammenzusuchen. Das Labor war ziemlich gut ausgestattet, irgendein ehemaliger Student, der später in der Industrie Karriere gemacht hatte, hatte es gespendet. Mit unseren weißen Kitteln und Sicherheitsbrillen, die wir noch hoch auf die Stirn geschoben hatten, sahen wir ziemlich professionell aus.

»Ich bin Pre-Med«, sagte ich. »Und dann Tempel-Architektur Indiens, Schwedisch und Astronomie.«

»Hey, ich bin auch im ersten Jahr Pre-Med«, erwiderte sie begeistert. Sie hob die Hand in dem Plastikhandschuh, damit ich einschlug. »Cool. Wir können zusammen lernen. Was willst du denn mit den anderen Fächern?«

Ich zuckte mit den Schultern. »Mal was anderes machen«, sagte ich.

Sie nickte. Das reichte ihr scheinbar als Erklärung. »Ich wollte schon immer Ärztin werden«, erklärte sie, während sie Bunsenbrenner, Dreifuß und Wasserbad vorbereitete, »Tierärztin.«

Ich suchte ein Thermometer aus der Schublade und einen Glasbehälter für das Wasserbad. Den Versuch hatte ich so ähnlich schon in der Schule gemacht.

»Hier in Montana? Dann sind deine Patienten wohl eher größere Tiere. Immerhin musst du dann zumindest keine künstlichen Darmausgänge für die Hamster von wohlhabenden New Yorkern legen«, sagte ich.

Kim lachte. »Nein. Mein Problem ist eher, dass ich so klein bin, und mein Arm ist auch ziemlich kurz, wenn es mal darum geht, bei einer Geburt ein Kalb rauszuziehen ...«

»Hui, stimmt.« Die bildliche Vorstellung davon war etwas unappetitlich. Sie war wirklich klein, nicht größer als 1,55 Meter. »Du wärst von der Größe her wahrscheinlich ganz gut für Hamster-OPs in New York geeignet.«

»Ja, aber ich finde Großtiere interessanter. Und du, weißt du schon, welche Richtung?«

»Nicht so richtig. Ich wollte auch schon immer Ärztin werden. Vielleicht Dermatologin, dann hat man nicht so viele Nachtschichten und Not-OPs«, sagte ich. Während ich sprach, merkte ich, dass ich die Argumente meiner Mutter wiederholte. »Aber ich weiß noch nicht.« Ich wusste ja noch nicht mal, ob ich überhaupt noch Ärztin werden wollte. Aber wenn das auch wegfiel, was blieb dann eigentlich noch? Mein Vater war weg, das ganze alte Leben, meine Freunde, das Geld – wenn ich jetzt auch noch anzweifelte, was ich überhaupt machen wollte, dann würde plötzlich alles ganz eng, als würde die Luft aus mir herausgesaugt, wie mit einem dieser komischen Vakuumiergeräte, mit denen meine Mutter früher ihre Kleidung zum Einlagern winzig klein verpackt hatte, damit ihre vielen Klamotten noch in irgendwelche Schränke passten.

»Okay«, sagte Kim und zog ihre Schutzbrille nach unten wie ein Ritter sein Visier vor dem Kampfeinsatz. »Hol die Säure raus und lass uns loslegen.«

***

»Hallo, Ladys«, erklang eine Stimme hinter uns, als wir eine Stunde später das Labor verließen. Die Stimme kam mir irgendwie bekannt vor. Ich drehte mich um. Im Gang stand der Typ mit den schwarzen Haaren. River.

»Hi«, begrüßte ich ihn und ging mental mein Aussehen durch. Ich hatte immer noch den Kittel an und die Schutzbrille auf dem Kopf. Aber jetzt wollte ich sie auch nicht hektisch herunterziehen. River lehnte sich nach vorn und hauchte: »Ich liebe Frauen in Uniform. Du könntest fast eine Krankenschwester sein.«

Kim neben mir begann zu kichern. Das war viel zu gutes Feedback für so einen blöden Spruch. River lächelte zufrieden. Er besaß den Charme eines attraktiven Dämons, aber ich konnte mir vorstellen, dass viele auf sein Bad-Boy-Image abfuhren. Bei Kim schien es zu funktionieren, so wie sie mit den Augen klimperte.

»Ich habe gehört, dass du einen coolen Auftritt im *Sweet Dream Valley* hingelegt hast«, sagte er und blickte mich von der Seite an.

Ich zuckte zusammen und spürte, wie die Röte in meine Wangen schoss. Das konnte doch nicht wahr sein. Ich holte noch einmal Luft, bevor ich antwortete.

»Was hast du gehört?«

»Du bist einfach vielen aufgefallen«, sagte er.

»Aber wie …« Sofort tauchten wieder die Bilder von dem Abend in meinem Kopf auf, eine schnelle Bildabfolge in Lichtblitzen, und jedes Mal sah ich eine andere Einstellung von dem Abend: wie Caden durch die Menge auf mich zukam und mich nicht aus den Augen ließ. Wie wir nebeneinander auf der Wiese lagen. Meine rot angemalten Lippen im Spiegel hinter der Bar. Die bläulichen Lichter über der Tanzfläche. Wie Caden meinen Arm umklammert hielt, als er mich von der Tanzfläche zog. Sein Gesicht im

Dunkeln. Es konnte unangenehm werden, wenn ich weiterfragte. »Ach, egal.« Ich winkte ab.

»Lass uns noch einen Kaffee holen, okay?«, sagte Kim.

Ich nickte ihr zu. »Ich kann aber nicht so lange«, erwiderte ich.

»Irgendwo ist hier immer jemand, der jemanden kennt«, erklärte River und ignorierte Kim.

Ich feuerte meinen Kittel in den Wäscheschacht und die Brille in den dafür vorgesehenen Schrank. Das war doch echt zum Heulen. Es gab eigentlich nur eine Person, die etwas erzählt haben konnte: Caden. Keine Ahnung, was für Details er verraten hatte. Mit Sicherheit keine schmeichelhaften. Ich hatte insgeheim gehofft, dass es unser Geheimnis bleiben würde. Aber warum sollte er es auch nicht erzählen? Wahrscheinlich hatte er sich noch über mich lustig gemacht.

»Willst du mit mir ausgehen?«, fragte River, während wir weiter Richtung des kleinen Studentencafés im Gebäude gingen.

Neben mir sog Kim die Luft ein. Obwohl sie tat, als wäre sie hoch konzentriert auf ihr Handy, lauschte sie mit Sicherheit jedem Wort. Ich überspielte meine Überraschung. »Ich weiß nicht genau, was du von mir gehört hast, aber deine Erwartungen sind wahrscheinlich zu hoch«, erwiderte ich nüchtern.

»Ich habe keine Erwartungen. Aber ich kann dir zeigen, wie man hier Spaß haben kann.« So schnell gab er nicht auf. Er fixierte mich und legte den Kopf schief. Es stand ihm gut. Genau wie Caden beherrschte River das Spiel mit dem durchdringenden

Blick. Vielleicht nicht ganz so gut, aber immerhin. Wahrscheinlich bekam er nicht viele Abfuhren. Ich blieb an der Tür vor dem Café stehen.

»Ich studiere. Ich helfe auf der Ranch. Ich habe wirklich keine Zeit.« Ich bedeutete Kim, dass ich sofort nachkommen würde. »Ich muss los.« Entschuldigend deutete ich Richtung Tür. »Kim wartet auf mich.«

»Machst du alles immer so, wie es von dir erwartet wird?«, fragte River. »So hätte ich dich gar nicht eingeschätzt.«

»Nein«, erwiderte ich knapp. Trotzdem wurmte es mich, was er da sagte.

»Auf welcher Ranch arbeitest du?«

»Triple Creek. Dort wohne ich momentan. Aber wahrscheinlich nur für ein Semester«, fügte ich schnell hinzu.

»*Du* wohnst bei den Bradburys?«, wiederholte er mit Betonung auf »Du«. Seine grünen Augen wirkten durch die tiefschwarzen Wimpern besonders stechend.

»Du kennst die Triple Creek?«

Er entspannte sich für einen Moment und lächelte. »Jeder kennt Triple Creek. Keine kleine Ranch, aber nicht die beste«, sagte er abfällig.

»Was hast du gegen die Ranch?«, fragte ich erstaunt.

»Ach«, er zuckte mit den Schultern und wirkte plötzlich fast ein wenig unsicher. »Die Bradburys sind gelegentlich der Meinung, sie wären was Besseres.«

Natürlich kannte er die Ranch. Manchmal vergaß ich, dass ich nicht mehr mit 8,5 Millionen Menschen in New York City wohnte, sondern mit weniger als einer Million im riesigen Staat Montana.

»Rose ist meine Tante«, erklärte ich. Und vielleicht konnte ich so irgendwie erfahren, woher er von meinem Abend im *Sweet Dream Valley* wusste. »Caden gibt mir Reitstunden«, sagte ich und beobachtete ihn dabei. Ein Schatten glitt über Rivers Gesicht.

»Kennst du ihn?«, fragte ich.

»Ich kenne Caden.« Mehr schien er zu dem Thema offensichtlich nicht sagen zu wollen.

»Ich muss los.«

»Ich werde dich wieder fragen«, sagte River schlicht. Er steckte seine Hände in die Taschen und drehte sich um.

»Du bist ja cool«, sagte Kim anerkennend, als wir uns einen Latte bestellten. »Aber du wirst doch mit ihm ausgehen, oder? Das war doch nur Strategie?«

Ich schüttelte den Kopf. »Keine Strategie. Kein Date.«

»Also, wenn ich Owen nicht hätte …« Kim war verlobt, das hatte sie mir schon in den ersten Minuten, die wir uns kannten, erzählt.

River kannte Caden. Ich hätte Caden umbringen können, dass er es erzählt hatte. Aber was sollte ich machen? Ich konnte ihm schlecht die Schuld für mein Verhalten geben.

***

Als ich nach Hause kam, saß Liam am Tisch in unserer Hütte und machte Hausaufgaben.

»Kannst du mir helfen, Sis?«, fragte er.

Ich seufzte. Ich musste auch noch lernen. Früher

in New York hatten wir nur selten an einem Tisch gesessen, um für die Schule zu lernen. Meistens war jeder in seinem Zimmer gewesen. Ich hatte gedacht, dass ich spätestens jetzt in einer altehrwürdigen Universitätsbibliothek sitzen würde. Oder zumindest in einem Wohnheim oder einer WG in Harvard.

»Ich helfe dir, Bro«, sagte ich. »Seit wann sprichst du wie ein Rapper?« Ich griff nach der Cap, die er umgedreht auf dem Kopf trug.

Er grinste und schrieb weiter in sein Heft.

»Du tust so, als würden alle Jungs in New York so rumlaufen, oder?«, sagte ich und drehte die Cap in die richtige Richtung.

Ich setzte mich neben ihn und schaute seine Aufgaben durch. Sein Magen knurrte so laut, dass er hochschaute.

»Hast du schon was gegessen?«

Liam schüttelte den Kopf.

»Wo ist Mom?«

Er zuckte mit den Schultern. »Jake war hier. Er wollte ihr ein paar Sachen auf der Ranch zeigen.«

Ich ging zu unserer Küchenzeile, holte ein paar Spaghetti heraus und durchwühlte den Kühlschrank nach etwas, aus dem man eine Soße machen konnte.

Zwanzig Minuten später saßen wir nebeneinander am Küchentisch und schaufelten uns Spaghetti mit einer Tomaten-Gemüse-Soße rein, einer selbst kreierten Primavera. Eigentlich machte Kochen sogar Spaß.

Neben Liam lag ein Buch auf einem Stuhl. Es war die Biografie von Steve Jobs.

»*Du* liest das?«, fragte ich ihn.

»Es ist ganz gut.« Er schob das Buch zur Seite. Er hatte nicht gewollt, dass ich es sah. Es war ihm offensichtlich peinlich.

Steve Jobs war das Idol unseres Vaters gewesen.

»Vermisst du Dad so sehr, dass du sogar seine Bücher liest?«, fragte ich ihn. Liam konzentrierte sich darauf, Parmesan auf seine Spaghetti zu streuen und mit den Spaghetti zu vermengen. Für ein paar Sekunden hatte ich Angst, dass er zu weinen beginnen würde. Dann hatte er sich wieder gefasst.

»Er ist ja nicht für immer drin«, sagte ich, wobei das wahrscheinlich nicht sonderlich tröstlich war.

»Ich würde so gern zumindest mit ihm sprechen. Ich glaube nicht, dass er das gemacht hat, wie alle sagen.«

Mein Vater hatte alles getan, was ihm vorgeworfen wurde. Er hatte das Geld seiner Klienten veruntreut und dann alles verloren. Viele Millionen Dollar.

Ich strich Liam über die blonden Haare.

»Das geht wohl im Moment nicht. Aber bald wieder. Ich werde noch mal nachfragen, wann wir telefonieren können.«

Liam nickte und drehte seine Spaghetti auf die Gabel. Ich musste mich mehr um ihn kümmern.

»Stimmt es, dass wir gar kein Geld mehr haben und Tante Rose alles zahlt?«

»Das stimmt wahrscheinlich. Mom redet nicht viel drüber. Aber mach dir keine Sorgen. Im Zweifel bringe ich dich auch noch durch.« Er lächelte mich dankbar an.

»Du?«

»Hey, ich werde noch zum Chef-Cowgirl aufsteigen. Sogar der strenge Caden meinte, ich würde mich gut schlagen. Apropos, wollen wir nicht mal zusammen ausreiten? Du kannst inzwischen wahrscheinlich besser reiten als ich, so viel, wie du mit Carl unterwegs bist.«

Liams Gesicht hellte sich etwas auf. »Das wäre echt cool«, sagte er. »Aber Caden ist supernett. Er würde nie sagen, dass du schlecht reitest. Bilde dir lieber nicht zu viel ein, große Schwester.«

»Jetzt nicht frech werden. Morgen kann ich nicht wegen der Uni. Aber dann.«

Liam kratzte zufrieden den Teller leer. Er wirkte etwas gelöster.

»Es tut mir leid, dass du nicht nach Harvard konntest. Aber ich finde es ganz schön, dass du nicht so weit weg bist«, sagte Liam.

Ich schluckte. Seine Worte rührten mich. Und es stimmte. Es war gut, dass ich bei Liam war. Für ihn und für mich.

»Eiscreme?«, fragte ich schnell und ging zum Kühlschrank.

Liam nickte. »Chocolate Chip?«

ELF

Das gute Wetter hielt sich weiter. Am Samstagmorgen war der Himmel so blau, dass es fast wehtat. Diese Woche war eine ganze Truppe Mädchen für einen Junggesellinnenabschied zu Gast gewesen, die morgen wieder abreisen würden. Wir wollten ausreiten, und im Anschluss stand Lagerfeuer mit Marshmallows-Grillen auf dem Programm. Sid hatte mich mit Caden eingeteilt, um den Ausritt zu begleiten. Keine Ahnung, ob Caden vorher von der Einteilung gewusst hatte. Obwohl er mich in der vergangenen Woche ignoriert hatte, schien er nicht unglücklich darüber. Ich wurde nicht schlau aus ihm.

Blue war mir in der kurzen Zeit schon vertraut geworden: seine kleinen Marotten, die Lieblingsstelle am Hals, die er beim Putzen mit vollem Gewicht gegen mich drückte. Ich konnte mir kaum vorstellen, ihn irgendwann abgeben zu müssen, und war eifersüchtig, wenn er von jemand anderem geritten wurde.

Im Gelände um die Ranch fand ich mich schon ganz gut zurecht. Wobei es so groß war, dass man wohl Jahre brauchen würde, um es wirklich kennenzulernen. Die wilde Landschaft hörte ja nie richtig auf, sogar Billings, die größte Stadt hier, hatte unter hunderttausend Einwohner.

Ich hatte zwei Tage zuvor zum ersten Mal allein einen Ausritt mit drei Gästen unternommen, und alles hatte prima geklappt. Ich hatte den Ausblick über die aufmerksam zuckenden Ohren von Blue auf das nicht enden wollende Grasland, die Bergkuppen und die Bäume lieb gewonnen. An klaren Tagen konnte man weit entfernt sogar schneebedeckte Bergspitzen sehen. Vielleicht machte es einfach glücklich, dass man so weit in die Ferne blicken konnte.

Heute waren es elf Reiter, sieben davon aufgedrehte Mädchen in pinken T-Shirts, auf denen *Team Bride* geschrieben stand.

»Und, wie läuft die Uni?«, sagte Caden. Er war gut gelaunt. Zwei Mädchen in der Gruppe hatten es besonders darauf angelegt, mit ihm zu flirten. Er flirtete zurück. Nicht, dass ich darauf achten würde.

»Ganz okay«, sagte ich. »Warum hast du eigentlich ein Jahr später angefangen?«

Die Frage schien ihn zu überraschen. Er blickte nach vorn zu den anderen Reitern.

»Caden, du musst mal kurz kommen!«, kreischte eins der Mädchen prompt. Die Gruppe nervte. Aber so unschuldig, wie er es dargestellt hatte – von wegen »Ich interessiere mich nicht für Mädchen, die nur Partys im Kopf haben« –, verhielt er sich nicht. Ich verstand Caden nicht. Diese Mädchen hatten garantiert nichts anderes als Partys im Kopf.

»Gehört das auch zum Bespaßungsprogramm der Feriengäste – den weiblichen Besucherinnen schöne Augen machen?«, fragte ich bissig. Warum sollte ich so tun, als würde ich nicht merken, was hier lief?

»Oh, du bist eifersüchtig!«, bemerkte Caden zufrieden. »Das gefällt mir.«

»Keine Sorge, Caden. Ich werde deinen anderen Nicht-Freundinnen nichts verraten«, sagte ich ironisch.

»Ich habe keine Geheimnisse«, sagte Caden. »Hast du schon ein paar nette Typen kennengelernt? Du bist Freshman und nicht von hier, auf so jemanden stürzen sich normalerweise alle Eingeborenen wie Hyänen. Dafür braucht man gar nicht ins *Sweet Dream Valley* zu gehen.«

So direkt hatte er das schon lange nicht mehr angesprochen.

»Es gab Anfragen«, sagte ich halb im Scherz, halb provokant. River hatte mich heute Morgen zum Fliegenfischen eingeladen. Er schickte fast jeden Tag einen Vorschlag für ein neues Date, und ich war mir nicht sicher, ob er sich nicht auch irgendwo meinen Stundenplan besorgt hatte, so oft, wie ich ihn in der Uni traf. Er war in seinen Annäherungsversuchen penetrant und total entspannt gleichzeitig. Als würde er fest davon ausgehen, dass ich irgendwann ohnehin einknicken würde. Vielleicht hatte er recht.

»Du willst sagen, ich bin nicht mehr der einzige Mann in deinem Montana-Universum?«

»Nein, du hast deine Chance verpasst. Ich habe ein Date«, sagte ich. Das stimmte nicht, schließlich hatte ich Rivers Anfragen bisher abgelehnt. Aber es klang so schön. Caden sah mich einen Moment lang mit seinem besten Hypnoseblick an, dann brachte er Spirit in den Trab, um sich vorn um die beiden Mädchen zu kümmern, die schon wieder nach ihm riefen.

***

Am späteren Nachmittag zog eine dichte Wolkendecke über den Himmel, und es wurde sehr schwül. Wir machten an einem kleinen Badesee Rast, damit sich die Pferde abkühlen konnten.

Nachdem wir die Pferde abgesattelt hatten, ließen wir Pferde und Mädchen ins Wasser. Es war warm genug, dass die nassen Klamotten egal waren. Caden und ich blieben draußen. Eins der flirty Mädchen, Lisa – sie war vielleicht Anfang zwanzig und hatte eine sehr gute Figur, wie ich dank der Tatsache, dass sie in Unterwäsche ins Wasser ritt, leicht feststellen konnte –, kreischte beim Eintauchen besonders hell und ließ sich vom Rücken ihrer Stute in den See gleiten. Sie lachte laut und rekelte sich merkwürdig im Wasser. Eindeutig eine kleine Vorstellung für Caden. Ich hätte kotzen können. Vor allem, als Caden ebenfalls sein Hemd auszog, sich die Boots herunterstreifte und ins Wasser sprang. Er hatte seine Jeans angelassen, es hätte ja auch etwas merkwürdig gewirkt, wenn er vor den Gästen in Boxershorts herumlaufen würde. Die Leute hier waren manchmal ganz schön prüde, zumindest an der Oberfläche. Ich stand schmollend neben Blue, weil ich leider verkündet hatte, dass mir nicht heiß war, nachdem Blue sich bis zum Bauch abgekühlt hatte. Was absolut gelogen war. Ich hatte geglaubt, dass Caden als Begleiter auch nicht ins Wasser ging, und wollte lieber bei ihm bleiben. Dabei zerschmolz ich förmlich, einerseits vor Hitze und andererseits aus Wut auf Lisain-Unterwäsche. Und jetzt konnte ich meine Augen nicht von Cadens Körper abwenden. Ich liebte seinen Rücken mit den vielen Erhebungen und Tälern, die seine Muskeln verursachten. Bei jeder Bewegung veränderte sich der Anblick.

Als wir uns auf den Rückweg machten, ließ Lisa sich von Caden beim Aufsteigen helfen. Ihr weißes T-Shirt war durchsichtig, und sie tat so, als würde sie es nicht bemerken. Es war einfach so durchschaubar.

Nachdem wir zurückgekommen waren und uns umgezogen hatten, versammelten wir uns in der Dämmerung um die Feuerstelle in der Nähe der Ställe. Sid brachte den Gästen das Lassoschwingen bei. Ein anderer Helfer schwang die Angel, eine Trockenübung fürs Fliegenfischen. Montana für Touristen.

Auf dem breiten Grill wendete der Koch Steaks und Würstchen, dazu gab es würzige Soßen, Kartoffeln und Salat. Ich trug, wie so häufig in letzter Zeit, Leggings und T-Shirt und fiel definitiv etwas ab gegen die anderen Mädchen, die mit geföhnten Haaren und Make-up ums Feuer standen. Sie hatten sich für das entspannte BBQ in Röcke gequetscht und sich die Haare zu glänzenden Mähnen geföhnt. Glattes lockig und lockiges glatt, wie man das eben tat, um der Natur zu zeigen, dass man stärker war. Jetzt wollten wir Marshmallows grillen. Das letzte Mal hatte ich das im Sommercamp gemacht, das war in der Tat eine Weile her.

»Soll ich dir das noch mal erklären, Citygirl?«

Cadens dunkle Stimme ertönte so plötzlich und so

nah an meinem Ohr, dass ich zusammenzuckte und mir der Holzspieß fast ins Lagerfeuer gefallen wäre. Durch die plötzliche Bewegung löste sich das Marshmallow, das gerade kurz vor perfekt war: braun karamellisiert, aber nicht verbrannt.

»Mist!« Ich zog den Holzspieß zu mir heran, um die weiche Zuckermasse neu zu positionieren, damit sie nicht endgültig ins Feuer fiel. »Vielen Dank auch«, grummelte ich und schob das Marshmallow mit spitzen Fingern, um es so wenig wie möglich zu berühren und mich nicht zu verbrennen, wieder in eine bessere Position. Der süßliche Duft der Marshmallows mischte sich mit dem Geruch von Pinien, würzig und irgendwie frisch.

Caden griff kommentarlos nach meinem Stock, besah sich das Marshmallow übertrieben genau und reichte den Holzspieß zurück. »Nicht so schlecht für ein Mädchen aus der Stadt«, sagte er und nickte anerkennend. In seinen Mundwinkeln erschien ein träges Lächeln. Er war einfach zu selbstsicher. Das Geflirte dieser dämlichen Ranchgäste war ihm zu Kopf gestiegen. Mit der flachen Hand strich er sich ein paar Haarsträhnen aus dem Gesicht. Warum schoben Männer ihre Haare eigentlich mit einer völlig anderen Bewegung aus dem Gesicht als Frauen? Im flackernden Licht des Feuers schimmerten seine Haare rötlich wie Kastanien im Herbst. Einige Strähnen wirkten noch immer feucht. Sein T-Shirt-Kragen war ausgeleiert und ließ neben dem gebräunten Hals ein Stück hellere Brust frei. Ich konzentrierte mich schnell wieder auf das Marshmallow. Ich hatte meine Gedanken überhaupt nicht unter Kontrolle. So war es schon heute früh beim Ausreiten gewesen. Viel zu viele verbotene Bilder von meinem ersten Abend in Montana blubberten an die Oberfläche wie die gefährlichen Gasblasen in den Experimenten von Professor Norton in *Grundlagen der Biochemie*.

Caden lehnte sich nah zu mir, als wollte er mir ein Geheimnis verraten. »Wir haben uns wenig gesehen in letzter Zeit. Hast du mich vermisst?« Mit jedem Wort gelangte ein Lufthauch gegen meine Wange, den ich bis in die Fußspitzen spürte. Ich unterdrückte ein Schaudern. Diesen Gefallen würde ich ihm auf keinen Fall tun. Darauf hatte er es doch angelegt. Keine Ahnung, warum er heute wieder so freundlich und die Tage vorher so reserviert gewesen war.

»Noch nie etwas von persönlicher Distanzzone gehört?« Seine hohen Wangenknochen reflektierten das weiche Licht des Feuers, und seine Mundwinkel waren immer noch angehoben durch sein selbstzufriedenes Lächeln.

Eigentlich wollte ich ihn ja darauf ansprechen, wem er alles von unserer ersten Begegnung erzählt hatte. Aber dann wollte ich das Thema doch irgendwie lieber nicht drauf bringen. Er hätte es wahrscheinlich abgestritten. Trotzdem sah ich den Abend heute in seinem Gesicht, wenn er mich anschaute. Er stand wie eine schimmernde Luftspiegelung zwischen uns. Zögernd machte er einen kleinen Schritt zur Seite. Heute Morgen war er schon so anders gewesen, ungewöhnlich unbeschwert, nachdem er mir gegenüber vorher abweisend und in sich gekehrt gewirkt hatte. Ich ließ meinen Blick über die anderen am Feuer schweifen, aber niemandem schien irgendetwas aufzufallen. Wie auch.

»Wir sind vor zwei Stunden noch zusammen ausgeritten, schon vergessen?«, fragte ich, während ich ein Stück Schokolade abbrach und auf einen Cracker legte. So war er bereit für das Marshmallow. Die Beschäftigung hatte auch den Vorteil, dass ich Caden beim Reden nicht in die Augen schauen brauchte. »Schwer, dich zu vermissen, wenn du dich sogar an der Uni in meine Kurse geschlichen hast. Es wäre schön, wenn ich mal dazu käme, dich zu vermissen«, fuhr ich angestrengt lässig fort und sah dann doch vorsichtig hoch.

Caden war amüsiert, was seine braun-goldenen Augen zum Leuchten brachte. Das Pochen in meiner Brust wurde unregelmäßiger.

»Du bist manchmal richtig witzig, Pearl«, er grinste. »Zwischen unserer Rückkehr vom Reiten und jetzt liegen fast drei Stunden. Genug Zeit, um von einem Cowboy wie mir zu träumen! Ich wette, du denkst viel mehr an mich, als du zugibst.« Er sah mich wieder von der Seite an. Seine Augen blitzten vor Schalk, aber auch von etwas anderem. Unsicherheit konnte es kaum sein.

»Rose hat mir erzählt, dass du einen Studienplatz in Harvard hattest. Ich wusste gar nicht, dass du so ein Premium-Nerd bist. Der erste Eindruck kann gelegentlich ziemlich täuschen«, sagte er.

»Ja«, erwiderte ich knapp. Darüber konnte ich immer noch keine Witze machen.

»Tut mir leid, dass du nicht nach Harvard konntest«, sagte er. »Das muss eine ziemliche Enttäuschung gewesen sein.« Er musterte mich weiterhin genau. Sein Blick machte mich nervös, als würde er jedes Detail einsaugen wie ein Schwamm. Es war der Blick aus der Bar. Ich spürte, wie sich bei dem Gedanken daran Hitze in meinen Wangen sammelte. Zum Glück wandte er sich in diesem Moment abrupt ab, steckte ein Marshmallow auf einen spitzen Stock und hielt ihn ins Feuer.

Lisa kam mit einem Arm voller Feuerholz und begann, das Feuer neu aufzustocken. Sie trug – nicht wirklich eine Überraschung – einen kurzen Rock und ein bauchfreies Oberteil. Sofort züngelten die Flammen höher, und wir mussten unsere Marshmallows in Sicherheit bringen.

»Hey, Lisa, lass es ein bisschen runterbrennen, bis wir hier fertig sind, sonst haben wir mehr Rußfüllung als Marshmallow«, ermahnte Caden.

»Danke für den Tipp, Cowboy«, sagte Lisa, zwinkerte ihm zu, und fuhr unbeirrt fort, das Feuer mit dem Holz aus ihrem Arm zu füttern. Dann warf sie mir einen durchdringenden Blick zu und verschwand Richtung Bierfass. Wollte sie mich warnen? Auf Caden erhoben ganz schön viele Mädchen Besitzansprüche.

»Und?« Caden wandte sich mir wieder zu, als wäre Lisa gar nicht da gewesen.

»Klar denke ich an dich. Und daran, wie es eigentlich passieren konnte, dass ich hier gelandet bin.« Während ich das sagte, musste ich ein Lächeln unterdrücken. Es war zum Verrücktwerden. Obwohl mich seine Sprüche ärgerten, gelang es ihm immer wieder, mich zu verunsichern. Ich genoss, wie viel Aufmerksamkeit er mir heute schenkte. Mir das eingestehen zu müssen, war vielleicht das Allerschlimmste.

»Du hast dich ja richtig aufgebrezelt für die Party«, sagte Caden mit Blick auf mein T-Shirt und die Turnschuhe. »Sind Jogginghosen ein Trend aus New York?«

»Genügt mein Outfit deinen hohen modischen Ansprüchen nicht? Ich habe beim Aufbau geholfen. Irgendwo muss man Abstriche machen.«

»Du hast nach dem Ausritt aber schon geduscht, oder? Du bist ja leider nicht im Wasser gewesen«, er sah mich besorgt an und rümpfte ein wenig die Nase, als würde er etwas Unangenehmes riechen.

Ich boxte ihn in die Seite. Eine harte, muskulöse Seite. Schnell zog ich die Hand zurück.

Ich hatte geduscht, aber nur drei Minuten. Ich hatte vorhin sogar erst einen Rock angehabt. Aber dann war ich mir albern vorgekommen und hatte einfach wieder eine Leggings angezogen. Kein Make-up.

»Hi, Pearl«, begrüßte mich Ji-Hoon.

»Hi«, sagte ich. Ji-Hoon hatte ich seit meinem ersten Abend noch öfter gesehen. Er war ein guter Freund von Caden, der gelegentlich vorbeikam. Er war einer der Top-Athleten im Footballteam der Uni und sah dementsprechend aus, nicht groß, aber mit einem muskelbepackten, fast quadratischen Oberkörper. Zum Glück tat er so, als hätte es den besagten Abend und Jennifer nie gegeben. Ich spielte gern mit.

Caden grinste mir entschuldigend zu. »Wir sehen uns noch«, sagte er und ließ sich von Ji-Hoon wegziehen.

Die Männer, einige Gäste und ziemlich viele der Typen, die auf der Ranch aushalfen und sich durch die aufgedrehte Junggesellinnentruppe einen unterhaltsamen Abend erhofften, sahen im Wesentlichen aus wie immer, nur geduschter. Nicht so cool wie die Jungs in New York, die oft mehr an ihrem eigenen Aussehen als an ihren Dates interessiert waren, und vor allem weniger eitel. Was für Vollidioten das teilweise gewesen waren, dachte ich plötzlich. Hier waren die Männer weniger verdorben. Vielleicht machte das die Natur. Okay, wie immer gab es Ausnahmen. River zum Beispiel. Dass er ein merkwürdiges Verhältnis zu Frauen hatte, spürte man eine Meile gegen den Wind. Auf eine andere Art merkwürdig als die Jungs in New York, aber im Ergebnis definitiv ähnlich.

Ich wedelte mein Marshmallow-Sandwich kurz durch die Luft, damit ich mir nicht die Lippen verbrannte, und biss hinein. Schokolade, Graham-Cracker und Zuckermasse verschmolzen in meinem Mund zu einer köstlichen Mischung. Das fröhliche Stimmengewirr der anderen Gäste lag in der Luft. Ich blickte auf das prasselnde Feuer, dann ließ ich den Blick über die grüne Ebene schweifen. Die grasenden Rinder bildeten dunkle Sprenkel auf dem Grün. Hinter dem Fluss erhoben sich die saftigen Hügel, über die ich schon so häufig geritten war, und in Richtung Westen lagen dichte Tannenwälder. Irgendwie war ich gerade so glücklich wie schon lange nicht mehr.

***

Lisa und ihre Junggesellinnentruppe hatten sich auf die Cowboys konzentriert. Scheinbar hatte Sid sie zusammengetrommelt, denn er grinste ziemlich selbstzufrieden.

»Da haben doch alles was davon«, sagte er, als er sah, dass ich das Treiben beobachtete. Ich rollte mit den Augen. »Wir haben hier nicht jede Woche so eine Junggesellinnen-Gruppe auf der Suche nach Spaß. Gönnen wir es ihnen.«

»Lasst die Spiele beginnen. *Seven Minutes in Heaven!*«, rief Lisa theatralisch, als es endgültig dunkel wurde und ich gerade mit einer netten Familie beisammenstand, die eine Woche auf der Ranch verbracht hatte. Lisas bauchfreies Oberteil rutschte sehr weit nach oben, als sie die Flasche mit ausgestrecktem Arm in den Himmel streckte. Einige Mädchen kreischten hysterisch auf. Die Cowboys stöhnten leise. »Nein, nicht schon wieder. Lisa, du kannst es nicht lassen!«, sagte eines der Mädchen, aber natürlich hatten sie überhaupt gar nichts dagegen.

»Caden, du musst mitspielen«, sagte Lisa und zwinkerte ihm zu. Das war ja klar.

»Nur wenn Ji-Hoon auch spielt«, sagte Caden lachend und zog Ji-Hoon hinter sich her. Im Vorbeigehen griff Ji-Hoon nach meinem Arm. »Ich spiele nur, wenn Pearl mitmacht.« Ich zeigte ihm einen Vogel.

»Pearl, es ist doch nur Spaß, mach dich locker.« Sid, der sich auf sein gehobenes Alter rausredete, blickte mich aufmunternd an.

Ich seufzte, und plötzlich saßen wir zu vielleicht vierzehnt in einem Kreis auf dem moosigen Untergrund neben dem Lagerfeuer.

»Spielt man das nicht in New York?«, fragte Ji-Hoon.

»Nein, also ...«, begann ich. Aber bevor ich sagen konnte, dass ich dieses Spiel zum letzten Mal mit vierzehn im Sommercamp gespielt hatte, fiel Lisa mir ins Wort.

»Wir haben eine Jungfrau unter uns heute, Leute«, verkündete Lisa begeistert. »Pearl, frisch aus New York. Und ich sage mal, wahrscheinlich nur eine *Seven Minutes in Heaven*-Jungfrau, wenn die Gerüchte stimmen, die man über die große Stadt mit ihren vielen bösen Jungs hört ...« Die Junggesellinnen-Crew kreischte in Zustimmung.

Oh Gott, das durfte einfach nicht wahr sein. Wie peinlich war das hier bitte? Warum hatte ich mich nur überreden lassen.

»Und wer wird heute mit unserem Citygirl hinter dem Baum der Liebe verschwinden?«, fragte Lisa und blickte Beifall heischend um sich. »Wir werden es in wenigen Sekunden wissen.«

»Was?«, fragte ich verwirrt. »Ich zuerst?«

»Klar, Ladies first«, erwiderte Lisa und lächelte zuckersüß. Dann warf sie ihre hellblonden Haare zur Seite und positionierte die Flasche zwischen uns im Kreis.

»Du musst nichts machen, was du nicht willst. Ist doch nur ein Spiel«, flüsterte Ji-Hoon von der Seite. »Aber ich hoffe, die Flasche zeigt auf mich.« Er grinste breit. Lisa versetzte die Flasche mit einer dramatischen Geste in Schwung.

Vom kunstvoll geschichteten Feuer neben uns löste sich ein Scheit und fiel mit einem Funkenhagel ins Feuer. Ich starrte einen Moment in die Flamme, wie es Menschen seit Tausenden von Jahren machten. Als ich hochsah, traf ich Cadens Blick, der noch kurz mit Sid gesprochen hatte und sich jetzt in den Kreis dazusetzte. Schnell schaute ich zurück zur Flasche, die sich erstaunlich schnell drehte. Schon während ich den Blick abwandte, ärgerte ich mich darüber, dass ich so schnell weggeschaut hatte. Warum verunsicherte er mich nur so? Warum zog sich in mir alles zusammen, sobald Caden in der Nähe war? Und warum war ich mir nicht sicher, als die Flasche nach wenigen Sekunden direkt auf Caden zielte, dass die Flasche dorthin zeigte, weil ich mir eben genau dies gewünscht hatte?

»Ist das Theo?«, fragte Lisa, und der Ärger in ihrer Stimme war unüberhörbar. Natürlich, sie hatte mich anfangen lassen, weil Caden noch gar nicht im Kreis gesessen hatte.

»Caden!«, riefen die anderen allerdings. »Eindeutig Caden.« Es gab in der Tat keinerlei Zweifel.

Nur langsam blickte ich zu Caden. Bei dem Gedanken daran, was er in meinen Augen sehen könnte, war mir etwas mulmig zumute. Vielleicht sah er, dass ich mir gewünscht hatte, dass die Flasche auf ihn zeigte. Vielleicht genau das.

»Alles für das Entertainment der Gäste, nicht wahr, Lisa?«, stöhnte Caden spielerisch leidend und erhob sich.

Lisa zuckte mit den Schultern. Cadens eine Hand steckte in der Tasche seiner Jeans, die andere hielt er mir hin. Ich ignorierte seine ausgestreckte Hand und stand mit Schwung auf. Die Umsitzenden klatschten. »Sieben Minuten, Caden!«

»Mann, ich würde gern dabei sein«, sagte James, der mir die erste Reitstunde gegeben hatte und nicht so mein Fall war. »Man müsste mal testen, ob die in der Stadt andere Dinge lernen als hier. Vielleicht kann sie dir ja ein paar Tricks zeigen?«, fügte er an Caden gewandt hinzu.

»Halt die Schnauze«, erwiderte Caden ungewöhnlich barsch.

»Uuuuh«, James hob abwehrend die Hände. »Da ist aber jemand empfindlich. Schon schwitzige Finger?« James wandte sich an mich: »Ich würde an deiner Stelle ein bisschen aufpassen, Caden ist ein Jungtier, das noch eingeritten werden muss, da ...«

»Ich komme schon klar«, erwiderte ich. »Glaub mir, das lernt man in der großen Stadt. Mit kleinen Jungs umgehen.« Ich zeigte mit Daumen und Zeigefinger die Länge von etwa zwei Zentimetern an. Die Jungs grölten. Was für ein Kindergarten.

Als Caden wieder nach meiner Hand griff, wehrte ich mich nicht. In der anderen Hand hielt er jetzt eine altmodische Öllampe. Wo er die wohl hergezaubert hatte? Er führte mich zwischen den Büschen hindurch hinter die kleine Hütte, die ein wenig entfernt stand. Dicht an die Rückwand der Hütte schmiegte sich ein Baum, dessen Äste so gewachsen waren, dass das Blätterdach einen Schirm bildetet, der uns vor allen Blicken schützte. Caden schob die Äste zur Seite, ich duckte mich und folgte ihm unter das Dach des Baumes. Er stellte die Lampe auf den Boden neben uns und wandte sich mir zu.

»Das ist er also, der Baum der Liebe«, bemerkte ich. Leider klang meine Stimme etwas piepsig. »In New York haben wir das früher in Kleiderschränken gespielt. Aber ich schätze, das Prinzip ist das gleiche.« Ich biss mir nervös auf die Lippen.

Caden hatte meine Hand losgelassen, als er die Äste für mich zur Seite geschoben hatte. Nun standen wir so dicht voreinander, dass sich unsere Schuhspitzen fast berührten. Ich konnte die Hitze spüren, die Caden abstrahlte, aufgewärmt von einem Tag voller Sonne.

»Es ist eine Trauerulme«, sagte Caden und räusperte sich. Seine Stimme war etwas aus der Tonlage gerutscht. Er holte einmal tief Luft.

Dann nahm er meine Hände und verschränkte meine Finger mit seinen, sodass unsere Handflächen aneinanderlagen. Ich blickte in sein Gesicht. Aus irgendeinem Grund tat ich so, als würde ich unsere verschränkten Hände überhaupt nicht bemerken. Was natürlich so weit von der Wahrheit entfernt war wie irgendwie vorstellbar. Es gab wahrscheinlich nichts, das ich in diesem Moment mehr spürte als seine Hand, die glatte Haut seiner Handflächen, die Temperatur seiner Finger. Hätte ich gerade eine Wurzelbehandlung beim Zahnarzt, würde ich wahrscheinlich trotzdem nur seine Hände spüren.

Ich musste jetzt etwas fragen. Denn wenn die Regeln hier die gleichen waren wie in New York, musste man schnell eine Frage stellen, und der andere musste zügig antworten. Wenn man aber zu lange brauchte, entweder mit der Frage oder mit der Antwort, musste man sich küssen.

Caden war in das sanfte Licht der Flamme getaucht, und obwohl wir uns noch nicht lange kannten, war mir seine Silhouette vertraut. Ich wusste, wie er sich anfühlte und wie er roch, wenn er ganz nah kam, was für kleine Geräusche er machte, wenn er jemanden küsste. Ich unterdrückte diese Gedanken mit aller Willenskraft, allerdings wurde die rapide weniger, je länger ich ihn ansah. Wie eine Batterie, die stetig auf den roten Bereich zusteuerte.

»Du musst jetzt etwas fragen«, sagte Caden.

Ich war mir nicht sicher, ob er es wirklich gesagt hatte oder ob ich den Satz nur gedacht hatte. Seine Nähe war so intensiv, dass sie jeden anderen Gedanken aus meinem Kopf verdrängte.

»Du musst etwas sagen«, wiederholte Caden. Er ließ eine Hand los und zog sein Handy aus der Tasche. Das Display tauchte sein Gesicht für einen Moment in bläuliches Licht. »Jeder hat immer nur zwanzig Sekunden …«

»Wie viele Mädchen hast du dieses Jahr schon geküsst?«, brach es aus mir heraus. Bei dem Wort *geküsst* war Cadens Blick sofort zu meinen Lippen gesprungen. »Du musst mir antworten, Caden«, wiederholte ich, weil er mich nur weiterhin wortlos anschaute, als wollte er sich an meinen Augen festhalten. Ich schluckte, meine Kehle war trocken. »Sonst ist die Zeit um, du erinnerst dich?«

Caden zog seine Unterlippe zwischen die Zähne. *Es ist ihm unangenehm*, schoss es mir durch den Kopf. Er steckte sein Handy etwas umständlich zurück in die Hosentasche und griff wieder nach meiner Hand.

Ich lehnte mich ein Stück nach vorn. Im Licht der Öllampe sah ich, wie mein Atem eine verirrte Haarsträhne aus seinem Gesicht zur Seite tanzen ließ.

»Kann es sein, dass dir die Frage peinlich ist, Caden? Wie viele sind es denn? Sieben oder acht … zehn? Na ja, so viele Einwohner hat Elm Creek natürlich gar nicht.«

In Cadens Gesicht zuckte es.

Ich musste grinsen. »Oh. Mein. Gott. Es ist dir unangenehm! Caden Bradbury schämt sich. Es sind mehr als sechs?«

»Drei«, sagte Caden. »Die Stadt ist klein, das stimmt. Aber du hast einen falschen Eindruck von mir. Außerdem ist Kuss nicht gleich Kuss. Es heißt nicht immer, dass das so viel bedeutet.« Er brach ab.

»Ach so. Dann war das mit uns also nur …« Ich biss mir auf die Lippen, als ich bemerkte, dass ich den Satz nicht beenden konnte, ohne zu viel von meinen Gefühlen zu verraten.

»Was wolltest du gerade sagen?«, fragte Caden.

Ich schwieg.

»Ich bin dran«, wiederholte Caden. Seine Finger schlossen sich noch fester um meine. »Meine Frage ist: Was wolltest du gerade sagen?« Caden lächelte. Er hatte mich ausgetrickst.

»Ich … ich wollte fragen, ob es mit uns nur einer von den bedeutungslosen Küssen war«, flüsterte ich.

»Eine von diesen Begegnungen, denen man in der Kleinstadt eben nicht ausweichen kann«, fuhr ich fort und bemerkte die leichte Bitterkeit, die sich in meine Stimme geschlichen hatte. Ich blickte konzentriert geradeaus. Geradeaus war Cadens Brust. Das Stück Brust, das freilag, mit dem Stück Schlüsselbein, das im Licht der Laterne sanft schimmerte. Aber es war besser, als hochzuschauen. Denn dort oben waren Cadens Lippen. Und seine Augen.

»Dass du dich das gefragt hast, habe ich befürchtet«, erwiderte Caden. Meine Finger pochten in seiner warmen Hand. Sein Daumen strich über mein Handgelenk und sandte alle möglichen Impulse durch meinen Körper.

Im Licht der Laterne bildete der Baum einen beinahe unwirklichen Raum um uns herum, in dem es nur uns beide gab – wir hätten auch auf einem anderen Planeten sein können.

»An dem Abend, das war …«, begann Caden, und seine Stimme war viel leiser als sonst und verstummte dann. Seine Lippen streiften meine Stirn so leicht wie ein Schmetterling. Dann ließ er meine Hände los. Ich hob den Kopf, und seine Augen fingen meine auf. Seine Stirn war in Falten gelegt.

»Das war noch keine Antwort«, flüsterte ich.

Ganz leicht und vorsichtig, als müsste er den richtigen Platz suchen, legte er seine Hände auf meine Schultern. Seine Daumen streiften meine Kehle, und mein Atem stockte. Sein Blick tanzte unruhig in meinem Gesicht umher. War es nicht egal, wen Caden in der Vergangenheit geküsst hatte? Ich hatte schließlich auch schon Jungs geküsst. Nicht viele, das hatte ich mir für Harvard aufsparen wollen, aber trotzdem.

»Ich weiß«, sagte Caden, »dass ich nicht mehr an den Abend denken sollte. Er sollte nicht passiert sein, weil …« In meinem Kopf drehte sich alles. Caden fuhr mit seinen Daumen die Linie meines Schlüsselbeins entlang, während er sprach. Er schien gar nicht zu bemerken, was er tat. Was er damit anrichtete. Irgendwie brachte er den Damm, den ich aufgebaut hatte, um die Erinnerungen an meinen ersten Abend in Montana zu unterdrücken, endgültig zum Brechen.

Ich wollte mit ihm zusammen sein. Das hatte ich nach drei Sekunden gewusst.

Ich schüttelte den Kopf. »Wieso sollte er nicht passiert sein? Immerhin bist du nicht mein Cousin. Und für mich war der Abend peinlicher als für dich. Denkst du wirklich nie daran?«

»Es wäre die größte Lüge, so zu tun, als würde ich nicht daran denken. Jeden Tag, Pearl. Every fucking day. Aber ich kann nicht …« Er löste eine Hand von meiner Schulter und fuhr sich damit über die Augen.

Ich schloss die Augen. Ich wusste natürlich, was er meinte. Was sollte er auch von mir denken, so, wie ich mich ihm an dem Abend an den Hals geworfen hatte? Dabei hatte ich abgesehen von dieser fürchterlichen Party, auf der ich meine Jungfräulichkeit an einen bescheuerten Fußball-Schönling verloren hatte, überhaupt keine Ahnung von Sex. Ich wusste ja noch nicht mal, wie man es schaffte, sich jemandem vom Leib zu halten. Ich öffnete die Augen wieder und blickte ihm ins Gesicht. »Ich weiß nicht, was an dem Abend mit mir los war, ich …«, begann ich und brach ab. Wie konnte ich ihm erklären, dass ich an dem Abend nicht und gleichzeitig total ich selbst gewesen war? Dass alles, was mit ihm passiert war, sich genau richtig angefühlt hatte? Ich versuchte, meinen Atem zu beruhigen. Aber das war unmöglich, wenn Caden weiterhin mein Schlüsselbein entlangstrich.

»Du bist dran«, flüsterte er. »Stell mir eine Frage.« Er lehnte sich noch näher zu mir. Seine Hand glitt von meiner Schulter und zog eine Linie über meinen Rücken, eine warme Spur. Ich versuchte zu denken, aber mein Kopf war leer.

»Du kennst das Spiel, Pearl? Du hast zwanzig Sekunden.« Sein Blick glitt von meinen Augen zu meinen Lippen und zu meinen Augen zurück. Er war so nah.

»Du musst mir eine Frage stellen«, sagte Caden. Seine Stimme war fast flehend, und sein Blick glitt erneut zu meinen Lippen und weiter nach unten. Cadens Hand schob sich vorsichtig um meine Taille.

»Du hast mir noch nicht geantwortet«, erwiderte ich. Ich schaute kurz in Richtung seiner Hand um meine Taille.

»Bereust du es, Caden? Ich bin nicht so, wie du denkst, ich …«

Ich lehnte mich nach vorn und legte meine Hand auf seine Schulter nah an seinem Hals. Ich hörte, wie er überrascht die Luft einsog, und obwohl ich die Augen schloss, tanzten unendlich viele Lichter hinter meinen Lidern. Er schob seine gespreizten Finger in meinen Nacken, und dann waren seine Lippen auf meinen, weich, vorsichtig, als wollte er mich nicht durch eine plötzliche Bewegung verscheuchen.

»Sieben Minuten, Leute, *sieben* Minuten. Was ist denn da drinnen los?«, drang eine ungeduldige Stimme von draußen an mein Ohr. James. Der Zauber des Moments war verpufft.

Zurück am Feuer, war ich wie benebelt. Caden wurde sofort von Lisa in Beschlag genommen, und ich gesellte mich zu Ji-Hoon, der mich mit Geschichten von seinen Footballspielen zu unterhalten versuchte. Mit meinen Gedanken war ich woanders. Was war das gewesen? Caden hatte es irgendwie geschafft, keine einzige Frage zu beantworten, sondern nur neue zu schaffen. Ich war kein bisschen schlauer als vor den sieben Minuten unter der Trauerulme. Hatte Caden verstanden, dass ich nicht das Partygirl war, das er am ersten Abend kennengelernt hatte?

ZWÖLF

Als ich mich etwas später umschaute, war Caden verschwunden. Das Feuer war heruntergebrannt, und nur der Geruch von verbranntem Holz, Pinien und das Aroma der Steaks lagen noch in der Luft. Ich konnte nicht fassen, dass Caden einfach gegangen war, ohne sich zu verabschieden.

Und natürlich fiel mir sofort auf, dass noch eine Person verschwunden war: Lisa.

Ich zog mir eine Sweatjacke über und verließ die Party. Ich würde ihn suchen und irgendeinen Vorwand finden. Wenn ich ihn gefunden hatte, würde ich ihm erklären, was an diesem ersten Abend passiert war. Dass ich mich normalerweise nicht wahllos jedem an den Hals warf und seine Angst vor Partygirls bei mir mehr als unbegründet war. Dass ich in ihn verliebt war. Wow. Die Erkenntnis kam plötzlich.

Ich überquerte den Fluss, der nachts besonders laut rauschte. In der Nähe vom Haupthaus hörte ich Männer- und Frauenstimmen, die sich unterhielten und Witze machen. Im Anbau wohnten einige Gäste. Eine Stimme war schriller als der Rest: Lisa. Ein Typ hatte seinen Arm um sie gelegt und ihr am Rücken eine Hand unter das bauchfreie Oberteil geschoben. Es war nicht Caden, und fast hätte ich gejubelt, als ich es sah. Warum hatte ich eigentlich kein Vertrauen in mein eigenes Bauchgefühl? Ich ging weiter, ließ das Haupthaus links liegen und bog zu den Gästehäusern ab. Die erste Hütte war die von Caden. Tatsächlich zeigte ein Lichtschein, der das Gras hinter der Hütte beleuchtete, dass er zu Hause war. Wenn seine Hütte so aufgebaut war wie unsere, lag dort sein Schlafzimmer. Vielleicht las er im Bett? Der Gedanke daran, wie er auf seinem Bett lag und las … er war irgendwie wahnsinnig anziehend.

Ich trat zur Tür und klopfte.

Dann spitzte ich die Ohren. Waren das Stimmen? Hatte er den Fernseher laut gestellt?

Ich klopfte lauter. »Caden?«, rief ich leise. Hoffentlich hörte mich niemand anderes. Endlich hörte ich Schritte. Schließlich öffnete sich die Tür, und Cadens Silhouette erschien.

»Pearl?« Er wirkte völlig überrumpelt, beinahe erschrocken. Aber ich konnte kaum weiter darüber nachdenken, denn er trug kein T-Shirt, sondern nur seine Jeans, und ich konnte jeden einzelnen seiner Bauchmuskeln sehen. Schnell konzentrierte ich mich wieder auf sein Gesicht.

»Warum bist du einfach gegangen?«, fragte ich.

»Die … die Party war zu Ende«, sagte er. Er wirkte nervös. »Was machst du hier?«

»Ich wollte dir noch ein paar Dinge erklären.« Eine merkwürdige Atmosphäre lag in der Luft, aber anders als vorher bei dem Spiel. Sie war nicht positiv aufgeladen, sondern irgendwie … angespannt.

Er strich sich durch die Haare und kniff seine Augen zusammen. »Pearl«, sagte er. »Ich weiß, warum du hier bist, aber …«

»Caden?«, ertönte plötzlich eine Stimme hinter ihm. »Ist da jemand?«

Es war eine Frauenstimme. Irgendwoher kam sie mir bekannt vor. Und dann tauchte ein Gesicht hinter Caden auf. Ein Gesicht, das ich schon einmal gesehen hatte. Es war das Mädchen mit den glatten schwarzen Haaren aus dem *Sweet Dream Valley*. An ihren aufgerissenen Augen sah ich, dass sie mich auch erkannt hatte.

Fuck. Konnte ich mich bitte wegbeamen? Mit dem Hubschrauber wegfliegen?

Sie trug ein Tanktop und ganz offensichtlich nichts darunter. Das Top war so weit ausgeschnitten, dass ihr Busen jede Sekunde an der Seite rauszufallen drohte. Ein Top, das dafür gemacht war, möglichst schnell ausgezogen zu werden.

»Oh, hi!«, sagte sie und lächelte. Mir entging nicht, dass sie mit der Situation sehr zufrieden war.

Es war einfach unglaublich peinlich. Und unfassbar enttäuschend.

»Ich wollte nur fragen, ob ihr mich nächste Woche beim Ausreiten braucht. Ich muss das … planen wegen meiner Prüfung und so.«

Caden sah aus, als hätte er Zahnschmerzen. »Sid wollte das einteilen, also …«

»Ah, alles klar, dann kläre ich das morgen. Ich dachte nur, weil ich gerade hier vorbeigekommen bin und das Licht noch an war«, unterbrach ich ihn. Ich wollte bloß noch weg. »Aber ich will nicht stören«, sagte ich, drehte mich um und stolperte über den Pfad zurück. Ich musste mich beherrschen, um nicht loszurennen. In meinem Kopf ging alles durcheinander.

»Bis morgen«, hörte ich Caden hinter mir sagen.

Das Mädchen sagte noch etwas, dann ging die Tür zu.

Wie hatte ich nur so unfassbar blöd sein können? Was hatte ich mir nur eingebildet?

DREIZEHN

Die Stimme von Professor Norton plätscherte an meinen Ohren vorbei. Ich saß zwar in meinem Seminar, mit meinen Gedanken war ich jedoch bei Samstagabend. Je länger ich darüber nachdachte, desto wütender wurde ich. Wütend auf Caden, aber vor allem auf mich. Auf meine Leichtgläubigkeit. Meine Fantasie. Ich hatte mir einen Typen zurechtgeträumt, den es überhaupt nicht gab. Er war letztlich nicht anders als die eitlen Typen an meiner Schule in New York. Natürlich hatte er dieses Jahr nur drei Mädchen geküsst. Weil er nämlich einige von ihnen als Freundschaften mit gewissen Vorzügen pflegte, dann brauchte man ja gar nicht so viele.

»Heute schreiben wir einen unangekündigten Test«, verkündete Professor Norton in dieser Sekunde. »Ich weiß, dass wir noch nicht weit fortgeschritten sind, aber Sie sollten immer am Ball bleiben.«

Kim, die neben mir saß, rollte mit den Augen. Ich machte mir keine Sorgen über den Test, der war momentan mein geringstes Problem. Ich ärgerte mich so sehr über mich selbst, dass ich noch nicht einmal traurig sein konnte. Wie hatte ich mir nur so einen Quatsch einbilden können? *»Ich dachte einfach, du wärst anders.«* Das sagte er vermutlich zu allen Mädchen. Ich hatte doch schon am ersten Abend gewusst, dass er ein Frauenheld war. Aber er hatte es geschafft, alles umzudrehen. Dass ich dachte, dass *ich* einen Fehler gemacht hatte, dass *mein* Verhalten nicht richtig gewesen war. Und dass er ein ganz unschuldiger Typ war, der im letzten Jahr nur drei Mädchen geküsst hatte. Arschloch.

Ich schaute mir den Test an, den Professor Norton austeilte. Ich hatte zwar noch nicht allzu viel gelernt, aber ich hatte das meiste schon in der Schule gehabt, denn da hatte ich die College-Vorbereitungskurse belegt. Ich machte mich an die Arbeit. Maximale Konzentration. Maximale Punktezahl. Wie immer. Bis ich plötzlich innehielt. Mein Stift stockte, und ich blickte hoch.

Um mich herum schrieben alle Studenten auf ihre Blätter, einige konzentriert, einige sahen ein wenig verzweifelt aus. Kims Zungenspitze ragte an einer Seite aus dem Mund, während sie schrieb. Ich musste lächeln. Kim war immer gut gelaunt und schien so sorgenfrei. Ihr Freund arbeitete im Geschäft seines Vaters, eine Reparaturwerkstatt für Traktoren, die er später übernehmen würde. Sie hatte keinerlei Probleme, sich eine Zukunft mit ihm vorzustellen als Tierärztin und natürlich Mutter seiner Kinder.

Ich schaute zurück auf den Test. Ich konnte jede Aufgabe lösen. Aber wollte ich das überhaupt? Warum saß ich in diesem Chemiekurs? Es war ganz interessant, aber ...

Ich konnte mich nicht überwinden, weiterzuschreiben. Vor dem Fenster lag schon wieder ein strahlend blauer Himmel. Unvorstellbar, dass es in wenigen Monaten kalt, dunkel und grau werden würde. Als ich zur Seite schaute, traf mich Kims Blick. Sie zog die Stirn in Falten, was wohl eine Frage sein sollte: Warum schreibst du nicht?

Ich lächelte ihr beruhigend zu, als wäre alles in Ordnung. Nichts war in Ordnung. Aber erklären, was eigentlich los war, konnte ich auch nicht. Ich stand auf, nahm den Test, in dem nur ein paar Aufgaben gelöst waren, ging nach vorn und gab das Blatt ab.

Professor Norton sah verwirrt von ihrem Buch hoch und zog eine Augenbraue nach oben. Ich lächelte sie an. Sie sollte es nicht persönlich nehmen. Die ersten Aufgaben waren gelöst und richtig. Wahrscheinlich würde ich sogar noch eine Vier bekommen. Ich hatte noch nie eine Vier geschrieben.

Als ich nach draußen trat, atmete ich tief durch. Mein ganzer Körper kribbelte vor Aufregung. Was hatte ich gerade getan? Ich setzte mich auf die Wiese und fischte mein Astronomiebuch aus meiner Tasche. Das interessierte mich wirklich. Warum sollte ich nicht lieber darin lesen?

***

Nachmittags ging ich in den Stall für den versprochenen Ausritt mit Liam. Sid sattelte gerade sein Pferd Butterscotch ab.

»Du wirst dich wundern, dein Bruder hat Talent«, sagte er und zwinkerte. Keine Ahnung, warum, aber ich hatte ihn sofort gemocht und hatte das Gefühl, ich könnte ihm alles erzählen. Der Stallgeruch, das Heu, die Wärme der Sonne, die Pferde, die im Paddock standen und munterer wurden, nachdem sie im Schatten gedöst hatten – nie hätte ich gedacht, dass ich mich hier so wohlfühlen würde.

»Pearlsy!«, rief Liam mich bei einem uralten Spitznamen von der anderen Seite des Stalls aus.

»Schau mal, das ist Mogli«, sagte er. Stolz zeigte er auf das Norwegerpony. »Es ist schon siebzehn Jahre alt, aber topfit.«

Er nahm den Sattel vom Zaun und legte ihn routiniert auf den Rücken des Ponys, das entspannt auf einem Büschel Gras kaute. Liam machte das mit einer Selbstverständlichkeit, als wäre er schon immer ein Ranchboy gewesen, als wäre er nie in gestärkten Shirts in eine der hypertraditionellen Grundschulen an der Upper East Side gegangen.

»Ich habe Blue schon fertig gemacht!«

Tatsächlich. Blues Fell glänzte, und er stand fertig gesattelt und gezäumt hinter Mogli.

»Danke, Liam. Das ist total lieb von dir.«

»Ich zeige dir meinen neuen Lieblingsort«, sagte Liam und strahlte mich an.

Minuten späten ritten wir aus dem Tor ins offene Land. Ich verstand langsam, wie dieses Land süchtig machen konnte. Die Weite und die wilde Landschaft. Irgendetwas Magisches lag in der Natur. Auf den Hügelkuppen, wo der Wind ihnen kühlend über das Fell strich, wurden die Pferde munterer. Nach ungefähr einer Stunde drehte Liam sich zu mir.

»Es ist hinter den Bäumen«, sagte er.

Eine Baumreihe aus Fichten ragte vor uns auf, dahinter ging es bergab, und in der Senke lag ein See. Der See war nicht riesig, aber er war so glasklar, dass sich die gesamte Umgebung in ihm spiegelte. Zudem hatte er eine sehr helle Farbe, fast schon ein karibisches Türkis, eine Farbe, die man in den Bergen hier niemals vermutet hätte.

»Wahnsinn, oder?«

Ich nickte.

»Sid hat ihn mir gezeigt. Sie nennen ihn Spiegelsee. Weiter unten gibt es auch noch Höhlen von Indianern. Das darf man aber niemandem erzählen. Es ist ein heiliger Ort, und sie möchten nicht, dass zu viele Leute dorthin kommen. Und da vorn ist eine kleine Hütte. Die hat Sid vor vielen Jahren mit Caden gebaut.«

»Der Ort ist wirklich etwas Besonderes.«

»Reiten wir jetzt öfter zusammen aus?«

»Ja, das sollten wir machen.«

»Wir können ja auch mal einen langen Ausritt machen mit Caden, Carl und Sid. Carl hat erzählt, dass sie schon einmal eine ganze Woche unterwegs gewesen sind. Sie haben nur gegessen, was sie selbst gefangen und gesammelt haben.«

»Ich fürchte, wir Städter würden da ziemlich schnell verhungern«, sagte ich. Ein wochenlanger Ritt mit Caden schien mir gerade keine besonders gute Idee zu sein.

»Ja, deshalb müssen sie es uns zeigen …« Carl wendete sein Pony. »Vielleicht lernt Dad später auch noch reiten. Vielleicht würde es ihm hier auch gefallen«, sagte er, und in seiner Stimme lag wieder viel zu viel Sehnsucht. Wie immer brach es mir fast das Herz, wenn er so sprach. Ich hatte es irgendwie aufgegeben, unseren Vater lieben zu wollen. Ich versuchte nicht, ihn mir schönzureden. Ich versuchte, ihn zu vergessen. Aber vielleicht war das auch nicht der richtige Weg.

***

Als wir zum Stall zurückkamen, war es bereits ziemlich spät am Nachmittag. Ich schickte Liam nach Hause und sattelte sein Pony ab. Meine Haare klebten an meinem Kopf, ich war durchgeschwitzt und verstaubt, aber ich fühlte mich wohl. Und ich hatte den ganzen Nachmittag lang kaum an Caden gedacht.

Doch als ich Blues Sattel zurückbringen wollte, stand er plötzlich vor der Tür der Sattelkammer. Er versperrte den Weg, sodass ich nicht an ihm vorbeikam, und blickte mir aus seinen dunklen Augen entgegen. Ich erstarrte, und sofort stürzten die ganzen verwirrenden Gefühle wieder auf mich ein und verdichteten sich zu einem dumpfen Hintergrundrauschen.

»Pearl«, sagte er. »Hast du kurz Zeit?«

Mein Puls beschleunigte sich. Wieso reagierte mein Körper so stark auf ihn? Es war wirklich zum Heulen. Ich versuchte, zumindest von außen cool zu wirken.

»Hi«, sagte ich und wollte an ihm vorbei. Als ich mich an ihm vorbeiquetschte, stieß mein verschwitzter Rücken gegen ihn. Für den Bruchteil einer Sekunde klebte ich förmlich an ihm. Dass ich verstaubt und verdreckt war, schien ihn nicht zu stören. Er roch gut, nicht parfümiert, aber frisch, als hätte er eben ein frisches T-Shirt angezogen.

»Du bist sauer«, sagte Caden.

»Ich bin nicht sauer«, sagte ich. »Du stehst nur im Weg. Ich dachte, hier in Montana wären alle Männer Gentlemen.«

Schneller, als ich reagieren konnte, hatte er den Sattel aus meinem Armen genommen, so, als hätte er kein Gewicht, was auf diesen Westernsattel definitiv nicht zutraf. Ich konnte nicht vermeiden, dass ich dabei auf die Wölbung seiner Oberarme schaute. Es war zum Kotzen. Ich könnte mich ohrfeigen. Er verstaute den Sattel in der Sattelkammer und stellte sich dann wieder vor mich.

»Ich muss dir etwas erklären. Ich glaube, du hast was falsch verstanden.«

Ich blickte ihn an, als würde er die Sprache der Na'vi aus ›Avatar‹ sprechen. Er biss sich kurz auf die Unterlippe. War er verunsichert? Schön, das wäre ja mal etwas.

»Also, wegen Samstag …«

»Du musst mir nichts erklären. Oder vielleicht doch. Ich frage mich, warum du mir gesagt hast, dass du bei unserer ersten Begegnung gedacht hättest, *»›ich sei anders‹«*. Dass du nicht auf Mädchen stehst, die *»›nur Partys im Kopf haben‹«*. Das war doch völliger Bullshit. Ich habe mir echt noch einen Kopf gemacht, was du von mir denkst. Ich verstehe nicht, warum du mich anlügen musstest.«

»Ich habe dich nicht angelogen.«

»Ach nein?«

»Ich dachte, du wärst anders. Du bist anders. Auch wenn ich nicht schlau aus dir werde. Du hast mir an dem Abend angeboten, mit mir zu schlafen.«

Ich hatte das Gefühl, dass sich bei seinen Worten jedes Organ in meinem Körper vor Scham zusammenzog.

»Und natürlich ist es verrückt, dass ich abgelehnt habe, weil du so unfassbar sexy bist, dass es mich ziemlich viele Nerven gekostet hat. Und nicht nur an dem Abend. Seit ich dich getroffen habe, fühle ich mich, als hätte mir jemand eine Hormonspritze verpasst.«

Ich war fassungslos. Mit dieser Eröffnung hatte ich nun ganz und gar nicht gerechnet.

»Ich glaube, du ...«, er schloss kurz die Augen, »magst mich. Du flirtest mit mir. Vielleicht denkst du, dass du in mich verliebt bist. Aber das sind nur ... Hormone.«

Ich blickte ihn völlig verdutzt an. »Also Selbstbewusstsein hast du schon.«

»Ich bin kein Boyfriend-Material, verstehst du? Und nein, ich stehe nicht auf Mädchen, die nur Partys im Kopf haben, um mit ihnen befreundet zu sein. Aber das heißt ja nicht, dass ...«

»Du mit solchen Mädchen nicht ins Bett gehst?«

Er zuckte mit den Schultern. Er sah allerdings nicht aus, als wäre ihm das sonderlich unangenehm. Das durfte nicht wahr sein.

»Fürs Bett sind solche Mädchen gut genug, aber Freundschaft wäre dann doch zu viel verlangt? Ich bin nur erstaunt, dass sich so etwas in diesem kleinen Kaff nicht schneller rumspricht.«

»Oh, das tut es. Ich habe keine Geheimnisse. Ich spiele mit offenen Karten. Ich führe keine Beziehungen. Fertig.«

»Ach so, wenn man offen als Arschloch lebt, ist das in Ordnung.«

»Du kannst mich beschimpfen. Aber es gibt Mädchen, die das Gleiche wollen.« Mir ging durch den Kopf, dass ich im *Sweet Dream Valley* hundertprozentig eine von ihnen gewesen war.

»Dann erstaunt mich umso mehr, dass du mich am ersten Abend abgelehnt hast. Ich muss doch perfekt für dich gewesen sein.«

»Du wusstest nicht mehr, was du wolltest. Ich habe dir meine Nummer gegeben. Ich hätte mich mit dir getroffen, wenn du mich mit klarem Kopf angerufen hättest. An dem Abend ... du wirktest, als hättest du eine Mission. Ich konnte ja nicht wissen, dass du meine ›Cousine‹ bist.«

»Und das hat dann alles verändert, sonst hätten wir unverbindlich miteinander ins Bett gehen können?«

Mein erster Eindruck von Caden war also genau richtig gewesen. Warum war ich eigentlich davon abgerückt? Ich hatte doch am ersten Abend direkt dieses Mädchen gesehen, das Samstag wieder da war. Und seine Freunde hatten auch keinen Hehl daraus gemacht, dass Caden sehr gut im »Sternezeigen« war. Wieso hatte ich eigentlich so viel in diesen einen Satz: *Ich stehe nicht auf Mädchen, die nur Partys im Kopf haben* hineininterpretiert?

»Ich habe nichts falsch dargestellt. Du hast es anders verstanden. Und du bist nicht das Partygirl, als das du im *Sweet Dream Valley* aufgetreten bist.«

»Vielleicht schon. Woher willst du das wissen? Du kennst mich doch überhaupt nicht.«

»Ich will sagen, dass ich vielleicht falsche Erwartungen geweckt habe. Das tut mir leid. Aber ich verliebe mich nicht. Ich habe keine Freundinnen. Ich wollte nur, dass du das weißt.«

Ich war fassungslos. »Und du denkst, dass du mir das mitteilen musst, weil ich dich so anschmachte?«

Wie sehr ich ihn hasste, wie fürchterlich wahr das war!

»Genau. Ich möchte nicht, dass du dir falsche Hoffnungen machst.«

»Weiß du eigentlich, wie arrogant du klingst? Du denkst, dass ich mir Hoffnungen mache? Denkst du, dass mein Glück von dir abhängt?«

»Ich glaube, du machst dir Hoffnungen. Und ich glaube nicht, dass du so cool bist, wie du tust. Und ich bin nicht blöd, Pearl. Ich merke auch, was zwischen uns passiert. Wie gesagt, ich habe dauerhaft das Gefühl, ich hätte Testosteron geschluckt. Und ich kann dir sagen, dass das nicht angenehm ist beim Reiten. Es ist nicht zu ignorieren. Aber ich habe eine sehr kalte Dusche. Und ich weiß, wie ich mich ablenken kann. Aber ich bin nicht dein Typ. Du willst nicht nur ins Bett. Du willst einen Freund, du willst diese ganze Kuschel-Händchenhalten-und-Liebeserklärungsgeschichte. Das kann ich dir nicht bieten, so gern ich würde. Sorry.«

Einerseits verursachte sein Geständnis, dass er die starke Anziehung zwischen uns genauso spürte, jede Menge flatterige Gefühle in meinem Magen. Gleichzeitig hätte ich vor Wut explodieren können.

»Du bist unfassbar! Wie kannst du dir nur einbilden, so ein Menschenkenner zu sein? Du denkst, du weißt, was ich will? Du hast wirklich keine Ahnung. Ich will keinen Freund. Ich bin kein hilfloses, anhängliches Wesen, das sich an irgendjemanden hängen möchte.« Lüge. Lüge. Lüge. Aber egal. »Erstens habe ich morgen ein Date«, noch eine Lüge. Aber das konnte ja noch werden. »Und zweitens: Es ist ziemlich leicht, zu behaupten, dass man mit offenen Karten spielt. Du kannst sagen: ›Hey, ich habe ihr gesagt, dass ich keine Beziehung will. Ich bin doch total ehrlich.‹«

Er stand viel zu nah vor mir. Ich trat einen Schritt zurück.

»Aber wenn du so ein Menschenkenner wärst, dann würdest du merken, dass deine Freundin-mit-gewissen Vorzügen vom Samstag überhaupt nicht so locker ist, wie du es gern hättest. Ganz ehrlich, Caden. Sie gibt der Beziehung einen anderen Namen als du. Das sieht sogar ein Citygirl aus New York, das angeblich nicht mehr zurechnungsfähig ist.«

Ich schob ihn zur Seite, so fest, dass er tatsächlich gegen die Wand gestoßen wurde. Er hatte mit diesem Stoß überhaupt nicht gerechnet.

»Pearl«, sagte er. »Du kannst mir nicht erzählen, dass ich völlig unrecht habe. Du hast morgen wahrscheinlich noch nicht mal ein Date.«

»Ach wirklich, du Menschenkenner.« Ich schüttelte mitleidig den Kopf. »Warum sollte ich lügen?«

»Mit wem?«

»River, kennst du ihn? Und ich habe das Gefühl, wir werden viel Spaß haben.«

Bei dem Namen floss das Blut so schnell aus seinem Gesicht, als hätte jemand seine Halsschlagader gekappt.

»Nicht River«, presste er hervor.

»Er holt mich morgen Nachmittag ab«, ich lächelte. »Er ist echt süß«, fügte ich hinzu. »Und zum Glück ist er auch nicht auf der Suche nach einer Beziehung. Auf so eine Klette habe ich keine Lust.« Ich hätte fast noch weitergeredet, weil ich mit jedem Wort sah, wie die Wut in Cadens Gesicht stärker wurde.

Doch dann drehte ich mich um und hob einen Arm. »Bis dann«, sagte ich und ging davon, ohne ihn noch einmal anzusehen.

VIERZEHN

Auf meine Nachricht, dass ich morgen Zeit hätte, antwortete River innerhalb von Minuten. Er versuchte nicht, cool und unerreichbar zu wirken, das hatte er wahrscheinlich einfach nicht nötig. Mir gefiel das. Unkompliziert.

»Drei Uhr Fliegenfischen. Ich hole dich mit dem Motorrad ab«, schrieb er zurück.

Ich war erleichtert, dass ich vor Caden nun nicht wie ein Lügner dastand. Wenn ich ehrlich zu mir war, freute ich mich darüber sogar mehr als über das Date.

Um kurz vor drei hörte ich ein Motorrad vor unserer Holzhütte. Leider war auch meine Mutter zu Hause. Sie hatte angefangen, bei der Bewirtung der Ranchgäste zu helfen, und war die meiste Zeit zum Glück ziemlich beschäftigt. Wir gingen uns aus dem Weg, so gut es ging, in New York hatten wir uns auch kaum gesehen. Ich fand es so angenehmer. Aber natürlich war sie genau jetzt zu Hause.

»Oh«, sagte sie und blickte aus dem Fenster. Sie trug eine rote Bluse und hatte ihre Haare mit dem Lockenstab eingedreht. Sie würde wohl nie aufhören, sich aufwendig zurechtzumachen, ganz egal, wo sie war. »Ist *das* dein Besuch?« Sie kräuselte die Nase und die Stirn. »Damit willst du aber nicht fahren, oder?«

»Mom, natürlich fahre ich damit. Es ist ein Motorrad. Ich fahre ja nicht selbst.«

»Das ist unheimlich gefährlich.«

»Millionen Menschen fahren Motorrad.« Ich zog mir eine warme Jacke gegen den Fahrtwind über. Der Himmel war heute bedeckt, und es war windiger als sonst.

»Stimmt. Und ein paar Tausend davon fehlt wegen einem Unfall ein Arm oder ein Bein«, konterte meine Mutter überraschend schlagfertig.

Wir beobachteten River, wie er vor dem Fenster von seinem Motorrad stieg. Er sah wirklich gut aus. Das Schwarz seiner Haare war irgendwie extra tiefschwarz, seine Augen besonders grün. Seine Haut war makellos glatt und wirkte nicht so, als müsste er sich rasieren. Nur seine Nase stand leicht schräg, was seiner Attraktivität aber keinen Abbruch tat. Im Gegenteil. Das leicht Dämonenhafte, das er mit seinen schwarzen Klamotten noch unterstrich, stand ihm gut. Ich verabschiedete mich von meiner Mutter und ging nach draußen.

»Hi, Pearl. Ich habe dir einen Helm mitgebracht«, sagte er, als er mich erspähte. Er kam zu mir und stellte sich direkt vor mich. Er überragte mich um mindestens zwei Köpfe. Plötzlich strich er mir mit einer Hand überraschend sanft über die Haare. Er schob sie über meine Schultern nach hinten. Dann nahm er den Helm in beide Hände und senkte ihn über meinen Kopf.

Mir stockte für einen Moment der Atem. Er war so präsent. So bestimmend. Das ärgerte mich, und gleichzeitig war es auch irgendwie … anziehend? Er lächelte mich an und blickte mich aus seinen grünen Augen von oben an.

»Entschuldigung«, murmelte er. »Ich will nur sichergehen, dass der Helm richtig eingestellt ist.« Er griff an die Seiten des Helms und verdrehte dort ein Stellrad. Dabei lagen seine Zeigefinger leicht an meinem Hals, sodass es merkwürdig kitzelte.

Nein, das war kein Zufall. Er spielte doch mit mir.

»Fertig?«, fragte ich. »Lieb, dass du so um meine Sicherheit besorgt bist.«

»Es wäre schade um dich. Was führte zum plötzlichen Gesinnungswandel, doch etwas Zeit mit mir zu verbringen? Hast du gemerkt, dass die Bradburys auf Dauer ganz schön langweilig sind?« Er grinste.

Okay, den wahren Grund würde ich ihm wohl nicht erzählen können.

»Ein wenig Abwechslung ist gesund«, sagte ich.

Es sah nach Regen aus, aber vielleicht hatten wir Glück. Das Motorrad von River war schön, dunkelrot mit viel Chrom, das gerade heute, wo der Himmel etwas bedeckt war, besonders leuchtete. Es wirkte altmodisch und modern gleichzeitig, *Indian* stand in geschwungenen Buchstaben auf dem gewölbten Tank. Es gab genug Platz, um hinter ihm zu sitzen, zusätzlich hingen Taschen an der Maschine, in denen er wohl die Ausrüstung verstaut hatte.

»Halt dich gut fest«, sagte River, als ich hinter ihm Platz nahm. Ich hatte noch nie auf einem Motorrad gesessen.

Er nahm meine zaghaft um seine Hüfte gelegten

Hände und zog sie weiter nach vorn, damit sie seine Hüfte fester umschlossen. »Du hast hoffentlich keine Berührungsängste.«

Hatte ich nicht. Durch das Fenster sah ich etwas Rotes aufblitzen und dann das Gesicht meiner Mutter. Sie schaute, als würde ihre Tochter endgültig ins Verderben fahren. Ich fühlte mich, als würde ich endlich etwas richtig machen.

***

Der Wind im Gesicht und die Tatsache, keinen Metallkäfig um mich zu haben und trotzdem so schnell über den Asphalt zu fliegen, waren berauschend. Vielleicht war es gefährlich, aber auch unglaublich aufregend. Die inzwischen vertraute Landschaft flog mit ihren Nadelbäumen, Hügeln und steinigen Wegen vorbei. Wir fuhren in stärker bewaldetes Gebiet, ich hatte keine Ahnung, wo wir waren. Kein Mensch weit und breit. Doch das war nichts Ungewöhnliches in Montana, hier war ständig weit und breit niemand zu sehen. Der genaue Gegensatz zu New York.

Als wir am Fluss ankamen, zog ein leichter Nebel auf. Ich schaute auf Rivers Rücken, und mir wurde klar, dass ich mit einem Typen, den ich eigentlich überhaupt nicht kannte, an einem ziemlich einsamen Ort war. Aber wenn er gefährlich wäre, hätte mir das doch jemand gesagt, oder? Schließlich kannte hier jeder jeden. Nachdem ich vom Rücksitz geklettert war und wir uns kurz gestreckt hatten, holte er eine Packung Zigaretten aus seiner Tasche.

»Willst du?«

Ich schüttelte den Kopf.

»Es ist nie zu spät, anzufangen«, grinste er.

»Ist nicht mein Ding«, sagte ich.

Er zündete sich die Zigarette an, inhalierte und blies ein paar Rauchwolken in den Himmel.

»Einige Dinge muss man ausprobiert haben, um zu wissen, ob sie einem gefallen oder nicht. Einigen Dingen muss man erst eine Chance geben. Ich spreche aus Erfahrung.«

River holte das Angelzeug und wasserabweisende Hosen, die unten in Stiefeln endeten, heraus. Mit denen konnte man in den Fluss, ohne nass zu werden. Erstaunlich, was alles in diese Taschen passte.

»Ich habe auch welche für kleinere Füße von meiner Mutter dabei. Jetzt darfst du nur keine Elefantenfüße haben.« Er rümpfte die Nase, wobei noch mehr auffiel, dass sie schräg stand. Ich musste mich zurückhalten, nicht nachzufragen, was passiert war, denn die Nasenstellung wirkte wie ein Unfall, nicht wie etwas Angeborenes.

»Meine Füße sind durchschnittlich groß, würde ich sagen.«

Zum Glück passte alles einigermaßen, und ich fühlte mich ziemlich professionell in dem Outfit.

Er holte die Angeln heraus und setzte alles zusammen. Dann folgte eine Demonstration, wie ich die Angel halten, werfen und schwingen konnte. Wie man die Leine auswarf und wieder einholte. Er ließ sich Zeit. Er trat hinter mich, fädelte seine Arme unter meinen hindurch und führte meine Angel. Ich spürte seine Brust in meinem Rücken, und wenn ich mich bewegte, stieß ich gegen seine ausgestreckten Arme. Er war schmaler gebaut als Caden, aber keineswegs schwächlich.

»Okay, lass es mich allein versuchen«, sagte ich.

»Gut«, sagte er und bewegte sich nicht.

»Ich glaube, du musst mich loslassen, wenn ich anfangen soll«, sagte ich.

»Ungern, aber ich zeige dir das später gern alles noch mal«, sagte er grinsend und löste sich langsam von mir. Ich stellte mich ein Stück entfernt von ihm an das flache Ufer des Flusses und versuchte, meine Angel auszuwerfen. Es sah weit weniger elegant aus als bei ihm, aber es klappte einigermaßen.

»Bist du in Montana geboren?«, fragte ich ihn.

»Wieso?«

»Du wirkst irgendwie so, als wärst du nicht von hier. Als wärst du hier gestrandet.«

»Da haben wir etwas gemeinsam. Ich bin hier geboren, aber ich werde nicht bleiben.«

Ich warf meine Angel erneut aus. »Und warum studierst du dann hier und nicht woanders?« Ich begann, meine Angelschnur wieder einzuholen. Da hatte garantiert nichts angebissen. Es war gar nicht so leicht. Das Wasser des Flusses war klar, aber in Bewegung. Man konnte aus der Entfernung nicht erkennen, was direkt unter der Oberfläche lag.

»Ich musste es meinem Vater versprechen. Aber nur fürs College. Danach bin ich weg. New York.«

»New York? Wirklich? Was möchtest du da machen?«

»Ich würde gern Musik machen.«

»Du machst Musik?«, fragte ich. Das war interessant. »Welche Richtung?«

»Gitarre, rockig. Ich kann dir was vorspielen«, er grinste. »Da müsstest du mich aber mal besuchen kommen.«

»Wolltest du mit mir ausgehen, weil ich aus New York bin?«

»Vielleicht. Man spürt die Stadt-Vibes. Du bist anders als die meisten hier und ich auch. Ich glaube, wir gehören zusammen.« Er warf mir einen tiefen Blick zu.

»Du flirtest ziemlich grobmotorisch«, erwiderte ich. »Da musst du noch dran arbeiten, wenn du bei den abgebrühten Mädchen in der Stadt eine Chance haben willst.«

Er grinste. »Du bist mit mir ausgegangen, es scheint also zu funktionieren. Außerdem flirte ich nicht mit jeder. Aber du ... kitzelst das aus mir heraus.«

»Ich sag doch, grobmotorisch.« Nach einem Moment fügte ich hinzu: »Du bist der Erste, den ich treffe, der von hier wegwill.«

Ich warf erneut meine Angel und versuchte, seine Bewegung nachzumachen. Bei River war es eine einzige, fließende Bewegung. Bei mir kam die Angel nur sehr holprig zurück.

»Du musst dich konzentrieren, sonst gibt es nichts zu essen.« Er ließ seine Angelschnur erneut elegant über dem Wasser kreisen. Dann zog er sie näher. Kein Fisch. Der Fisch sollte anbeißen, weil der Angler den Köder bewegte, wie eine lebende Fliege, die der Fisch gern fressen wollte.

Nachdem wir eine Weile nichts gefangen hatten, liefen wir ein Stück den Fluss hoch. Hier lagen Steine im Flussbett, und gelegentlich ergaben sich kleine Stromschnellen. Das Rauschen des Wassers war beruhigend. Es war keineswegs langweilig, obwohl nicht viel passierte.

»Mein Vater sitzt im Knast«, sagte ich irgendwann. »Wir haben gerade keinen Kontakt.«

»Woaaah. Das kam plötzlich«, erwiderte River und sah mich aus seinen grünen Augen überrascht an.

Ich zuckte mit den Schultern. »Ich wollte mal sehen, wie es sich anfühlt, das jemand Fremdem zu erzählen.«

River warf mir einen längeren Blick zu. »Und, wie fühlt es sich an?«

Ich seufzte. »Merkwürdig. Es fühlt sich an wie ein Verrat. Dann ist er plötzlich nur noch der Vater im Knast. Dabei hat er noch andere Seiten. Ich weiß noch, wie einige Kinder in der Schule immer über die Beziehungsprobleme der Eltern gesprochen haben, völlig hemmungslos. Wenn ich die Eltern dann getroffen habe, konnte ich an nichts anderes denken. Wahrscheinlich fanden meine Mitschüler es befreiend, das alles herauszuposaunen. Es macht den Schrecken irgendwie kleiner.«

Nach einer kurzen Pause fuhr ich fort: »Deshalb sind wir zu Tante Rose gekommen. Wir mussten weg aus New York. Und wir wussten nicht, wohin.« Es tat wirklich gut, das auszusprechen, statt so zu tun, als wäre das alles nicht passiert. Alles war einerseits weit weg, dann auch wieder ganz nah.

»Wow, das ist in der Tat ein Grund.«

»Ich will eigentlich gar nichts fangen«, sagte ich nach einer Weile. »Was würden wir machen, wenn wir etwas kriegen? Würden wir den Fisch wirklich töten?«

River nickte. »Klar. Du isst doch sonst auch Fisch, oder?«

»Schon. Aber ich töte ihn nicht.«

»Du merkst aber schon, dass das null logisch ist?«

»Ich will ihn trotzdem nicht selbst töten. Könnten wir ihn nicht zurück ins Wasser werfen?«

River schüttelte den Kopf. »Du *bist* ein Citygirl, Citygirl.« Er holte seine Angel wieder ein. »Ich werfe keine Fische zurück ins Wasser. Das ist Tierquälerei, die Fische sind immer verletzt.« Er legte seine Angel neben sich. »Aber lass uns aufhören – dass wir so lange nichts gefangen haben, ist ungewöhnlich für diese Stelle. Sollen wir stattdessen schwimmen gehen?«, fragte er und hielt den Kopf schräg. In seinen Augen blitzte etwas auf.

»Das Wasser ist eiskalt«, sagte ich.

»Ja«, erwiderte River ungerührt. »Aber ich sehe keine Eisdecke.«

»Ich habe keinen Badeanzug«, erwiderte ich.

Rivers Grinsen wurde noch breiter. »Ich habe keine Badehose.«

»Ich glaube, der Annäherungsversuch ist mir dann doch etwas zu platt«, sagte ich und schaute auf den Fluss, der einladend vor uns lag, nicht zu breit, aber tief genug, um richtig einzutauchen.

»Du machst dir zu viele Gedanken. Dass wir schwimmen gehen, heißt doch nicht, dass sonst was passiert«, sagte River. »Mir ist heiß in diesem Plastikzeug, und das Wasser ist eine schöne Abkühlung. Danach fahren wir zurück. Schwimmen ist nackt außerdem viel besser. Aber du brauchst ja nicht mitzukommen.«

Ich rollte mit den Augen.

»Ich meine das vollkommen ernst. Das ist kein verzweifelter Versuch, dich zum Ausziehen zu bewegen. Mit Badeklamotten im Wasser klebt die ganze Zeit ein nasses Stück Stoff an dir. Das ist doch ekelhaft. Du willst doch nur nicht schwimmen, weil du denkst, dass es komisch ist, mit einem Typen, den du noch nicht lang kennst, nackt baden zu gehen. Das sind nur bescheuerte Überzeugungen, die die Gesellschaft dir eingeredet hat.«

»Netter Versuch. De facto schwimme ich einfach nicht nackt und lasse mir auch nicht einreden, dass das gesellschaftspolitische Relevanz hat.«

»Warte mal«, River fixierte mich mit seinen grünen Augen genau. »Sag mir nicht, dass du in deinem Leben noch nie ohne Badesachen schwimmen warst? Also im See oder im Meer, nicht deiner Badewanne.«

Ich überlegte. »Ich bin mal mit Klamotten in einen Pool gefallen.«

»Du bist in deinem ganzen Leben noch nie nackt schwimmen gewesen?« River war tatsächlich fassungslos.

»Hey, ich komme aus New York. Da gibt es keine Seen. Soll ich mich da nackt in eine Pfütze werfen?«

»Du musst diese Erfahrung machen! Ich drehe mich um, du ziehst dich aus und gehst rein.« Er blickte mich an und versuchte wahrscheinlich, so unschuldig auszusehen wie ein Bernhardinerwelpe. Aber irgendwie funktionierte das nicht so richtig. »Und dann wirst du merken, dass es etwas völlig anderes ist als in Badeklamotten. Danach werde ich reingehen. Mir ist es übrigens egal, ob du guckst oder nicht.«

River zog sein Shirt über den Kopf und stand mit nacktem Oberkörper vor mir, bevor ich antworten konnte.

»Glaubst du, dass ich mich nicht mehr beherrschen kann beim Anblick deines nackten Oberkörpers?«

Wobei er eigentlich nicht wirklich nackt war. Die eine Hälfte seiner Brust und ein Oberarm waren mit schwungvollen Linien verziert, die sich teilweise wie Schnecken um sich selbst drehten. Ein abstraktes Tattoo. Ich musste zugeben: Es stand ihm gut. Und ich war nie jemand gewesen, der Tätowierungen attraktiv fand. Eher im Gegenteil.

Ich war kurz davor, abzulehnen. Natürlich wollte er mich nur dazu bringen, mich auszuziehen.

»Okay«, sagte ich, bevor ich es mir anders überlegen konnte. Ich überraschte mich selbst mit dieser Antwort und begann, meine Hose herunterzuziehen. Warum eigentlich nicht? River war ebenfalls überrascht, wenn ich seinem Gesichtsausdruck glauben konnte. »Würdest du bitte hinter diesen Baum gehen?«

Er nickte stumm und gehorchte.

***

Das Wasser war genauso kalt, wie ich vermutet hatte. Aber ich verstand sofort, was River meinte. Es war wundervoll. Nichts anzuhaben, fühlte sich viel freier an, und ich hatte sogar das Gefühl, dass ich die Kälte so länger aushalten konnte. Der Fluss wurde wahrscheinlich nie warm, wenn er sogar am Ende des Sommers nach den vielen warmen Tagen so kalt war. Ich legte den Kopf in den Nacken, und sofort begann er von der Kälte zu prickeln. Über mir waren grauweißer Himmel, Wolken und die Äste der Birken, die nah am Ufer standen.

»Okay!«, rief ich. »Ich schaue in die andere Richtung, du kannst rein.«

Hinter mir hörte ich das Platschen, als River ins Wasser kam. Ich drehte mich nicht rum. Die Vorstellung, dass er dort nackt hinter mir war, war irgendwie aufregend. Ich hatte bei hellem Licht noch nie jemanden außer mich selbst oder Mädchen in der Umkleidekabine nackt gesehen. Sogar an dem Tag, als ich meine Jungfräulichkeit verloren hatte – keine schöne Erinnerung –, war es dunkel gewesen im Zimmer, und ich hatte die Augen geschlossen.

Plötzlich fühlte ich Rivers Hand auf meiner Schulter.

»River!«, kreischte ich und schlug seine Hand weg. »Nicht anfassen! Ich bin wehrlos.«

Er gluckste. »Du bist nicht wehrlos, du bist nur nackt«, sagte er.

Aber er blieb etwas von mir entfernt und begann, Wasser auf mich zu spritzen.

»Dein Gesicht braucht noch ein bisschen mehr Kühlung. Die Seen in Montana sind das Geheimnis ewiger Jugend. Wenn du nackt in diesen Seen badest, bekommst du nie Falten«, sagte er und fuhr fort, mit dem Wasser zu spritzen.

Ich hatte die Nase voll und spritzte zurück. Er spritzte mehr. Und dann waren wir in einem ausgewachsenen Spritzwettkampf, von dem ich irgendwann nur wegtauchen konnte. Das Wasser, das über meinem Kopf zusammenschlug, eröffnete eine neue Dimension von kalt.

»Gehst du wieder raus?«, sagte ich. »Ich komme nach, mir wird's zu kalt.« Ich stand an einer Stelle, die nicht so tief war, in der Hocke, damit mein Oberkörper unter Wasser blieb.

»Derjenige, der zuerst reingekommen ist, geht auch als Erstes wieder raus.«

»Du spinnst. Bitte rausgehen und dann hinter den Baum. Untersteh dich, zu gucken.«

»Das sind die Regeln.«

»Die Regeln, die du gerade erfunden hast. Aber egal.«

Mir war plötzlich eiskalt. Ich musste hier raus. Und irgendwie spielte es doch auch keine Rolle. Ich ging an ihm vorbei und richtete mich erst auf, als ich das Wasser verließ, zumindest konnte er so nur meinen Rücken und meinen Po sehen. Die Luft kam mir nach dem kalten Wasser richtig warm vor. Meine nassen Haare klebten im Nacken. Ich griff schnell nach meinen Sachen und huschte hinter einen der Büsche, um mich anzuziehen. Eine Vorführung brauchte ich River, der – da war ich mir sicher – bestimmt nicht weggeschaut hatte, dann doch nicht geben.

Wenige Minuten später saßen wir wieder auf dem Motorrad. Meine Haare waren feucht. Ich umklammerte seinen Bauch und schob die Hände unter seine

Jacke, damit mir beim Fahren nicht zu kalt wurde. Es war mir egal, wie nah ich ihm war. Das hatte River sich bestimmt so gedacht, als er sich für das Motorrad entschieden hatte. Aber es fühlte sich gut an, und ich genoss die Kälte fast. So lebendig hatte ich mich schon lange nicht mehr gefühlt. Wer hätte gedacht, dass ich Motorradfahren so großartig finden würde.

***

Am frühen Abend waren wir auf der Ranch zurück. Durch die Wolken sah man, wie die Sonne verschwand. Der Motor knatterte in der stillen Abendluft ziemlich laut, und ich dachte an all die Augen, die es auf der Ranch gab.

»Das hat Spaß gemacht«, sagte ich und meinte es ernst. »Fliegenfischen war, glaube ich, nicht so mein Ding, aber Motorradfahren dafür umso mehr.«

»Wenn dir das Spaß gemacht hat, dann kann ich dir eins versprechen: Da gibt es noch eine Steigerung. Dinge, die dir noch viel mehr Spaß machen werden, wenn du sie ausprobierst.« River wirkte sehr überzeugt.

»Meine Güte, deine Sprüche sind ziemlich schlimm.« Trotzdem war er mir sympathisch. Es war kein dumpfer Boy von der Upper East Side, der so verwöhnt war, dass ihm nichts ein Lächeln abringen konnte. River hatte den Nachmittag scheinbar genauso genossen wie ich.

Wir standen voreinander, und es war nicht klar, wie wir uns voneinander verabschieden würden.

»Willst du mit mir zum *Fall Ball* gehen?«, fragte River.

»*Fall Ball*, das hört sich sehr förmlich an.«

»Ist es. Es gibt aber auch das *Fall Ball X*. *Fall Ball* ist der Herbstball am College. Zur gleichen Zeit gibt es eine Party, die nur mit spezieller Einladung funktioniert. Du kannst als mein Gast mit. Der Ort wird noch bekannt gegeben. Wir werden definitiv Spaß haben.«

»Du fragst mich nach einem echten Date am Abend?«, sagte ich. »Geradezu altmodische Manieren hier in Montana.«

»Wir sind alle Gentlemen«, grinste River. »Ich verstehe das als ein Ja?«

»Ich überlege es mir«, sagte ich. Aber eigentlich wusste ich, dass ich es nicht wollte.

Plötzlich beugte er sich nach vorn und zog mich zu sich heran. Bevor ich richtig verstanden hatte, was er vorhatte, drückte er mir einen Kuss auf die Wange. Der Kuss war zu nah an meinem Mund ... und etwas zu lang für einen bedeutungslosen Abschiedskuss.

»Ich habe schon gemerkt, dass du noch nicht ganz überzeugt bist. Aber glaub mir, ich bin zäh. Und eigentlich gewinne ich immer.«

Seine vollen Lippen stachen in seinem blassen Gesicht besonders hervor, dazu die tiefschwarzen Haare, die grünen Augen. Ich konnte mir gut vorstellen, dass er meistens bekam, was er wollte. Er war anziehend. Ich war mir nicht ganz sicher, warum er sich nun ausgerechnet für mich entschieden hatte. Aber sein Ziel war eindeutig, und das war zur Abwechslung ziemlich angenehm.

FÜNFZEHN

River setzte seinen Helm auf, und kurz darauf hörte man nur noch das Knattern seines Motorrads in der Ferne. Das allerdings für ziemlich lange Zeit. Geräusche lagen in Montana einfach länger in der Luft, als ich es gewohnt war. Die Sonne war inzwischen verschwunden, und innerhalb kürzester Zeit sank die Temperatur um mehrere Grad. Eine Gänsehaut überzog meine Arme, und die Feuchtigkeit meiner Haare sandte einen Kälteschauer meinen Nacken hinunter.

Ich war aufgedreht von dem Tag und lief rüber zu den Stallungen, um nach Blue zu schauen, der heute neue Hufeisen bekommen hatte und wahrscheinlich noch nicht zurück auf der Weide oder im Paddock war. Noch bevor ich den Stall ganz erreicht hatte, kam Caden mir entgegen. Ich setzte zu einer Begrüßung an, doch dann erstarben mir die Worte auf den Lippen. Sein ganzer Körper schien unter Spannung zu stehen, sogar sein Gang war einschüchternd. Mit großen Schritten kam er mir entgegen, sein Kiefer war wie festgezurrt, sein Blick hart. Er sah wütend aus.

»Wir müssen reden«, sagte er, als er mich fast erreicht hatte.

Ich blieb stehen und runzelte die Stirn. Dieser Ton war neu.

»Jetzt«, sagte er bestimmt.

»Sag mal, wie redest du mit mir?«

Er stand jetzt direkt vor mir. Seine Augen waren dunkel. Sein Kiefer eingefroren. Wenn ich ihn nicht gekannt hätte, hätte ich glatt Angst vor ihm gehabt. Zugegeben – er war ein wenig Furcht einflößend, obwohl ich ihn kannte.

»Wir müssen reden, und das weißt du genauso gut wie ich.«

Wie schaffte er es nur immer, sich so auszudrücken, dass man nicht genau wusste, was er meinte, und andererseits so deutlich zu zeigen, was er meinte, als würde er eben doch alles direkt an- und aussprechen, was eigentlich unausgesprochen zwischen uns stand? Dass ich merkte, dass er trotz aller Coolheit das Gleiche fühlte wie ich, übte eine unwiderstehliche Anziehungskraft auf mich aus.

»Komm mit. Hier können wir nicht bleiben.« Er griff nach meinem Arm und wollte mich hinter sich herziehen.

»Stopp«, sagte ich und blieb stehen. »Ich komme mit, aber nicht so.«

Caden schloss kurz die Augen, als müsste er sich sehr, sehr stark beherrschen.

»Wohin?«

Er nickte mit dem Kinn in Richtung des Stalls, wo um diese Zeit niemand mehr war. Er hatte meinen Arm losgelassen und den Blick nach vorn gerichtet. Seine Hände waren merkwürdig verkrampft. Der Stall war, abgesehen von einigen Pferden, tatsächlich leer. Wir gingen hindurch bis zur Rückseite, wo die Tür offen stand und wir heraustreten konnten, ohne dass uns von draußen jemand sehen konnte. Dort waren keine Gästehütten mehr, nur die Hügel und Bäume und ein paar Büsche, die uns von allen Blicken abschirmten. Aber es war ohnehin dämmrig. Außer dem Schnauben der Pferde hinter uns, die in den Boxen geblieben waren, hörte man nichts.

»Du kannst nicht mit River ausgehen. Hier gibt es nicht viele Menschen, aber genug, dass man seine Freunde auswählen kann. Hier gibt's wenige, die schlecht sind. Du hast dir mit sicherer Hand den schlechtesten ausgesucht.«

»Kommt jetzt wieder deine Menschenkenner-Nummer? River war sehr nett zu mir. Und ich finde ihn auch nett.«

»Du hast doch nichts mit ihm?«, fragte er ohne Umschweife. Seine Augen versenkten sich in meine. Er stand zu nah. Niemand respektierte heute meine persönliche Distanzzone.

»Was?«, stellte ich mich blöd.

»Du hast nicht …«

»Ich habe keine Ahnung, was du meinst. Normalerweise kannst du doch auch immer alles aussprechen.«

Cadens Arm schnellte nach vorn, und er umfasste meinen Unterarm. »Hast du mit ihm geschlafen?«

Leider musste ich sofort losprusten. »Quatsch«, sagte ich.

Im nächsten Moment ärgerte ich mich, dass ich gelacht hatte und Caden nicht einfach im Unklaren darüber gelassen hatte, was passiert war. An meiner geheimnisvollen Persönlichkeit musste ich noch arbeiten. Außerdem gefiel mir, wie sehr es ihn auf die Palme brachte. Jede Gleichgültigkeit war verschwunden. Er war so ... roh. Er stand sehr dicht neben mir, und seine Hand umfasste immer noch meinen Unterarm – hätte ich es nicht besser gewusst, würde ich denken, dass sie aus glühenden Kohlen bestand. Er ließ mich los und fuhr sich mit der Hand über den Nacken, so fest, als müsste er ihn einrenken. Kleine Schweißperlen standen auf seiner Stirn. Ich hatte noch nie darüber nachgedacht, dass Schwitzen irgendwie attraktiv sein könnte, aber jetzt war es eindeutig: Es war attraktiv. Ich musste mich zurückhalten, nicht an seine Stirn zu fassen.

»Erst sagst du, du kannst keine Beziehung haben. Und ich soll mich von dir fernhalten, weil ich ja offensichtlich in dich verliebt bin. Wie man so ein Ego haben kann, ist mir definitiv ein Rätsel. Denn weißt du was? Vielleicht will ich auch keine Beziehung. Ich will einfach etwas tun, ohne darüber nachzudenken, weil es sich gut anfühlt. Wieso sollte *ich* das *nicht* können? Warum solltest du mir das verbieten können? Ich hatte einen schönen Tag mit River, und ich werde ihn natürlich wiedertreffen. Mit ihm weiß ich jedenfalls, woran ich bin.« Ich hörte erstaunt zu, wie diese Worte aus mir herausströmten.

Aber es stimmte. Vielleicht nicht der Teil, dass ich keine Gefühle für Caden hatte. Aber es nervte mich unglaublich, dass er mit zwei Maßstäben maß. Nicht nur er, alle taten das. Meine Mutter mit ihren Datingregeln, der Fußballspieler aus der Schule, mit dem ich im Bett gewesen war, der danach der Held gewesen war. Ich hingegen hatte Angst gehabt, was er erzählte, damit ich nicht als Schlampe abgestempelt würde. Ich wollte keine Angst mehr haben. Auch wenn ich ein Mädchen war, hatte ich jedes Recht dazu, genau das zu tun, was ich wollte.

»Und außerdem würde ich sagen, dass der ganze Nachmittag mit River harmonischer verlaufen ist als diese paar Minuten mit dir.«

Er schaute mich weiterhin an. In seinem Gesicht erkannte ich keine Regung. Nur seine Brust hob sich in schnellen Stößen, und sein Atem war hörbar. Irgendwie spornte mich das an.

»Es ist ja nicht so, als ob ich dich nicht schon mal gefragt hatte, ob wir ... was machen möchten. Und deine Antwort war ziemlich klar.« Ich sprach nicht aus, dass ich ihn gefragt, oder nein, angebettelt hatte, mit mir zu schlafen. Das war einfach zu erniedrigend. Seine Augen brannten sich in meine. Sein Blick war so intensiv, dass ich es kaum schaffte, weiterzuatmen. Ich räusperte mich. »Ich frage nicht zweimal. Und River schien gar nicht so abgeneigt ...«, sagte ich, als hätte ich mit ihm darüber gesprochen. Natürlich war River nicht abgeneigt, aber das hier klang anders. Mit Absicht. Ich beobachtete fasziniert, was mit Cadens Gesicht geschah, während ich sprach. »Du wolltest mich noch nicht einmal küssen, als ich dich danach gefragt habe«, ich zuckte mit den Schultern. »Ich muss mir etwas Neues suchen. Ich brauche auch ein wenig Ablenkung.«

Er trat einen Schritt nach vorn. Ich stand mit dem Rücken zur Stallwand. Seine Fußspitze traf fast auf meine. Die Energie dieser Fastberührung war stark genug, dass sie auf mich übersprang, wie wenn zwei Stromkabel zu nah aneinanderliegen und durch eine Freak-Energieübertragung plötzlich ein Funke überspringt. Ich trat unwillkürlich bis an die Stallwand zurück. Er lehnte sich nach vorn. Mein Magen machte jede Menge komischer Dinge, und mein Atem ging so unregelmäßig, als hätte ich gerade zwei Runden Intervalltraining hinter mir. Sein Atem hörte sich nicht anders an. Laut, heftig. Ohne Rhythmus.

»Frag mich noch mal«, sagte Caden. Seine Stimme war dunkler als sonst.

Ich blinzelte verwirrt. Es gab nur noch seine Stimme, seine schnellen Atemzüge und das Rauschen meines Bluts in den Ohren.

»Was soll ich?«, flüsterte ich.

»Du sollst mich noch mal fragen«, wiederholte er langsam. Mein Gehirn arbeitete in einer zeitlupenartigen Geschwindigkeit. Hoffentlich konnte er das schnelle Pochen meines Herzens nicht hören.

»Willst du …«, meine Stimme war leise. Meine Kehle trocken. Seine Augen brannten sich unaufhörlich in meine. »Willst du mich nicht endlich …«

Weiter kam ich nicht. Caden schloss den Abstand zwischen unseren Lippen. Sein Mund traf hart auf meinen, fast wären unsere Zähne aneinandergeschlagen, so schnell ging es. Er drückte seine Hände auf meine Schultern und presste sie zusammen, als wollte er mich näher zu sich heranziehen, mich hochziehen, meinen Mund noch näher zu sich bringen. Für einen Moment dachte ich, seine Zähne auf meinen Lippen zu spüren, aber fast schneller, als ich reagieren konnte, umschlossen seine Lippen meinen Mund, und ich war froh, dass er mich so fest hielt, weil meine Knie zu Gummi wurden. *Er will mich*, schoss mir durch den Kopf. *Genauso wie ich ihn.* Es war kein sanfter Kuss. Mein Mund gab trotzdem sofort nach, und meine Lippen wurden weich. Er gab einen merkwürdigen Laut von sich, dann, als wäre ihm etwas eingefallen, hielt er abrupt inne. Seine Lippen lösten sich von meinen, und schwer atmend zog er seinen Kopf etwas zurück.

Ich tauchte aus einem Meer auf, mein Blick verschwamm. Wieso hörte er jetzt auf?

»Mein Gott, Pearl«, stieß er hervor. »Entschuldigung. Ich ... Ich habe dich nicht ausreden lassen. Ich habe dich doch nicht ... falsch verstanden.« Sein Atem ging immer noch stoßartig. Er nahm eine Hand von meiner Schulter und fuhr sich damit durch die Haare. Er wollte mir eine Chance geben, zu gehen. Er war verrückt. Ich schlang meine Arme um ihn und presste meine gespreizten Finger in seinen Rücken. Ich konnte die Muskelstränge fühlen, die sich daran hochzogen. Sein Körper war warm. Ich ließ eine Hand bis zu seinem Hinterkopf hochgleiten und drückte ihn näher zu mir. Jetzt waren seine Lippen weicher. Seine warme Zunge in meinem Mund, meine Zunge, die seine umschlang, sein Atmen, seine Hände, die von meinen Schultern die Seiten meines Oberkörpers herunterstrichen und wieder nach oben fuhren. Manchmal fasste er mich fester an, dann wieder lockerer, als wollte er sich die Linien meines Körpers einprägen, als wüsste er nicht, wohin mit der Kraft.

Es war ein völlig anderer Kuss als der auf dem Feld

vor der Bar. Als der Kuss unter dem Baum. Diese Küsse waren ein Austesten, ein vorsichtiges Fragen gewesen war. Dies hier war ein Kuss, der lange überfällig war. Der so lange zurückgehalten worden war, dass er jetzt explodierte. Jede Stelle meines Körpers stand unter Strom, als würde er mit seinen Küssen Elektrizität übertragen, kleine Stromschläge, die durch meine Arme bis in die Fingerspitzen, tief in meinen Bauch, über meine Oberschenkel bis zu den Fußspitzen, in jeden Winkel meines Körpers drangen.

Seine Hände fuhren zu meinen Hüften herunter, umfassten sie und hielten sie fest, als könnte er mich besser in Position bringen, um mich noch inniger zu küssen, tiefer. Ich presste meinen Körper gegen ihn.

Dann wurden seine Küsse sanfter, weniger hektisch, als würde er seine Konzentration zurückgewinnen, und er begann mich zu erforschen. So wie ich ihn zu erforschen begann, ich wollte alles kennenlernen, die Ebenen seines Rückens, seine Flanken, seinen Hals, seinen Nacken. Er hob meinen Kopf von der Wand und schob eine Hand dazwischen, um ein Polster zum harten Stein zu bilden. Mit der anderen Hand strich er über mein T-Shirt meinen Bauch entlang, streifte die untere Naht meines BHs, zog eine Linie zur Vertiefung an meinem Rücken und wieder zurück. Ich musste mich anstrengen, keine peinlichen Geräusche von mir zu geben, und aufpassen, dass meine Beine nicht einfach nachgaben und zusammensackten.

Ich streichelte die kleinen Haare in seinem Nacken, die Haut dort, die samtig war, wie man es nie vermutet hätte.

Mein ganzer Körper war lebendig, pulsierte und saugte seine Energie und seine Wärme auf. Ich wollte nie wieder aufhören. Caden reagierte so sensibel auf jede meiner Bewegungen, wie ich ihm nie zugetraut hätte. Auch wenn sein Körper so angespannt war, war er doch weich und schmiegte sich an mich. Unsere Bewegungen wurden langsamer, doch die Energieströme zwischen uns schwollen immer weiter an, fast, als würden wir immer tiefer in eine Trance geraten.

Ein schepperndes Geräusch holte uns abrupt in die Wirklichkeit zurück. Caden machte einen schnellen Schritt zurück. Etwas war umgefallen. Es folgte das laute Kichern von wohlbekannten Stimmen, dann hörten wir Schritte, die schleunigst wegrannten.

»Fuck«, sagte Caden.

Ich starrte ihn an. »Das waren Carl und Liam«, sagte ich.

Ich betrachtete ihn im geringen Licht der Stallbeleuchtung, gelbliches, weiches Licht, das nicht vertuschen konnte, wie seine Augen glänzten, wie riesig seine Pupillen waren. Auch nicht sein erhitztes Gesicht, die geschwollenen Lippen. Caden richtete sich auf und fuhr sich durch die Haare. Plötzlich sah er nervös aus. Verunsichert.

»Pearl. Scheiße. Es tut mir leid. Das sollte nicht passieren.«

Ich fühlte mich, als hätte er mir einen Eimer Eiswasser über den Kopf gegossen. Das konnte er doch jetzt nicht sagen. Aber ... ich riss mich zusammen.

»Liam wird nichts verraten. Wir halten zusammen.«

Caden trat unruhig von einem Bein auf das andere.

»Pearl. Ich bin kein Beziehungstyp, wirklich nicht. Das ist gerade … einfach passiert. Auch wenn du in diesem Moment meinst, du willst nicht, was, wenn sich das ändert? Ich will nicht …«

»Wieso gehst du davon aus, dass sich etwas ändern wird? Ich habe es dir doch gerade erklärt.«

Ich bemühte mich, entschieden zu klingen. Doch es half nichts. Ich wollte ihn, wie ich noch nie etwas gewollt hatte. Wie ich früher dachte, dass ich nach Harvard wollte. Lächerlich. Ich würde das von ihm nehmen, was ich bekam.

»Caden«, unterbrach ich ihn. »Die letzte Zeit in New York … Ich habe in den letzten Jahren nur gelernt. Ich habe keine Lust mehr, jemandem zu gefallen. Mich auf andere einzustellen und darüber nachzudenken, was sie von mir denken. Ich will einfach machen, was sich gut anfühlt. Und das zwischen uns fühlt sich gut an.«

Er blickte mich mit großen Augen an. Bei meinen letzten Worten atmete er hörbar ein.

»Ich will nicht noch mal ins *Sweet Dream Valley*«, sagte ich. »Und eigentlich war ich gar nicht so scharf auf die Dates mit River. Aber zur Not … dann sind jedenfalls die Fronten geklärt.« Innerlich konnte ich nicht fassen, was ich da alles von mir gab. Ich wusste genau, dass ich seinen merkwürdigen Beschützerinstinkt aktivieren wollte, den ich im *Sweet Dream Valley* schließlich schon einmal in Aktion erlebt hatte. »Sex sorgt für Ausgeglichenheit und Entspannung, habe ich mal gelesen.«

»Oder du wirst komplett beherrscht und kannst

an nichts anderes mehr denken«, murmelte Caden. »Kann beides passieren.«

»Wir könnten einfach Freunde mit … gewissen Vorzügen sein.«

»*Du* willst mein Fuckbuddy sein?«, fragte Caden. Sein Atem ging immer noch stoßartig. Seine Pupillen waren riesig.

»Oder so.« Manchmal fiel ich noch in meine Upper-East-Side-Sprache zurück.

Caden fixierte mich, dass mir von seinem Blick wieder fast schwindelig wurde. »Das ist es, was du willst, Pearl?«, fragte er zweifelnd.

Ich musste mich beherrschen, nicht laut *»Ja«* zu schreien. Ich wollte natürlich nicht nur sein Fuckbuddy sein. Aber wenn das alles war, was ich im Moment von ihm haben konnte, dann würde ich eben das nehmen. Und wenn ich dafür so tun musste, als hätte ich keine weiteren Gefühle für ihn, dann auch so.

»Das … glaube ich irgendwie nicht.«

»Also, wenn du nicht willst und nur eine Beziehung möchtest …« Ich zuckte mit den Schultern. »Ist völlig okay.« Es war total bescheuert, was ich da von mir gab. Aber die Worte hatten Kraft. Sie machten mich unverletzlich. Er konnte Nein sagen, und das war in Ordnung. Mir konnte nichts passieren. Sehr angenehm.

»Du bist völlig durchgeknallt«, sagte Caden und blickte mich wieder mit diesem intensiven Blick an. Aber mit anderer Nuance als vorhin, zweifelnd. Wütend.

»Du meinst, wenn du das sagst, ist das okay. Aber wenn ich das sage, nicht?«

»Das ist es nicht. Aber ich ... glaube dir irgendwie nicht. Du tust viel cooler, als du bist. Ich will dich nicht verletzen.«

»Ach wirklich?«, sagte ich. Die ganzen Gefühle von vorhin kamen in der gleichen Menge, aber einer anderen Variante zurück. Ich war sauer. »Das ist dann wohl dein Problem«, sagte ich. »Überlege es dir. Möchtest du eine Freundschaft plus, ja oder nein? Sag mir einfach Bescheid. Ist nicht so, dass ich heute nicht schon ein anderes Angebot gehabt hätte.«

Und damit drehte ich mich um und verließ den Stall. Auch, damit er nicht sah, wie aufgelöst ich war. Ich musste Liam finden und ihn warnen, dass er nicht irgendwelche Bemerkungen machte. Im Kopf begann ich zu überlegen, was ich zum Abendessen kochen sollte. Das lenkte mich von Caden ab. Von seinen Küssen. Seinem Körper. Dem Ausdruck seiner Augen, als er jede Barriere hatte fallen lassen. Für Sekunden. Ich wollte das wieder sehen.

SECHZEHN

Am nächsten Morgen weckte ich meine Mutter, noch bevor der Wecker klingelte. Sie sah müde aus.

Ich zog mich an, machte Kaffee und fuhr zur Uni. Auf dem Weg dachte ich über meine Familie nach. Moms Job bei der Verwaltung und der Versorgung der Gäste schien mindestens so anstrengend zu sein wie die ganzen Termine zum Friseur und zur Maniküre damals in New York. Sie war damals genauso beschäftigt gewesen wie mein Vater. Manchmal fragte ich mich, wie lang das eigentlich schon gelaufen war mit seinen Betrügereien. Er konnte das doch nicht einfach immer gemacht haben? Er war streng gewesen, oft genervt, kurz angebunden und abwesend, auch wenn er da war. Ich hatte nie viel von ihm gehabt. Die einzige Zeit, die wir für uns gehabt hatten, war, wenn er mit mir einkaufen gegangen war. Dann hatte ich die Sachen ausgesucht, er telefonierte und zückte die Kreditkarte an der Kasse. Trotzdem, wenn ich ehrlich war, vermisste ich ihn.

***

Kim wartete vor dem Chemieseminar auf mich und hatte sogar einen Kaffee für mich mitgebracht.

»Du siehst fertig aus«, sagte sie zur Begrüßung.

»Danke«, sagte ich.

»Okay, das hört sich nicht so nett an, aber es ist die Wahrheit.«

Wir hörten uns den Vortrag über die molekulare Zusammensetzung von Bakterien an, und ich versuchte, mich zu konzentrieren. Immer wieder schweiften meine Gedanken ab.

Die Worte von Professor Norton blieben leer. Ich hörte nur den Klang ihrer Stimme, nicht den Inhalt, als würde ein Radio im Hintergrund laufen. Sollte ich nicht lieber einen Kurs über Geschichte belegen? Literatur, einen Kunstkurs? Ich hatte doch früher immer so gern gezeichnet. Momentan fand ich sogar die Architektur von indischen Tempeln aufregender als Chemie. Es machte Spaß, in eine völlig andere Kultur einzutauchen. Ich schreckte hoch, als ich meinen Namen hörte.

»Miss Anderson?«

Das durfte nicht wahr sein. Hatte mich die Professorin etwa aufgerufen? Ich spürte die Blicke der anderen auf mir, und meine Wangen begannen zu prickeln. Sie blickte mich freundlich an.

»Ich bin mir sicher, dass Sie die Antwort kennen, und ich wäre froh, wenn Sie uns an Ihrem zweifellos großen Wissen teilhaben lassen.«

Ich schaute zu Kim hinüber, die verstohlen auf ihren Zettel zeigte, den sie leicht anhob. Sie hatte eine Formel draufgeschrieben.

Ich wiederholte die Formel laut, so gut ich sie erkennen konnte.

Das Gesicht der Professorin verdunkelte sich. Sie seufzte.

»Das stimmt leider nicht. Vielleicht habe ich überschätzt, wie viel geheimes Wissen Sie in Ihrem Kopf versteckt haben.«

Ich schaute zu Kim zurück, die ganz weiß geworden war. »Sorry«, formten ihre Lippen.

Eigentlich störte mich vor allem das Mitleid in Professor Nortons Stimme. Ich zuckte mit den Schultern und lächelte.

***

Als wir den Seminarraum verließen, folgte Kim mir auf den Fersen. »Es tut mir so wahnsinnig leid. Ich habe mich vertan.«

»Kein Problem.« Ich lief weiter. Ich musste dringend an die frische Luft.

»Du denkst doch nicht, dass ich es extra gemacht habe?«, fragte Kim.

Ich drehte mich abrupt um. »Quatsch.«

»Du bist sonst besser gewesen, stimmt's? Ich meine, wenn Harvard dich sogar genommen hat.«

»Vergiss Harvard. Ich danke dir. Hättest du mir nichts vorgesagt, hätte ich noch nicht mal gewusst, worüber wir geredet haben. Besser falsch, als dass auffällt, dass ich überhaupt nicht zugehört habe.«

»Du bist mir also nicht böse?«

»Natürlich nicht.«

»Woran denkst du denn die ganze Zeit?«

Ich winkte ab.

Wir gingen Richtung Mensa für einen kleinen Snack, bevor wir zu unseren nächsten Kursen mussten. Ich wusste nicht, wie es weitergehen sollte mit Chemie, überhaupt mit Medizin. Nach dem peinlichen Moment in Chemie war … nichts passiert. Früher wäre wegen so etwas meine Welt untergegangen. Einige Studenten, die schon fertig gegessen hatten, kamen uns entgegen. Schon aus der Ferne erkannte ich die schwarze Silhouette von River. Er hatte einen Freund dabei. Als sie uns sahen, schlenderten sie in unsere Richtung.

»Mensa? Wir sind leider schon fertig. Das hätte ein wundervolles Doppeldate werden können.«

»Ich fürchte, das Angebot kommt etwas spät. Ich bin verlobt«, antwortete Kim nicht ohne Stolz und schenkte beiden ein breites Lächeln.

»Verlobt ist nicht verheiratet. Du solltest vorher alles austesten, damit du eine fundierte Entscheidung treffen kannst«, sagte River grinsend an Kim gewandt.

Kim und ich sahen uns an und rollten mit den Augen.

»Darf ich dir Dave vorstellen?« Er nickte in Richtung seines Freundes, einem braunhaarigen Typen in einem ebenfalls schwarzen T-Shirt. Dave hob lässig die Hand, wirkte aber wesentlich unsicherer als River. Es war klar, wer bei der Freundschaft den Ton angab.

»Hi, Dave«, erwiderten Kim und ich im Chor.

»Wann begreifst du, dass diese Sprüche nicht funktionieren?«, fragte ich ihn.

»Ich versuche es einfach so lange, bis sie klappen. Und, hast du einen Albtraum davon gehabt, was passiert wäre, wenn wir tatsächlich etwas gefangen hätten?«, fragte River. Er sprach so, als wären die anderen gar nicht da. »Wir können beim nächsten Mal einen anderen Fluss versuchen. Es gibt auch heiße Quellen in Montana, die eignen sich auch besser zum Baden.«

»Keine Albträume«, antwortete ich. »Aber kein Fliegenfischen mehr.«

»Du musst zugeben, dass ich bei gewissen Dingen recht hatte.«

»Deine Ideen sind nicht immer schlecht«, entgegnete ich.

Daves und Kims Blicke sprangen zwischen uns hin und her. Sie versuchten zu verstehen, worüber wir sprachen.

»Und, wann soll ich dir mehr von Montana zeigen?«, fragte River. »Die Bradburys kennen die spannenden Ecken nicht.«

Ich reagierte nicht darauf und wich seinem Blick aus. »Ich fürchte, in den nächsten Tagen muss ich lernen.«

»Du weißt, wie du mich finden kannst«, sagte River.

Er schien sich sicher zu sein, dass ich früher oder später sowieso mit ihm ausgehen würde. Wieso war er eigentlich so selbstbewusst? Ich konnte nicht abstreiten, dass das irgendwie attraktiv war. Wenn auch ungefähr zwei Millionen Mal weniger attraktiv als Caden, bei dem nichts klar und verständlich war.

»Wir müssen los«, sagte ich.

»Ruf mich an«, sagte River und hob die Hand, als Kim und ich in Richtung Mensaeingang losliefen.

Sobald die beiden außer Hörweite waren, drehte Kim sich abrupt zu mir.

»Was war das bitte? Ihr redet ja Code. Hast du was mit ihm? Ich wusste es doch. Du warst mit ihm weg? Kannst du mir so was gefälligst immer sofort erzählen? Ich bin verlobt. Deshalb bin ich abhängig davon, ein paar prickelnde Geschichten zu hören, damit ich bei diesem ganzen College-Geflirte nicht ganz außen vor bin.«

Ich musste über ihren Eifer lachen. »Wir waren Fliegenfischen.«

»Und das hast du mir nicht erzählt?« Sie boxte mich in die Seite. »Schande über dich.«

»Es war eher so spontan. Sonst hätte ich es dir natürlich erzählt.«

»Worauf hat er angespielt? Das klang, als wäre da was gelaufen.«

»Wir waren nackt baden.«

»Shit«, rutschte es Kim heraus, während wir die Mensa betraten, einen runden Bau mit großen Glasfenstern. »Du warst nackt mit River schwimmen?«

»Ich fürchte ja. Aber es war anders, als du jetzt denkst.«

»Aber da muss doch was passiert sein.«

Ich schüttelte den Kopf.

»Ihr habt also nicht …?«

»Nein. Definitiv nein«, unterbrach ich sie.

»Aber ein bisschen rumgemacht habt ihr schon.«

Ich kicherte, wir holten uns Tabletts und stellten uns in die Schlange, um unser Mittagessen zusammenzustellen. »Nein. Haben wir nicht.«

»Ihr habt *einfach so* nackt gebadet.« Kim malte Anführungszeichen in die Luft. Sie machte das so schwungvoll, dass ihr hoher Pferdeschwanz dabei hin und her wippte. »Dann habt ihr euch wieder angezogen und seid nach Hause gefahren.«

»So ungefähr.«

»Aber du bist doch single, warum solltest du das tun?«, sagte Kim in spielerischer Verzweiflung.

Dann mussten wir der Bedienung hinter der Theke unsere Wünsche sagen und konnten für einen Moment nicht weiterreden. Außerdem war es noch ziemlich voll, zu viele Leute konnten mithören. Ich wählte einen vegetarischen Burger mit Pommes, Kim ein Omelett aus Eiweiß mit grünen Bohnen, was sie für besonders gesund hielt.

Anschließend setzten wir uns einen auf Platz nah am Fenster, wo wir ungestört waren.

Und dann, mit dieser Treffsicherheit, die einen denken lässt, dass es doch mehr kosmische Verbindungen gibt, als man dem Universum normalerweise so zugesteht, schaute ich genau in dem Moment zur Tür, in dem Caden hereinkam. Sofort wurde mir warm, als würde er nicht zwanzig Meter entfernt stehen, sondern zwei Millimeter. Es war verrückt.

Caden machte überhaupt keine Anstalten, sich ein Tablett zu holen oder sich irgendwo anzustellen. Irgendetwas. Er kam einfach schnurgerade auf mich zu. Als würde ich ihn an einem Seil zu mir ziehen. Und bevor ich wegschauen konnte und so tun, als hätte ich ihn nicht in der ersten Sekunde bemerkt, nachdem er die Mensa betreten hatte, hatte er meinen Blick aufgefangen und hielt ihn fest. Es musste wirken, als hätte ich nichts Besseres im Leben zu tun, als auf ihn zu warten.

Kim war meinem Blick gefolgt.

»Jetzt geht's los«, flüsterte sie. »Da ist schon der Nächste. Meine Güte, du verursachst ja richtig Aufregung. Bin ich froh, dass du meine Freundin bist und mir alles erzählen wirst«, fügte sie beschwörend hinzu.

Direkt vor uns blieb Caden stehen.

»Kann ich dich kurz sprechen?«, fragte er mich. Er lächelte entschuldigend zu Kim.

»Sicher«, lächelte Kim zurück.

Ich stand auf, und wir entfernten uns ein paar Meter von Kim. Kim schaute scheinbar konzentriert auf ihr Handy.

»Okay. Lass es uns machen«, sagte er leise. »Zwei Bedingungen. Es ist exklusiv. Und kein Gerede darüber. In diesem Kaff wird zu viel gequatscht.« Er blickte mich an. Ich hatte den Eindruck, seine Lippen bewegten sich minimal, als würde er sich von innen draufbeißen.

»Sollen wir heute Abend was zusammen machen? Film?«, fragte ich. Ich benötigte all meine Willenskraft, um normal hier stehen zu bleiben, als würde ich nicht fragen: Sollen wir heute Abend zusammen ins Bett gehen? Denn das war es ja irgendwie, was ich fragte. Und es kostete mich alle Willenskraft, nicht nach seinem Arm zu greifen und ihn direkt nach Hause zu schleifen. So verhielten sich sonst nur hysterische Groupies von einer Boyband. Vielleicht hatte Caden nicht ganz unrecht gehabt mit seiner Prophezeiung, dass man auch zu besessen voneinander werden konnte.

Er nickte. Ich merkte, dass ich gerade ein Stück Toast in der Hand zerquetschte. Aber das war vielleicht ganz gut, um zu verhindern, dass ich hysterisch loslachte oder irgendetwas anderes schwer zu Erklärendes tat, weil sich die Spannung, die sich in der Luft zwischen uns aufgebaut hatte, irgendwo entladen musste.

»Bei mir?«, fragte er.

»Acht Uhr?«, fragte ich zurück.

»Passt«, sagte er.

»Das willst du doch nicht mehr essen, oder?«, bemerkte er und nickte in Richtung des zerquetschten Toasts in meiner Hand. Ein winziges Lächeln erschien in seinem Mundwinkel. Dann wandte er sich ab. Sein Gesichtsausdruck war nicht richtig zu lesen. Bereute er unsere Verabredung? Aber vielleicht musste er sich auch wegdrehen, weil er die Spannung genauso fühlte wie ich. Er verließ die Mensa so schnell und zielbewusst, wie er hereingekommen war.

Als ich zum Tisch zurückkam, schaute Kim mich mit verschränkten Armen an. »Okay. Ich glaube, da gibt es noch ein paar Dinge, die du mir erklären musst. Was war das bitte schön?«

»Jemand von der Ranch«, sagte ich.

»Ich weiß, dass das Caden Bradbury von Triple Creek war. Dein Cousin. Und eben doch nicht Cousin. Ich sage mal, glücklicherweise seid ihr nicht blutsverwandt, sonst könnte das hier schnell illegal werden«, sagte Kim. »Ist das vielleicht der Grund, warum du nicht mit River ins Bett, sondern nur nackt mit ihm schwimmen gehst?« Sie legte die Stirn in Falten.

»Es ist nichts Ernstes«, sagte ich. »Er ist einfach …«, ich brach ab.

»Soso«, sagte Kim, als wäre ich die Letzte auf dem Planeten, die etwas verstanden hätte. »Ich werde demnächst auch sagen, dass ich aus New York komme, wenn das den Effekt hat, die schärfsten Kerle der Uni anzuziehen«, murmelte sie und schaufelte sich den letzten Bissen Omelett in den Mund.

»Kim, du bist vergeben.«

»Ich weiß. Leider. Ist auch meine große Liebe. Deshalb kann ich mich auch nicht woanders austoben. Nur in Gedanken. Du musst mir alles berichten.«

»Was meinst du mit *in Gedanken*? Oh Gott. Bitte sag nicht, dass du an andere Männer denkst, während du mit deinem Freund Sex hast.«

»Nein, natürlich nicht.«

Ich wollte mich erleichtert abwenden.

»Nur in Ausnahmefällen.«

Ich tat so, als würde ich mein Stück Toast nach ihr werfen. Kim hielt lachend die Arme hoch.

»Caden hatte es ziemlich eilig, rauszukommen, nachdem ihr gesprochen habt. Er schien Schmerzen zu haben … oder war er einfach nur sehr, sehr *aufgeregt,* mit dir zu sprechen?«

»Ruhe«, flüsterte ich kichernd, auch wenn es eher eine Mischung zwischen Kreischen und Flüstern war. Ein sehr leise gestelltes empörtes Kreischen.

Mein Kopf begann sich zu drehen, wenn ich nur an ihn dachte, an seinen Geruch, an seinen Körper, den Ausdruck in seinen Augen, den ich gesehen hatte. Ich musste mich zusammenreißen, damit ich nicht hier in der Mensa zu hyperventilieren begann. Das war einfach nicht normal.

SIEBZEHN

Um kurz nach acht erreichte ich die Haustür von Cadens Hütte. Er öffnete, noch bevor ich klopfen konnte.

»Hallo, Citygirl.« Mit einer Hand hielt er sich am oberen Türrahmen fest, wobei er seinen Arm streckte. Allein diese Bewegung brachte mich dazu, zu schlucken.

»Hi, Cowboy«, sagte ich. Ich holte tief Luft.

Caden machte einen Schritt nach vorn und drückte mir einen kurzen Kuss auf die Wange, fast abrupt, als müsste er schnell wieder etwas Abstand zwischen sich und mich bringen. Ich wusste nicht, womit ich gerechnet hatte, aber nicht damit, dass er so zurückhaltend sein würde. War das normales Fuckbuddy-Verhalten? Hoffentlich hatte er nur Angst, dass uns jemand beobachten konnte.

»Deine Wange ist kalt«, sagte er. »Wir müssen dich aufwärmen.« Seine Augen glänzten erwartungsvoll. Dann machte er einen Schritt zur Seite, und ich trat über die Schwelle. Er zeigte mir seine Hütte, die von der Aufteilung ähnlich wie unsere war und dennoch ziemlich anders aussah. Im Bücherregal standen aufgereiht sehr viele mit Ringbindung zusammengeheftete Ausdrucke.

»Was ist das?«

»Drehbücher von meinen Lieblingsfilmen.«

Ich nickte. »Stimmt, du studierst ja auch Filmwissenschaften. Das hatte ich vergessen.«

»Ja, es ist mein Traum, irgendetwas mit Film zu machen. Für Ranchfilme würde ich jedenfalls das Knowhow mitbringen«, sagte er.

Kurze Zeit später stand ich im hinteren Zimmer, wo er schlief.

Es fühlte sich merkwürdig an, in Cadens Schlafzimmer zu stehen. Die Lamellentür des begehbaren Schrankes stand offen, in den Regalen lagen T-Shirts, ordentlich gestapelt, wenn auch nicht penibel. Seine Kollektion karierter Flanellhemden hing an einer Kleiderstange. Am Rand des Schreibtischs standen ein paar ulkige Sammelfiguren, die ich nicht zuordnen konnte, aufgereiht. Caden hatte sich offensichtlich nicht bemüht, sein Zuhause cool zu gestalten.

»Ich bin froh, dass du da bist«, murmelte Caden und trat dicht an mich heran. Er legte eine Hand auf meine Schulter und strich mit dem Daumen am Ansatz meines T-Shirts entlang. Sofort breitete sich ausgehend von seiner Berührung eine Gänsehaut über meinen Körper aus, kreisförmig wie die von einem Stein verursachten Wellen auf einem See. Leider bemerkte auch Caden meine Reaktion.

»Bist du etwa nervös, Pearl?« Caden grinste zufrieden.

»Es ist kühl hier, bilde dir nicht zu viel ein«, entgegnete ich.

Caden ließ mich los, ging zum Fenster und verstellte den Heizungsregler.

»Also … möchtest du vielleicht einen Film sehen?«, fragte ich, auch wenn ich mich jetzt niemals auf irgendeinen Film konzentrieren könnte. Ich begann, auf meinem Handy durch die Liste der gespeicherten Filme zu scrollen.

»Pearl«, sagte Caden, der schon wieder dicht vor mir stand. »Ich möchte keinen Film sehen. Und du willst das, glaube ich, auch nicht.«

Ich wollte widersprechen, schließlich wollte ich mich nicht bevormunden lassen, aber dann überlegte ich es mir anders. Er hatte recht. Caden nahm mir das Handy aus der Hand, ohne mich aus den Augen zu lassen, und legte es auf den kleinen Holztisch neben seinem Bett. Cadens Bett. Es nahm fast den ganzen Raum ein und war mit einem Quilt in satten Rot- und Brauntönen bedeckt.

»Du bist aufgeregt«, stellte Caden fest. Er lächelte und umfasste meine Oberarme mit beiden Händen. »Das ist irgendwie total niedlich.«

»Ich bin nicht aufgeregt«, log ich, machte aber nur einen halbherzigen Versuch, seine Hände abzuwehren. Ich konzentrierte mich lieber darauf, regelmäßiger zu atmen. Oder überhaupt wieder damit anzufangen.

»Du kannst es ruhig zugeben. Ich bringe dich durcheinander«, beharrte Caden und blickte mich weiterhin direkt an. Sein Gesichtsausdruck war weich, beinahe zärtlich. »Ich bin froh, dass ich dich durcheinanderbringe. Denn du machst mich so nervös, dass ich nicht daran denken kann, einen Film auszusuchen, wenn du hier in meinem Zimmer stehst, vor meinem Bett, in diesem T-Shirt, das, ich schwöre es, irgendwie durchsichtig ist.«

Ich schaute ihn mit offenem Mund an. Dann blickte ich an mir selbst herunter auf mein T-Shirt. Das T-Shirt war nicht durchsichtig.

Als ich wieder hochschaute, lag ein breites Grinsen auf Cadens Gesicht.

»Es war wahrscheinlich nur in meinem Kopf«, sagte er. »Er macht verrückte Dinge, wenn du in der Nähe bist.« Er legte den Kopf schief. Seine Hände lagen immer noch um meine Oberarme wie glühende Ringe.

»Wir können sonst vielleicht ... lesen?«, schlug ich vor und schloss kurz die Augen. Was redete ich da nur. Natürlich wollte ich nicht lesen. Ich wollte ihn an mich ziehen und küssen. Gleichzeitig fühlte ich plötzlich diese Angst in mir aufsteigen, und unangenehme Erinnerungen stiegen in mir hoch. Aber nein. Dies hier war Caden. Ich wollte das, ich konnte jederzeit gehen.

»Das klingt nicht schlecht. Du liest, und ich schau dir dabei zu«, nickte Caden.

»Das klingt wie ein Satz, den man benutzt, um jemanden ins Bett zu bekommen«, sagte ich, obwohl dazu bei mir nicht sonderlich viele Kniffe nötig waren. Ich musste mich beherrschen, ihn nicht einfach zu mir zu ziehen. Ich wollte genau da weitermachen, wo wir an dem Abend im Stall aufgehört hatten.

»Erstens war es dein Vorschlag, und zweitens ist das definitiv so ein Satz, und ich hoffe, er funktioniert. Er hat noch nie geklappt. Aber weil du der zumindest ehemalig größte Nerd aus New York bist, könnte dieser Buchtrick diesmal glatt durchgehen.« Er sah mich so hoffnungsvoll an, dass ich lachen musste, etwas lauter und weniger mädchenhaft, als ich vorgehabt hatte. Ich war wie betrunken von seiner Nähe und von seinen Worten. Er versuchte gar nicht erst, seine Gefühle zu verstecken. Egal, wie unverbindlich wir redeten, er wollte mich genauso, wie ich ihn wollte, es konnte einfach nicht anders sein. Ich würde noch herausfinden, warum er sich nicht ganz auf mich einlassen wollte. Es würde sich alles klären.

»Was möchtest du lesen? Ich habe noch *Einführung in die landwirtschaftliche Betriebswirtschaft* hier. Langweilig, aber wenn du es liest, ist es wahrscheinlich das erotischste Buch der Welt. Ansonsten hätte ich noch *Das physische Universum: Einführung in die Astronomie und Kosmologie* zu bieten. Dann haben wir beide was davon. Ich habe nämlich noch nicht für den nächsten Test gelernt.«

Ich nickte und zuckte gleichzeitig mit den Schultern.

Caden nahm das Buch und setzte sich auf sein Bett, mit dem Rücken lehnte er sich an das gepolsterte Kopfteil. Er klopfte zwischen seinen Beinen auf die Matratze. Ich musste grinsen und rutschte auf Knien zwischen seine Beine. Caden umfasste meine Taille und zog mich zu sich heran, sodass mein Rücken gegen seine Brust gepresst wurde. Ich hielt unwillkürlich die Luft an und war froh, dass er mein Gesicht nicht sehen konnte. Meine Schläfen pochten. Caden bündelte vorsichtig meine Haare und schob sie über meine linke Schulter. Mit der rechten Hand griff er um mich herum, wobei er mit der Hand mein zwar nicht durchsichtiges, aber viel zu dünnes T-Shirt streifte. Ich spürte seine Berührung so stark, dass es fast nicht mehr normal sein konnte. Er hielt mir das Buch vors Gesicht und flüsterte »Lies, Pearl«, wobei sein Atem mein Ohr streifte und ich einen Schauer unterdrücken musste.

Ich räusperte mich und begann: »*Die im September 2014 mit der Palomar Transient Factory entdeckte Supernova iPTF14hls sah zunächst wie eine gewöhnliche Explosion eines massereichen Sterns aus. Doch dann fiel den Astronomen auf, dass die Supernova plötzlich wieder heller wurde, nachdem ihre Leuchtkraft zunächst zurückgegangen war.*« Ich stockte, als Caden seine Hand vorn unter mein Shirt schob und mit aufgefächerten Fingern auf meinen Bauch legte. Die Buchstaben verschwammen vor meinen Augen. Ich holte Luft, räusperte mich erneut und versuchte, die Buchstaben wieder in klaren Fokus zu bringen.

»*Die Supernova-Explosion von massereichen Sternen ist für Astronomen eigentlich nichts Besonderes mehr: Dieses spektakuläre Ende einer Sonne wurde inzwischen viele Tausend Mal registriert. Entsprechend bekannt sind …*«

Seine Finger begannen sich zu bewegen. Er zog kleine Kreise um meinen Bauchnabel. Seinen Kopf hatte er an meinen gelehnt, aber so, dass sein Atem die ganze Zeit meinen Nacken kitzelte und ich nicht wusste, ob seine Lippen meinen Hals berührten oder nur so nah waren, dass seine Wärme auf meinen Hals überging.

Meine Konzentration reichte gerade noch dazu, die Worte vorzulesen. Die Bedeutung von dem, was ich las, war weit weg. Caden brachte seinen Mund noch näher an meinen Hals, und seine weichen Haare kitzelten meine Schulter. Er zog den Ausschnitt meines T-Shirts zur Seite und drückte eine Spur kleiner Küsse auf meine Schulter.

»Hörst du überhaupt zu?«, sagte ich so streng, wie ich konnte, doch es klang ziemlich atemlos.

»Ich bin total konzentriert«, erwiderte Caden undeutlich.

»Das war nicht die Frage«, murmelte ich. Ich schluckte wieder. »Testfrage. Wie hieß die Factory, die die Supernova IPT Dingsbums entdeckte?«

Caden begann, sich den Mulden an meinem Schlüsselbein mit Hingabe zu widmen, waren es seine Lippen oder seine Zunge, seine Zähne? Seine andere Hand glitt tiefer, ich schloss für einen Moment die Augen und unterdrückte einen Seufzer.

»Das ist nicht fair«, sagte Caden. Er hob meine Haare nach oben, um entlang meines Nackens eine Kuss-Spur zur anderen Seite zu legen.

»Was ist nicht fair?«, hauchte ich.

»Ich bin total konzentriert. Auf deinen Bauch, deinen Hals, deine Haare. Kein Haar hat die gleiche Farbe, wenn man genau hinschaut.« Er ließ meine Haare wieder in den Nacken zurückfallen, und sofort vermisste ich seinen Mund an meinem Hals.

Ich legte das Buch neben das Bett auf den Boden. Dafür beugte ich mich seitlich nach vorn, sodass Cadens Hand von meinem Bauch rutschte. Fast bereute ich die Bewegung, doch als ich mich aufrichtete, zog Caden mich mit einer flüssigen Bewegung nach hinten, sodass ich neben ihm auf dem Rücken lag. Er rutschte vom Kopfende nach unten, bis unsere Köpfe auf gleicher Höhe waren, und stützte sich seitlich auf seinen Ellenbogen. Ich wusste nicht so recht, was ich mit meinen Händen tun sollte, und platzierte sie auf meiner Körpermitte. Caden legte seine freie Hand darunter auf meinen Bauch und ließ mich dabei nicht aus den Augen. Ich konzentrierte mich darauf, nicht zu hecheln wie ein Golden Retriever nach einem Sprint.

»Wenn ich nicht wüsste, dass man auch in Montana keine Mädchen isst, dann hätte ich jetzt Angst, so wie du mich anstarrst«, sagte ich.

»Du kannst dir nicht sicher sein. Du bist noch nicht lang genug hier, Citygirl. Oder hast du hier schon ein anderes Mädchen aus New York getroffen? Nein? Das liegt daran, dass sie hier als Delikatesse gelten.« Er ließ seine Hand weiter nach unten wandern, schob mein T-Shirt ein Stück nach oben und legte seine warme Hand wieder direkt auf meinen Bauch. Dann beugte er sich plötzlich nach unten und legte seinen Kopf unter meine Brust. Ich hörte für einen Moment auf zu atmen.

»Ich liebe deinen Bauch«, murmelte er. »Er ist so weich. Männerbäuche fühlen sich so anders an.«

»Vielleicht hast du nur noch nicht genug Männerbäuche angefasst?«, schlug ich vor. »Es gibt fiese, fette Bäuche, die sehr weich sind. Und wabbelig.« Das wusste ich schließlich ziemlich genau. Caden lachte, aber es hörte sich ein bisschen nach einem Grunzen an.

»Ahhhh. Das kann natürlich sein.« Er tauchte wieder nach oben und legte seinen Kopf seitlich neben mich, ohne seine Hand von meinem Bauch zu nehmen. Sein Blick fiel auf meine Lippen. Und dann, ohne dass ich lange darüber nachdenken konnte, schob ich meine Hand unter sein Shirt. Sein Bauch war fest und flach, ein paar kleine Haare unter dem Bauchnabel legten eine Spur nach unten.

Caden versteinerte einen Moment, seine Brust hob und senkte sich viel schneller, als normal sein durfte.

»Schade, dass du mich nicht küssen darfst, weil du vorhin nicht aufgepasst hast. Nur wer meine Testfragen korrekt beantwortet, darf mich küssen.«

»Jesus«, Caden verzog sein Gesicht. »Du bist echt abgebrüht. Du bist genau wie diese New Yorkerinnen im Fernsehen, alle Vorurteile sind bestätigt«, sagte er.

»Du fühlst dich wirklich völlig anders an.« Ich musste ein wenig lächeln und strich über die Haut, deren Weichheit im Gegensatz zu den Muskeln darunter stand. Er betrachtete mich, und sein Blick verschleierte sich. Dann hob er seine Hand und drückte sich kurz mit den Fingern über die Augen. Sein Gesicht verzog sich, als hätte er Schmerzen.

»Du machst mich fertig, Citygirl. Aber Montana-Jungs können sich wehren.«

Mit einer schnellen Bewegung pflückte er meinen rechten Arm von seinem Bauch, legte ihn oben neben meinen Kopf und hielt ihn dort fest. Meine Brust wölbte sich ihm entgegen. Er schob sich über mich und stützte sein Gewicht auf den Oberarmen neben meinem Kopf ab, als würde er eine Art Liegestütz machen. Ich schaffte es nie länger als zwei Sekunden, die Liegestützstellung zu halten, Bauchmuskeln waren nicht meine Stärke. Er schwebte mit nur einem Bruchteil seines Gewichts über mir, aber merkwürdigerweise sehnte ich mich danach, ihn ganz zu spüren. Ich wollte, dass er schwer war und sich auf mich legte.

Er senkte seinen Kopf und küsste mich neben meinen Mund. Langsam, eine Mischung aus Luft und Lippen. Mein Atem wurde immer schneller, und er hielt meinen Arm immer noch fest über meinem Kopf, das war ja Folter!

»Du willst wirklich nicht, dass ich dich küsse?« Ich konnte das Lächeln in seinen Worten hören. Er zog eine Spur aus diesen undefinierbaren Luft-Lippen-Küssen von meinem Mundwinkel entlang meinem Kinn bis zu den Ohren, während er sein Gewicht immer noch auf seinen Armen abstützte. Dann ließ er sich langsam auf mich herab, wurde schwerer, verteilte aber sein Gewicht seitlich auf ein Bein und einen Arm, um mich nicht zu erdrücken, und versenkte seinen Kopf mit einem Seufzer in meiner Halsbeuge. Der Kontakt mit seinem Körper über meine ganze Länge, meine Brust, die sich gegen ihn drückte, machte merkwürdige Dinge mit mir. Das Blut rauschte in einer Geschwindigkeit durch mich hindurch, als hätte ich mehr Arterien, als ich jemals vermutet hätte. Ich schloss die Augen, während der Schwindel meinen Kopf überrollte.

»Nein«, sagte ich, aber meine Stimme war kaum

mehr als ein Hauchen. Er verlagerte sein Gewicht auf eine Seite, sodass er eine Hand frei hatte. Dann tastete er sich vor zum Ausschnitt meines T-Shirts. Er stoppte dort nicht, sondern zog den Rand nach unten und küsste mich zwischen Hals und Brust. Meine ganze Hautoberfläche war geladen wie ein elektrisches Feld. Warum war der Ausschnitt nur so eng? Er knabberte an mir, als würde er eine Kostprobe nehmen. Er zog den Ausschnitt weiter nach unten, bis das Shirt nicht weiter nachgab, ohne Gefahr zu laufen zu zerreißen, und hob den Kopf.

»Ich möchte dein T-Shirt nicht kaputt machen«, sagte er, als hätte er Mitleid mit dem T-Shirt.

Ich hatte kein Mitleid mit dem T-Shirt. Ich hasste mein T-Shirt.

Wie er mich ansah, hungrig. Ich mochte den Blick. Wie konnte ich nur so heftig atmen, ohne mich nur das kleinste bisschen bewegt zu haben? Ich lag schließlich einfach nur auf einem Bett. Auf Cadens Bett. Er musste mich küssen, jetzt. Ich konnte keine Sekunde länger warten. Ich schlang meine Hand um seinen Nacken, schob meine Finger in seine Haare und zog ihn zu mir heran. Seine Lippen waren leicht geöffnet, und sein Atem traf heiß auf mein Gesicht.

»Pearl«, sagte er nur und klang ein wenig überrascht. Ich wollte meine Lippen auf seine pressen, aber er seufzte und richtete sich abrupt auf, als hätte er eine Entscheidung gefällt. Es war, als hätte jemand ein Stromkabel durchtrennt. Er strich sich die Haare zurück, die immer noch ein wenig feucht von der Dusche waren. Er hatte sich geduscht, bevor ich gekommen war. Wie ich. Ich hatte mich geduscht und mich überall so gründlich rasiert wie wahrscheinlich noch nie in meinem Leben. Er hielt meinen Blick, lehnte sich dann seitlich aus dem Bett heraus und tastete nach etwas. Ich richtete mich auf, seine Hand schnellte nach vorn und blieb auf meinem Oberschenkel liegen.

»Bleib liegen, Pearl«, sagte er. Ich klappte meine Unterschenkel ein, sodass ich auf meinen Knien saß, und wartete. Er griff noch einmal neben das Bett und zog das Buch hervor. Sein Blick flog über die Seiten, er schien plötzlich ganz konzentriert.

Dann erschien ein Lächeln in seinem Gesicht.

»Es ist die Palomar Transient Factory«, sagte er. Weil ich nur verwirrt dreinblickte, wiederholte er es noch einmal.

»Deine Testfrage?«, sagte er, als würde ich unter Alzheimer leiden, und zog eine Augenbraue nach oben.

Und dann knipste er die Leselampe aus und ließ das Buch ziemlich unsanft auf den Boden fallen. Das Zimmer war nun nur noch durch das bläuliche Licht der Dämmerung erhellt. Er richtete sich auf und schlang seine Arme um mich. Diesmal zögerte er keine Sekunde. Seine Lippen prallten auf meine, weich und nachgiebig. Als wäre eine Schleuse geöffnet worden, strömte nun alles aus mir heraus, all die zurückgehaltenen, nicht zugelassenen Gefühle. Ich öffnete meinen Mund und nahm seinen Geruch, seinen Geschmack tief in mir auf. Seine Zunge umschlang meine, als würde sein Leben davon abhängen.

Ich drückte meinen Körper an seinen. Aber nicht, weil ich irgendetwas sein wollte, mich so verhielt, wie ich gesehen hatte, dass sich irgendeine Schauspielerin in einem Film verhielt oder wie sich eines dieser sexy Mädchen mit vier Millionen Followern auf Instagram rekelte, wenn sie sexy oder »leidenschaftlich« war. Ich war einfach … Pearl. Vertraut und mir doch selbst fremd, denn so wie jetzt hatte ich mich noch nie gefühlt. Noch nie hatte ich jemanden so sehr küssen wollen, dass ich einfach in seinen Mund hineinkriechen wollte.

Glücklicherweise schien Caden das Gleiche zu fühlen, denn er zog mich immer näher an sich heran. Ohne dass ich es gemerkt hatte, hatte ich mich auf den Knien aufgerichtet, um unsere Oberkörper der ganzen Länge nach aneinanderzubringen. Wie konnte sich etwas so gut anfühlen? Seine Hände glitten meinen Rücken herunter, hinterließen dabei eine fiebrige Spur und umfassten meinen Po. Ich lehnte meinen Oberkörper etwas von ihm weg und schob meine Hände unter sein T-Shirt, ließ meine flachen Handflächen nach oben gleiten, Zentimeter für Zentimeter. Das hatte ich schon die ganze Zeit machen wollen. Schon heute in der Uni, schon damals im *Sweet Dream Valley*. Ich hatte noch nie jemanden so unbedingt anfassen wollen.

Caden ließ kurz von mir ab, griff mit den Armen an den hinteren Kragen seines Shirts, sodass seine Oberarmmuskeln hervortraten, und zog es sich mit einer schnellen Bewegung über den Kopf. So wie nur Männer sich ihre Shirts auszogen, die keine Brüste hatten und keine langen Haare, die sich verheddern konnten. Sofort war er wieder bei mir mit seinen Armen, seinen Händen, die meinen Körper absuchten, und seinem Mund. Obwohl sein Körper so warm war, brach ihm eine Gänsehaut aus, wo meine Hände auf seine Haut trafen. Irgendwie war es beruhigend, dass es ihm nicht anders ging als mir. Seine Hand schob sich höher unter mein T-Shirt, sein Daumen unter den Rand meines BHs. Ich schob Caden mit beiden Händen zurück, sanft, aber bestimmt. Er blickte mich für einen Moment verwirrt an. Ich griff vorn mit überkreuzten Armen nach dem Saum meines Shirts und zog es mir über den Kopf. So wie Mädchen sich Shirts auszogen. Für einen kurzen Moment konnte ich nichts sehen, aber ich hörte, wie Caden die Luft einsog.

Und dann war auch mein T-Shirt weg. Caden senkte seinen Kopf und umfasste meinen Busen in meinem BH so ungestüm, dass die Begeisterung mich fast zum Lachen brachte.

Er küsste mich, als gäbe es nichts Wichtigeres auf der Welt, und ich wusste genau, wie er sich fühlte, denn genauso fühlte ich mich auch. Mehr. Mehr. Ich war eifersüchtig auf alles, was es außer mir gab, ich wollte alles sein, was er sah und fühlte.

Seine linke Hand glitt an meiner Seite hinunter, dabei küsste er meine Brüste durch den dünnen Stoff meines BHs hindurch, fuhr mit den Fingern den Bogen meiner Taille entlang, außen an meinen Oberschenkeln entlang weiter und über meinen Po zu meinem Rücken. Gleich würde ich implodieren. Mit der

Rechten umfasste er meinen Hals, streichelte mein Dekolleté entlang, bis sich beide Hände hinter meinem Rücken trafen. Er hob den Kopf und hielt inne, ließ seine Hände zu meinen Schultern gleiten. Er presste seine Stirn gegen meine.

»Pearl, ich würde gern ... Ich will nicht, dass du etwas machst, was du nicht willst.« Seine Stimme war dunkel, atemlos, angestrengt.

Ohne meine Stirn von seiner zu lösen, nahm ich meine Hände aus seinen Haaren und öffnete mit einer schnellen Bewegung den Verschluss hinter meinem Rücken. Sein Atem wurde schneller, als er verstand, was ich tat, und seine Augen wurden noch etwas größer. Ich wollte, dass er mich anfasste, dass nichts mehr zwischen uns war. »Pearl«, wiederholte er noch einmal und senkte seinen Mund wieder auf meinen. Er hakte seinen Zeigefinger auf beiden Seiten unter die BH-Träger und schob sie von den Schultern, wobei sein Kuss noch tiefer wurde, sowie das überhaupt irgendwie möglich war. Er machte dabei ein paar Laute in meinen Mund, und ich liebte diese Laute. Seine Hände streichelten sich hoch zu meinen Brüsten und machte dort etwas, das sich unheimlich gut anfühlte. Die kleinen Seufzer, die er von sich gab, machten mich schwindelig. Ich griff nach dem Bund seiner Jeans und öffnete den Knopf und den Reißverschluss, begann an den Seiten zu ziehen. Er half mir, und irgendwie hatte er Sekunden später seine Hosen heruntergezogen, und ich führte ungeduldig seine Hand zu mir, um meine Hose ebenfalls auszuziehen und neben das Bett zu werfen. Wir verloren keine Zeit damit, die Schichten einzeln von meinem Körper zu pellen, und plötzlich knieten wir nackt voreinander.

Caden denkt, dass ich viel mehr Erfahrung habe, schoss mir durch den Kopf. An dem Abend, an dem ich meine Jungfräulichkeit verloren hatte, hatte ich sogar noch meinen BH angehabt. Ich hatte versucht, nicht nach unten zu schauen. Und auch wenn ich schon Sex gehabt hatte, dann bestimmt keinen Orgasmus, dem war ich näher gewesen, als ich mit Caden *Seven Minutes in Heaven* gespielt hatte.

Doch jetzt konnte ich mir nicht vorstellen, dass mir irgendetwas, das noch kam, nicht gefallen würde. Cadens Hand glitt federleicht über meinen Bauch, strich über meine Brüste, dann fuhr er mit der flachen Hand nach unten. Tiefer. Ich wusste nicht, wohin mit diesem Gefühl, mein Körper begann zu zittern.

»Schhh«, murmelte Caden, aber sein Atem ging schnell dabei. Dann küsste er mich und schob mich nach hinten, ohne den Kuss zu unterbrechen, bis ich lag. Vorsichtig schob er meine Beine ein wenig auseinander, sodass er dazwischenliegen konnte. Ich brauchte nicht zu schauen, ich spürte ihn, und das Gefühl, seinen festen, warmen Körper auf meinem zu haben, war unglaublich.

Seine Küsse wurden langsamer. Er küsste mein Gesicht, er streichelte meine Schultern, den Hals, die Schlüsselbeine. Er zog seine Hand in langen Bewegungen an mir entlang von meiner Schulter, meine Rippen herunter, meinen Bauch, zu den Oberschenkeln, bis sie fast nach innen zwischen meine Beine glitt.

Aber nur fast. Wer konnte so viel Selbstbeherrschung haben? Das war fast übermenschlich. Ich hielt seinen Kopf fest und beschleunigte unsere Küsse, er durfte nicht langsamer werden. Und er ging darauf ein. Wir küssten uns heftiger, als wäre jetzt keine Zeit mehr für Zärtlichkeiten. Wir pressten unsere Brustkörbe aneinander, und ich umklammerte seine Hüften. Er richtete seinen Oberkörper auf und stützte sich auf einer Hand ab. Seine Hand streichelte meine Brüste, dann tauchte er zu mir herunter und ließ seine Zunge über meinen Hals gleiten, knabberte an mir. Dabei sah er immer wieder in mein Gesicht, als wollte er darin etwas sehen. Meine Zustimmung? Ich umfasste seinen Po, sein ganzer Körper stand unter Spannung, und auf seinem Rücken hatten sich Schweißperlen gebildetet. Ich schloss die Augen, um die Elektrizität zu fühlen, die durch mich schoss. Dann wurden Cadens Küsse plötzlich wieder langsamer, als würde er in eine Art Zeitlupe schalten und die Sekunden ausdehnen.

»Pearl«, flüsterte er. »Bist du dir sicher?«

Ich blickte in seine Augen. Er fuhr mit dem Zeigefinger einen Arm herunter und wieder herauf.

»Du willst mich verrückt machen. Du willst, dass ich dich anbettele.«

»Ja«, sagte er und lächelte »Nichts lieber als das.«

Er zog meine Hände nach oben, sodass meine Arme ausgestreckt auf dem Kissen lagen. Dann drehte er meine Handflächen nach oben und fädelte seine Finger zwischen meine. Meinen Händen gefiel das. Mir gefiel das. Ich lag ausgestreckt und reckte ihm meine

Brüste entgegen. Er küsste sie langsam, nacheinander, als hätte er alle Zeit der Welt. Seine Zeitrechnung war definitiv eine völlig andere als meine. Dann ließ Caden seine eine Hand wieder nach unten wandern, langsam, aber mit einem eindeutigen Ziel. Er glitt meinen Körper hinunter, und ich lehnte mich noch weiter nach hinten, dem Druck seiner Hand entgegen. Seine Hand ging weiter, dabei betrachtete er mein Gesicht, aber seine Augen waren wie verschleiert. Ich löste die Hand über meinem Kopf, die er freigegeben hatte, und ließ sie über seine Brust gleiten. Dann atmete ich scharf ein, als er tatsächlich nicht stoppte, tiefer ging und seine Finger in mich glitten. Er berührte mich, wo mich noch nie jemand angefasst hatte. Wie konnte sich das so gut anfühlen? Er stöhnte auf. »Fuck, Pearl, du fühlst dich so gut an …«

Ich wollte seine Finger wegschieben, nicht, weil ich sie wegschieben wollte, sondern weil ich es einfach nicht mehr aushielt. Ich liebte seine Finger, die sich geschickt bewegten und mir den Verstand raubten, aber ich wollte … mehr.

»Caden, das ist so …« Ich griff nach seinen Handgelenken und zog sie nach oben, zog ihn zu mir. »Es ist jetzt schon der beste Sex, den ich je hatte, und wir haben noch nicht mal richtig angefangen«, platzte ich heraus. Aber ich hatte keine Energie mehr, um cool zu tun. »Hast du ein Kondom?« Es klang eher wie ein Flehen.

Caden lachte glucksend. Dann nickte er langsam.

»Okay«, murmelte ich. »Ich glaube, wir könnten es jetzt gebrauchen. Meinst du nicht?«

Caden kniff die Augen zusammen. Ich umfasste seine Hüfte und zog seinen Körper etwas höher. Er atmete heftiger, wenn ich fester zufasste, das gefiel mir. Gleich würde ich tatsächlich betteln. Aber auch das war mir egal.

»Okay.« Er richtete sich auf und holte ein Kondom aus seinem Nachttisch. Plötzlich ging es ganz schnell, er schien auch nicht mehr warten zu können. Er riss die Verpackung auf, und es war weder peinlich oder komisch, dieser Moment, sondern er erfüllte mich mit fiebernder Erwartung. Die routinierte Sicherheit seiner Bewegungen gefiel mir. Dann beugte er sich zu mir, und ich zog ihn zu mir heran. Ich fasste ihn an, das Kondom war dünn, ich konnte ihn darunter noch genau spüren, und Caden warf den Kopf zurück. Er wartete nicht mehr, seine Augen waren voller Verlangen, er suchte meinen Mund, seine Zunge wirkte rauer, gieriger. Er glitt über mich, seine Arme nah an meinen, seine Augen wurden dunkel, und ich konnte seine Härte gegen mich spüren. Er presste sich gegen mich und presste seine Hüften gegen meine. Die Berührung sandte Schauer durch meinen Körper. Er senkte seine Lippen auf meinen Hals und küsste, knabberte an mir, ließ seine Zunge über meine Haut gleiten, ich hatte das Gefühl, in einem Strudel nach oben gezogen zu werden, immer höher, und dann war seine Zunge wieder in meinem Mund, träger und liebevoll, und mit einem Ruck glitt er in mich hinein, so tief und überraschend, dass ich gleichzeitig mit ihm aufstöhnte.

»Oh mein Gott, sorry«, flüsterte er besorgt und erstarrte. »Habe ich dir wehgetan?«

»Auf die bestmögliche Weise«, presste ich atemlos hervor. Es war schwer, zu reden und ihn dabei in mir zu spüren. Ich beugte mich vor und küsste sein Schlüsselbein, seine Haut war heiß und salzig, ich liebte den Geschmack seiner Haut.

»Bitte, höre nicht auf. Ich ... ich bin nicht zerbrechlich.« Ich schlang meine Beine um seinen Rücken und zog ihn weiter in mich hinein.

Ein Stöhnen entwich ihm. Ich umfasste seine Schultern, die Muskelstränge, die an seinem Rücken verliefen. Sie standen stärker hervor, wenn er so auf mir lag. Für einen Moment bewegte er sich nicht, und wir atmeten nur gemeinsam, seine Brust gegen meine gepresst, unser Herzschlag pochte in die Brust des anderen hinein. Allein der Gedanke, dass es Caden war, ließ mich beinahe schweben.

»Du fühlst dich so unfassbar gut an«, murmelte Caden, und seine Worte entlockten mir einen Seufzer direkt in seinen Mund, und dann war es irgendwie mit seiner Kontrolle vorbei. Er umfasste meinen Po und zog meine Beine noch ein wenig mehr auseinander, zog sich nur für einen Moment zurück, um dann wieder zurückzukommen, tiefer. Es war ein Rhythmus, der mir den Atem raubte, ich war erfüllt von ihm. In mir baute sich ein Druck auf, der immer stärker wurde, als würde sich eine Spirale in mir aufziehen, immer weiter.

Ich sah seinen nach hinten gebogenen Kopf und die halb geschlossenen Augen im bläulichen, weichen Licht, das seine Haut ein wenig leuchten ließ wie in einem Traum. Mein Körper schloss sich um ihn. Meine Hände umfassten seine Beine, fuhren seine Oberschenkel entlang, um mich zu versichern, das sein Körper in meinem endete, und ich war glücklich, nichts war übrig geblieben, kein einziger Gedanke, nur Glück und er und nur Körper.

***

Als ich mich in die Kissen fallen ließ, hatte ich das Gefühl, ein ganzes Leben von aufgestauter sexueller Energie sei gerade verpufft und ich würde mich nie wieder bewegen können, nie wieder aufstehen. Noch nie hatte ich mich so satt gefühlt wie genau in diesem Moment. Alles war richtig.

ACHTZEHN

»Heute geht es darum, dass wir im All in der Zeit zurückschauen können. Je besser unsere Teleskope sind, umso weiter können wir zurückblicken.« Astrophysik war meine absolute Lieblingsvorlesung geworden. Sie brachte mich immer wieder zum Nachdenken, auch wenn sich bei einigen Gedankengängen mein Gehirn verknotete. Alles Kleine wurde groß und alles Große klein, die Zeit geriet aus den Fugen, und Paralleluniversen schienen fast eine Selbstverständlichkeit. Natürlich hatte ich schon gehört, dass Zeit und Raum zusammenhängen, aber länger darüber nachgedacht hatte ich nicht. Die Sterne veränderten meine ganze Weltsicht.

Heute Morgen hatte ich eine E-Mail in meinem Postfach gefunden, die Studentenberaterin Mary Berk wollte mich sprechen. Ich hatte ein mulmiges Gefühl dabei. Meine Noten waren, abgesehen von den Medizinfächern, ja nicht grottenschlecht. Hatte sie sich mit meinen Leistungen beschäftigt, oder ging es um etwas ganz anderes?

»Hi, Pearl«, sagte plötzlich eine Stimme hinter mir und brachte mich mit diesen zwei Worten völlig aus dem Konzept. Caden hatte sich hinter mich gesetzt, er musste zu spät gekommen sein.

»Geht es dir gut?«, flüsterte er nah an meinem Ohr. Entweder blies er aus Versehen hinein oder extra. Sofort lief mir ein Schauer über den Rücken.

»Sicher«, murmelte ich, ohne mich umzusehen. Merkte nicht der ganze Hörsaal, was hier vor sich ging? Fing die Luft um uns herum nicht an zu flimmern?

»Gefällt dir die Vorlesung?«

Caden hatte an der Uni noch nie länger als nötig mit mir geredet. Wieso fing er ausgerechnet jetzt damit an, wo ich nicht in der Lage war, mit ihm zu sprechen, ohne dass die Bilder des Abends mit ihm in kurzen Blitzen vor meinen Augen auftauchten? Er hatte mich in der Hand. Es war wirklich ärgerlich. Aber immerhin hatte ich ihn auch gesehen, wie er wegen mir alles um sich herum vergaß, wie er so offen war wie sonst nie. Der Gedanke an den Ausdruck seiner Augen in dem Moment, wo nur Verlangen nach mir darin stand, war genug, mich zum Zerfließen zu bringen.

Der Hörsaal wurde mal wieder abgedunkelt, und Professor Bernstein warf Bilder an die Wand, von Raumstationen tief im Weltraum aufgenommen: Supernovas in entfernten Galaxien, die blaue und lilafarbene Spiralformationen bildeten, und schwarze Löcher, riesige Strudel im Weltall, die alle physikalischen Gesetze, die wir für unveränderbar hielten, außer Kraft setzten. Phänomene, die uns zu winzigen Staubkörnern machten.

Ich hielt den Atem an, als ich plötzlich eine leichte Berührung im Nacken spürte.

Caden strich langsam mit seinem Finger am Saum meines T-Shirts entlang. Es war eine Qual, nicht zu erschauern. Oder zu stöhnen. Ich versuchte, normal weiterzuatmen, damit niemand etwas merkte. Gleichzeitig spürte ich den Thrill, den die verbotene Berührung in mir auslöste.

Nach der Vorlesung sprach ich kurz mit meinem Sitznachbarn, entspannt und im sicheren Gefühl, gleich Caden hinter mir zu sehen. Ich spürte seine Präsenz. Doch als ich mich schließlich umdrehte, war Caden bereits verschwunden. Es war wie ein Phantomschmerz, den man dort spürt, wo schon nichts mehr ist. War das ein Spiel? Wollte er mich damit in den Wahnsinn treiben? Er sollte nicht denken, dass er mich einfach so spielen konnte wie ein Instrument.

***

Abends saß ich mit Liam und meiner Mutter am Tisch. Sie hatte gekocht, mit anderen Worten: Sie hatte eine Packung Käsenudeln in der Mikrowelle aufgewärmt.

»Ab wann können wir Dad anrufen?«, fragte Liam.

»Ich sage euch, wenn es so weit ist«, entgegnete meine Mutter kurz angebunden. Sie trug ein rotes Kleid. Das Kleid kannte ich aus New York, es war ziemlich sexy und brachte die Rundungen ihres Körpers gut zur Geltung. Sie trug in letzter Zeit häufiger Rot. Vielleicht suchte sie einen neuen Mann?

Aber irgendetwas machte mich stutzig an ihrer Bemerkung. Die Art, wie sie Liams Blick auswich, ihre Stimme. Irgendetwas stimmte nicht.

»Es ist aber alles in Ordnung mit Dad, oder? Du verheimlichst uns doch nichts?«, fragte ich.

Sie schreckte hoch und legte ihre Gabel auf den Tellerrand.

»Red keinen Unsinn«, sagte sie.

»Gehst du noch aus?«

»Ich begleite Jake zu einer Abendveranstaltung. Rose kann leider nicht mitkommen und hat mich gebeten, stattdessen mitzugehen.«

»Das ist ein ziemlich auffälliges Kleid für einen Abend in Montana.«

»Jetzt wirst du auch schon zum Landei«, schoss meine Mutter zurück. »Das Kleid ist uralt. In New York wäre es absolut letzte Saison. Spricht nicht für die Leute hier, dass sie von so was beeindruckt sind.« Ihr Ton war beißend. Liam schaute verwundert von seinem Teller hoch. Für einen Moment war ich sprachlos. »Ich meine ja nur, dass es ziemlich aufreizend ist. Ich wollte dich nicht angreifen.«

»Ich bin Single«, sagte sie.

»Du bist mit Dad verheiratet«, erwiderte ich. Ich konnte nicht glauben, was sie da sagte.

»Euer Vater hat uns verraten und im Stich gelassen. Ich bin Single. Und wenn es geht, werde ich mich scheiden lassen. Meine Situation wird dadurch wohl kaum schlechter werden.«

Ihre Worte trieben mir die Tränen in die Augen. Wie konnte sie so vor Liam reden? Das war vielleicht das Schlimmste daran.

»Deine Situation war jahrelang ziemlich gut. Heißt es nicht ›in guten und in schlechten Zeiten‹?«

Sie legte den Kopf schräg und sah mich ein wenig von oben herab an. »Ich glaube nicht, dass ich mir von dir Beziehungstipps geben lassen muss, nachdem du jetzt auf tätowierte Motorradfahrer stehst. Dass du so tief sinken würdest, hätte ich nicht gedacht.«

Ich sah zu Liam, der weiteraß, als würde er nichts von dem Gespräch mitbekommen. Sein Gesicht war gerötet. Ich presste meine Lippen zusammen und verbot mir zu antworten. Liam hätte sagen können, dass ich nicht auf River stand, dass er mich mit Caden knutschend im Stall gesehen hatte. Ich hatte ihm erzählt, dass es eine Wette gewesen wäre, die nichts bedeutet hätte. Er hatte mir nicht geglaubt, aber so sehr interessierte es ihn auch nicht. Er war noch in dem Alter, wo er küssen ekelig fand.

Es klopfte an der Tür. Bevor ich reagieren konnte, war meine Mutter aufgestanden und öffnete.

»Hi, Patricia«, hörte ich Cadens Stimme. Wie immer war sie merkwürdig förmlich und kühl, wenn er mit meiner Mutter sprach.

»Caden«, rief Liam, stand auf und rannte zur Tür. »Können Carl und ich heute noch bei euch fernsehen? Wir wollen einen ›Star-Wars‹-Marathon machen. Morgen ist keine Schule.«

»Da musst du Rose fragen, aber es geht sicher in Ordnung«, sagte Caden. Er fuhr Liam über den Kopf. Er war ein netter großer Bruder, auch für Liam.

»Okay, ich hole nur meine Schlafsachen und geh rüber, okay? Wir übernachten drüben. Ich darf doch,

Mom?« Er drehte sich zu meiner Mutter und setzte seinen Bettelblick auf.

Sie nickte. »Natürlich, mein Schatz.« Wie verletzend ihr Benehmen für alle anderen war, wenn sie nur das tat, was ihr in den Kram passte, bemerkte sie überhaupt nicht.

»Komm doch rein, Caden«, sagte sie sehr freundlich. Sie schien Cadens merkwürdige Reserviertheit ihr gegenüber nicht zu bemerken. Im Gegenteil, ich hatte das Gefühl, dass sie besonders freundlich zu ihm war.

Caden trat durch die Tür und stand etwas verloren am Eingang. »Ich wollte Pearl fragen, ob sie am Wochenende mit den Rindern helfen kann. Einer der Cowboys ist ausgefallen, und Sid und ich könnten etwas Unterstützung gebrauchen ...« Er hatte Grübchen in den Wangen und sah völlig unschuldig aus. Er war ein erschreckend guter Schauspieler.

»Aber sicher. Pearl hilft sehr gern«, sagte meine Mutter. Sie sagte das in dem bestimmenden Tonfall, mit dem sie früher schon über mein Leben entschieden hatte. Aber diesmal war es mir ausnahmsweise egal.

Meine Mutter holte ihre Handtasche. »Ich muss los.«

»Es wäre möglicherweise über Nacht, wir würden morgen losreiten«, sagte Caden an mich gewandt.

Hinter seinem Rücken warf Mom mir einen eindringlichen Blick zu. »Pearl macht das wirklich gern. Ich fahre jetzt mit Jake zu der Veranstaltung, weil Rose nicht kann. Wir sind so froh, hier zu sein, Caden, wir helfen natürlich, wo wir können.«

»Du gehst mit Dad?«, wiederholte Caden, und sein Blick schnellte zu ihr zurück.

»Ja, das ist kein Problem«, sagte sie. »Ich mache das gern.«

Caden setzte an, etwas zu sagen, aber überlegte es sich dann anders. Mom konnte wirklich unheimlich rumschleimen. Und dann war sie weg.

Mein Bruder war noch oben in seinem Zimmer. Ich musste aufpassen, nicht in eine Schockstarre zu verfallen, als ich plötzlich allein mit Caden im Zimmer stand.

»Wir müssen die Zäune abreiten und die Weiden, die weiter draußen sind, kontrollieren. James muss am Wochenende zu seiner Familie nach Wyoming, und wir können es nicht mehr so richtig verschieben.«

»Und ich soll mitkommen?«

»Zu dritt ist besser. Ich zeige dir dann als Bonus, welche Schlangenarten essbar sind.« Er grinste.

»Klingt köstlich«, sagte ich, während mein Herzschlag sich in eine völlig andere Gangart hochschraubte.

»Ihr habt es euch schön eingerichtet«, sagte er und blickte sich in unserer Blockhütte um.

Ich zuckte mit den Schultern. »Ja. Es ist schön. Anders.«

»Tschüss, Pearl!«, ertönte Liams Stimme von der Tür. Dann näherten sich seine schnellen Schritte noch mal und er umarmte mich stürmisch.

»Du streitest dich nicht mehr mit Mom, oder?«, sagte er so, dass Caden es nicht hören konnte.

Ich schüttelte den Kopf. »Nein. Das musst du auch nicht ernst nehmen. Das gehört dazu«, sagte ich.

»Meinst du nicht, wir können doch mal mit Dad sprechen?«, fragte Liam und sah mich bittend an.

»Ich werde schauen, was ich tun kann, versprochen. Ich werde mich drum kümmern. Viel Spaß bei ›Star Wars‹.«

Dann war auch Liam weg. Und das Bewusstsein, dass ich mit Caden allein war, lag greifbar in der Luft. Caden war so schnell vor mir, als hätte er sich dorthin gebeamt. Es sollte nicht möglich sein, so schnell den Ort zu wechseln.

»Musst du gleich wieder rüber?«, fragte ich.

»Ji-Hoon wartet auf mich. Du siehst sehr ... gut aus.«

Ich schaute an mir herunter. Ich trug Leggings und ein ausgeleiertes Sweatshirt. »Verarschst du mich?«

Caden hob seine Hand und fuhr mit der Seite seines Daumens meine Lippen entlang. Ich wurde butterweich, wenn er mich anfasste. Er drückte ein wenig gegen die Unterlippe, als wollte er testen, wie weit sie nachgab, und sein Daumen glitt einen Millimeter in meinen Mund. Ich sog unwillkürlich die Luft ein. Er ließ die Hand zu meiner Wange gleiten, die zu glühen begonnen hatte, und umfasste sie. Ich musste mich beherrschen, meinen Kopf nicht in den Nacken fallen zu lassen. Es war unfair, dass er so eine Art geheime Anleitung zu besitzen schien, wie leicht er mich um meinen Verstand bringen konnte. Ich kam mir wie der letzte Stümper vor, was Männerkörper anging. Ach was, sogar was meinen eigenen Körper anging.

Bevor ich hochschauen konnte, hatte er die Hand, mit der er gerade über meine Lippen gefahren war, unter mein Sweatshirt geschoben. Er umfasste meine Taille und strich mit dem Daumen an meinem Bauch entlang, bis er unter meiner Brust zum Halt kam. Mir stockte der Atem.

»Ich wusste, dass du nichts darunter trägst«, sagte Caden. Sein Blick vernebelte sich, aber er ließ mich nicht aus den Augen. Als würde er jede Regung meines Gesichts aufsaugen.

Das hatte er also gemeint mit »Du siehst sehr gut aus«. Meine Klamotten waren keine große Barriere. Ich sehnte mich danach, dass seine Hand höher rutschte, aber er glitt nur an der unteren Brust entlang und dann wieder nach unten, bis er an meine Leggings stieß. Ohne Probleme schob er mit den Fingerspitzen den Bund weg und ließ seine flache Hand hineingleiten. Tiefer, er fuhr über meinen Slip. Erst leicht, dann mit mehr Druck, und meine Atmung setzte ganz aus.

»Ich mag die Leggings. Sie wäre so leicht auszuziehen«, sagte er.

Ich lehnte mich seiner Hand entgegen.

»Ji-Hoon wartet auf mich, aber du machst es mir wirklich schwer, zu gehen. Vielleicht kann ich ja noch einen winzigen Moment bleiben.« Seine Hand wanderte nach hinten und umfasste meinen Po. Ich hatte das Gefühl, dass mein Unterleib zu brennen begann. Er presste mich gegen sich. Er fühlte sich so gut an. Und ich liebte es zu spüren, dass er mich genauso wollte wie ich ihn.

»Das wird sonst so schwer morgen. Der Ausritt ... ist ja geschäftlich. So ein Ausritt, da ... da passiert nichts. Der Boden ist hart und man ist im Schlafsack.«

Ich konnte mir nicht vorstellen, dass der Schlafsack und der harte Boden ihn von irgendetwas abhalten würden, wenn wir allein wären. Mich definitiv nicht. Gut, dass Sid dabei war, sonst müsste man wahrscheinlich einen Hochsicherheitszaun um seinen Schlafsack anbringen, wenn er mich von sich fernhalten wollte. Meine Hand glitt um seinen Körper und umfasste seinen Po. Ich spürte, wie Caden sich weiter anspannte.

Die Tür ging auf, und wir sprangen auseinander.

»Caden?«, ertönte Liams Stimme von der Tür. »Wir können den Film nicht anfangen. Irgendetwas stimmt nicht mit der Anlage. Kannst du uns helfen? Und Ji-Hoon fragt, wo du bleibst.«

Liam blieb keuchend vor uns stehen. Er war scheinbar den ganzen Weg gerannt. Vielleicht fiel ihm deshalb nicht auf, dass wir mindestens genauso schwer atmeten.

»Okay«, sagte Caden. »Kein Problem. Ich komme.«

Er schaute mich noch einmal an. Immerhin war in seinen Augen das gleiche Bedauern zu sehen, das ich spürte. »Wow. Am Timing müssen wir noch arbeiten. Wait for me, babe. Don't touch yourself.«

»Was?«

»Es ist ein Lied. Wait for me, babe. Don't touch yourself. Es steckt viel Wahrheit drin.« Er zog eine Augenbraue nach oben. »Wir sehen uns am Samstag«, sagte er. »Gegen Mittag reiten wir los.«

NEUNZEHN

Die restliche Woche war im Flug vergangen. Samstag am späten Vormittag saß ich auf Blue. Ich hatte sein hellbraunes Fell auf Hochglanz gebürstet, ihn gut gefüttert und lange getränkt. Sid saß auf Butterscotch, seinem gescheckten Pferd, und Caden natürlich auf Spirit, der schon aufgeregt tänzelte, als wüsste er, dass es ein längerer Ritt werden würde. Wir hatten Glück mit dem Wetter, es war nicht unbedingt heiß, aber noch war der Himmel wolkenlos. Es würde laut Wettervorhersage höchstens ein wenig regnen, aber nicht hageln oder schneien, was angeblich auch schon im September der Fall gewesen war.

Die Männer trugen Cowboyhüte, ich war bei meinem Reithelm geblieben.

Zwischen Blues fröhlich nach vorn gerichteten Ohren breitete sich die wohl schönste Landschaft aus, die ich je gesehen hatte. Das Gefühl der Weite und Freiheit, das mich hier umgab, nutzte sich überhaupt nicht ab. Es machte mich jedes Mal wieder glücklich. Die Graslandschaft schien nie enden zu wollen. Hier musste man nirgendwo halten oder umkehren, vielleicht gab es einen Berg oder Abgrund, aber es gab immer einen Weg drum herum. Die Ostküste mit ihren vielen Zäunen und Absperrungen kam mir rückblickend kleinlich vor. Und es wurde nie langweilig, das Gras wechselte die Farbe je nachdem, ob wir in einer eher wasserreicheren Gegend waren oder in einer trockeneren. Schon in der Ferne konnte man das Wetter heranziehen sehen. Dunklere Regenwolken neben einem Stück leuchtendem Land in der Sonne. Man hatte einfach eine weitere Perspektive.

Wir machten gelegentlich an Gattern und Einzäunungen halt, die nur gebraucht wurden, wenn die Rinder bei den Cattle Drives zusammengetrieben wurden. Sid und Caden kontrollierten die Herden und die Kälber, die im Frühjahr geboren waren, auf ihre Gesundheit. Abwechselnd ritten Caden und Sid mit mir. Caden trug ein kariertes Hemd zum Stetson, er sah aus wie die Cowboys in den Bilderbüchern aus meiner Kindheit.

»Wo übernachten wir eigentlich?«, fragte ich Caden mit Blick auf eine schwarze Wolke in der Ferne.

»Es gibt eine Hütte, wo wir übernachten können, wenn das Wetter schlecht wird. Wenn es trocken bleibt, können wir draußen schlafen.« Er sah mich nicht an, als er sprach. Wir hatten nicht über die Nacht bei ihm gesprochen. Irgendwie war es weniger peinlich, Sex zu haben, als darüber zu reden. Ich fragte mich, ob er eigentlich gemerkt hatte, wie wenig Erfahrung ich hatte. Ob er es so schön gefunden hatte wie ich. Ob er es so dringend wiederholen wollte wie ich.

»Ist die Landschaft der Grund, warum du hier nicht wegwillst?«, fragte ich, um auf andere Gedanken zu kommen.

»Warum glaubst du, dass ich nicht wegwill?«

Mit der Antwort hatte ich überhaupt nicht gerechnet. »Keine Ahnung. Du wirkst so zu Hause hier.«

Ich hatte mit ihm geschlafen, aber wusste noch nicht mal, was er eigentlich wollte, wohin er wollte. Außer seinem Namen wusste ich fast nichts über ihn.

»Was möchtest du mit Filmwissenschaften machen? Möchtest du gern Regisseur werden?«, fragte ich weiter.

»Ich würde gern Drehbücher schreiben. Aber um so richtig ins Geschäft zu kommen, müsste ich wahrscheinlich nach L. A., hat mein Professor gesagt.«

Ich war platt. Ein Cowboy, der Drehbücher schreiben wollte.

»Du schaust, als wäre es nicht möglich, dass Cowboys schreiben. Aber ja, das gibt es wirklich. Ich lese Drehbücher lieber als Romane.«

»Das kann ich mir nicht vorstellen. Das ist doch fast nur Dialog.«

»Ein guter Drehbuchautor schreibt auch Regieanweisungen und kurze Charakterbeschreibungen so präzise und auf den Punkt, dass sich das mindestens genauso spannend liest wie ein Roman.«

»Hast du auch schon eins geschrieben?«

»Vielleicht so zwanzig.« Caden zuckte mit den Schultern.

»Zwanzig? Nicht dein Ernst.« Unsere Pferde liefen entspannt nebeneinander, Sid ritt voraus. So gesprächig und freundlich er war, er konnte völlig natürlich ebenso stundenlang schweigen, ohne dass es unangenehm wurde.

»Ich habe früher immer Folgen für die Serien geschrieben, die ich geschaut habe. Ist eine gute Übung.«

»Belegst du dazu Seminare?«

»An unserer Uni gibt es nicht so viel dazu, aber ich mache Online-Kurse an der UC Los Angeles.«

»Warum studierst du da nicht?«

»Ich kann meinen Vater und Rose nicht im Stich lassen mit der Ranch. Sie haben ja erst vor zwei Jahren erweitert und in die Gästeranch investiert. Aber das ist schon okay. Vielleicht, wenn alles läuft. Außerdem glaube ich, L. A. wäre nichts für mich. Zu groß. Zu oberflächlich. Zu wenige Pferde.« Er schwieg einen Moment, dann fragte er: »Was ist denn deine Leidenschaft? Medizin?«

Das Wort Leidenschaft aus seinem Mund. Ich musste sofort an ganz andere Dinge denken und starrte auf seine schönen Lippen. Viel zu spät antwortete ich: »Ich mache die Kurse, aber eigentlich weiß ich nicht, was meine Leidenschaft ist. Es ist so neu für mich, mir einfach überlegen zu können, was ich mag, ohne Hintergedanken, dass es gut auf meinem Lebenslauf aussehen muss.«

»Was hast du denn gemacht, was nur für den Lebenslauf gut aussieht?«

Wir ließen die Zügel locker, damit die Pferde sich erholen konnten. Laut Sid würden wir noch mindestens zwei Stunden reiten.

»Alles«, erwiderte ich.

»Du wolltest nie Ärztin werden?«

Ich zuckte mit den Schultern. »Ich glaube nicht. Dabei habe ich sogar im Krankenhaus ausgeholfen und mich von einem schmierigen Oberarzt betatschen lassen, weil ich unbedingt seine Beurteilung brauchte. Ich hätte so schnell keine andere beschaffen können. Ich habe in letzter Zeit viel darüber nachgedacht.«

Wie mit River am Fluss fühlte es sich gut an, das einfach auszusprechen.

»Betatschen lassen?«, wiederholte Caden angewidert. Auf seinem Gesicht zeichneten sich alle möglichen Gefühle ab. »Hast du das nicht deinen Eltern erzählt?«

»Meine Mutter hat gefragt, ob er mich vergewaltigt hat. Hat er nicht. Alles andere war es wohl nicht wert, noch mal nachzufragen.« Es fiel mir schwer, mir meine Verbitterung nicht anmerken zu lassen. Meine Eltern hatten kaum zugehört, als ich versucht hatte, es ihnen zu erzählen. In meiner Familie wurde über wenig geredet und erst recht nicht über die Dinge, die irgendwie unangenehm waren.

Caden musterte mich voller Mitgefühl. »Das tut mir leid, Pearl«, sagte er leise. »Ich hätte nie gedacht, dass du jemand bist, der sich nicht wehren kann.«

»Egal, alles vorbei. Ab jetzt mache ich nur noch, was ich will.«

»Und was willst du?«

»Das ist das Problem. Ich habe keine Ahnung.« Das heißt, eine Sache, die ich wollte, wusste ich ganz genau.

»Vielleicht solltest du dem Ganzen einfach Zeit geben.«

»Ja, Zeit habe ich jetzt genug. Mein Leben ist eh versaut.«

»Weil du studierst?« Er machte ein zweifelndes Gesicht.

»Montana Mountain University?«, fragte ich zurück.

»Ist es wirklich so schlimm bisher? Du bist fürchterlich arrogant, Citygirl. Du studierst und wohnst auf einer Ranch. Und du reitest auf einem tollen Quarter Horse durch Montana. Ich würde mich nicht beschweren. Wie wär es mit ein bisschen Dankbarkeit?«

Er hatte recht, natürlich. Was war bisher falsch an Montana? Nichts. Es war perfekt.

Vor uns drehte sich Sid zu uns um. »Galopp? Dann machen wir am See Rast.«

Ich nickte, und Sekunden später galoppierten wir über die Ebene. Die Quarter Horses konnten besonders schnell beschleunigen, und Blue schien die schnellere Gangart zu genießen. Seine Schritte unter mir waren kraftvoll, und der Wind blies mir ins Gesicht. Ich lehnte mich ein bisschen nach vorn, und Blue streckte sich flach über den Boden. Unglaublich, wie viel Energie er hatte. Das Gelände war leicht abschüssig, und nach einer Weile hob Sid vor uns die Hand, und die Pferde wurden langsamer. Wir fielen in den Schritt, noch eine Ecke und wir waren am Ufer eines Sees. Es war unglaublich schön.

»Wow«, sagte ich. »Wie viele atemberaubende Seen hat Montana eigentlich?«

Caden lächelte nur. »Der Mondsee macht mich auch jedes Mal wieder sprachlos.«

***

Wir machten Pause, ließen die Pferde sich abkühlen und grasen, setzten uns ins Gras und aßen mitgebrachte Thunfischsandwiches.

»Und zum Abendessen gibt's Schlange?«, fragte ich.

»Wenn du willst, kann ich eine für dich suchen«, bot Sid an. »Man muss nur wissen, wo man sie findet.« Seine blauen, durchdringenden Augen suchten die Erde ab. Dann rupfte er ein unscheinbares Kraut aus dem Boden, das in der Nähe wuchs.

»Hier, probier mal. Das kann man auch essen.«

Ich nahm das Blatt entgegen und knabberte daran. Es schmeckte nicht schlecht, würzig, vielleicht ein wenig lakritzig und nach Fenchel.

»Du könntest mich natürlich auch vergiften«, sagte ich. »Wie heißt die Pflanze?«

»Ist nicht giftig. Großes Indianerehrenwort. Ich kenne nur den indianischen Namen. Aber hier gibt es mehr Pflanzen, die man essen kann, als man denkt. Gib mir ein paar Minuten, dann pflücke ich dir eine ganze Mahlzeit.« Er stand auf und verschwand im Busch. Caden und ich blieben zurück. Wir blieben an der gleichen Stelle sitzen, wo wir waren, mit einer Art Sicherheitsabstand, sodass keine Gefahr bestand, dass wir einander zu nahe kamen. Verkrampft saßen wir nebeneinander. Wo war unsere Coolness geblieben? Eine Fuckbuddy-Beziehung war irgendwie nicht weniger kompliziert als eine normale. Ich hatte das Gefühl, dass Caden auch froh war, als Sid mit ein paar Beeren und Kräutern in der Hand zurückkam.

***

Wieder auf dem Pferd fühlte ich mich sofort wohler. Wir beeilten uns, denn wir durften, falls wir in der Hütte schlafen wollten, nicht zu spät kommen.

»Oder wir schlafen draußen«, sagte Caden. »Im Moment sieht es nicht so aus, allerdings kann ich nicht dafür garantieren, dass nicht noch Wolken aufziehen und am Morgen Regen kommt«, sagte er mit Blick zum Himmel. »Und es kann nachts ziemlich kalt werden. Deine Wahl.«

»Ich riskiere Regen.«

»Okay.« Ein schmales Grinsen erschien auf Cadens Gesicht. Ich zog mir meinen Pullover aus, mir war warm geworden. Als mein Kopf wieder hervorkam, ertappte ich ihn dabei, wie er direkt auf meinen Busen schaute. Als er merkte, dass ich seinen Blick bemerkt hatte, sah er schnell zur Seite. Ich stopfte den Pullover in die Satteltasche und grinste – ich war also nicht die Einzige, deren Gedanken gelegentlich abschweiften.

Zum Campen wählten wir ein Stück Grasland in der Nähe von einem kleinen Bach. Ein Zelt hatten wir nicht, nur Schlafsäcke, die leicht zu transportieren waren. Sid zeigte uns den Platz. Er schien sich sehr gut auszukennen, obwohl wir schon ziemlich weit weg von der Ranch waren. Nachdem wir abgestiegen waren, zupfte er ein paar weitere Blätter von den Büschen und stopfte sie in einen kleinen Beutel.

»Von wem hast du das alles gelernt? Ist das normale Cowboy-Pflanzenkunde?«, fragte ich ihn, als wir Butterscotch und Blue nebeneinander im Fluss tränkten und mit nackten Füßen im eiskalten Wasser standen.

»Ich habe einen sehr guten Freund, der Indianer ist. Er hat mir viel beigebracht. Die Pflanze, die ich dir vorhin gezeigt habe, kenne ich auch durch ihn.«

»Das müsste man aufschreiben. Das wissen bestimmt nicht viele Leute.«

»Es gibt Bücher. Aber vieles von dem Wissen, gerade was Heilpflanzen angeht, wird von der westlichen Medizin einfach ignoriert. Die Wildnis hier ist aber besonders großzügig. Man kann hier gut überleben. Die Natur ist freundlich. Es gibt zu essen und zu trinken. Es ist eine göttliche Gegend.«

Caden führte Spirit ebenfalls ins Wasser neben uns.

»Ich weiß nicht, ob ich hier überleben könnte. Ich kann wirklich keine Tiere töten«, sagte ich. »Das habe ich gemerkt, als ich mit River beim Fliegenfischen war. Ich müsste eigentlich aufhören, Tiere zu essen, wenn ich konsequent wäre«, sagte ich.

Bei der Bemerkung veränderte sich Cadens Gesichtsausdruck innerhalb einer Millisekunde. Jede Weichheit verschwand aus seinen Zügen. Etwa, weil ich River erwähnt hatte?

Sid führte Butterscotch aus dem Fluss zu der Stelle, wo wir die Pferde anbinden wollten. Irgendwie hatte ich das Gefühl, er wollte uns allein lassen.

»Sag mal, was hast du eigentlich gegen River?«, fragte ich leise. »Du kennst ihn, aber magst ihn nicht. Deine Laune wird schlecht, sobald ich ihn erwähne.«

»Er ist kein guter Mensch«, sagte Caden knapp. »Du solltest wirklich nichts mit ihm zu tun haben.«

»Zu mir war er immer nett.«

»Pearl. Du bist nicht so naiv, wie du tust. Was meinst du wohl, warum er nett zu dir ist? Ich hole jetzt Holz. Wir machen ein Feuer.«

»Caden, warum hast du mich gebeten, mitzukommen? Ich freue mich, aber ... warum? Ich habe das Gefühl, ihr wärt auch ohne mich klargekommen.«

Er warf mir einen abschätzigen Blick zu. »Hier kann ich besser auf dich aufpassen«, sagte Caden.

Ich brauchte einen Moment, bis seine Worte eingesackt waren. »Warte mal, hast du mich mitgenommen, damit ich niemanden anderen treffe?«

Er zuckte mit den Schultern.

»Du willst keine echte Beziehung. Wir verhalten uns den ganzen Tag so, als wäre nichts zwischen uns. Aber ... du nimmst mich mit, weil ich niemanden anderen treffen soll? Du merkst schon, dass das nicht zusammenpasst?«

»Ich hole Holz«, wiederholte er noch mal.

***

Als er zurückkam, schichtete er das Holz aufeinander. Sid machte eine Suppe nach Indianerrezept mit ein paar Zutaten, die er unterwegs gesammelt hatte. Die Dunkelheit senkte sich über das Land, es wurde tatsächlich um einiges kühler, sobald die Sonne verschwunden war.

Nacheinander gingen wir zum Fluss, um uns zu waschen. Ich fühlte mich staubig und klebrig. Kurz entschlossen zog ich mich komplett aus und tauchte einmal unter. Wenn man sich gegen die Kälte nicht wehrte, sondern versuchte, sie als Gefühl wahrzunehmen, ging es eigentlich. Nur meine Haare ließ ich trocken, das würde zu kalt werden. Danach zog ich mir Leggings und Shirt für die Nacht an. Ich fühlte mich großartig.

Wir setzten uns zum Abendessen auf große Steine, die noch die Wärme des Tages gespeichert hatten.

Caden reichte mir einen Becher Suppe. Er war auch mit dem Kopf unter Wasser getaucht, und seine Haare schimmerten noch nass. Aber auch ungewaschen hatte er appetitlich ausgesehen. Irgendwie fand ich alles an ihm appetitlich.

Als ich den Becher entgegennahm, berührten sich unsere Finger. Es war die erste Berührung am ganzen Tag. Vielleicht spürte ich seine Finger deshalb so genau. Ich nahm einen Schluck. Die Suppe schmeckte herb mit einem bitteren Nachgeschmack. »Schmeckt ein wenig wie die Grassuppe, die ich als Kind immer im Sommercamp gemacht habe«, murmelte ich.

Caden prustete los. »Hast du das gehört, Sid? Das sind sorgfältig ausgesuchte Kräuter, das kannst du nicht mit Grassuppe vergleichen.«

Wir alberten noch eine Weile rum, während die Sterne aufzogen. Ich suchte mir noch einen Müsliriegel, um den Grasgeschmack im Mund loszuwerden.

Caden lehnte den Müsliriegel ab und trank stur seine Grassuppe aus. Dabei machte er Geräusche, die zeigen sollten, wie gut es war.

»Köstlich. Die Gaumen der Citygirls sind einfach durch die vielen künstlichen Aromastoffe und Zucker völlig verdorben. Du musst mal eine Weile in die Natur, dann wird das schon wieder.«

Sid nahm noch einen Schluck, dann griff auch er nach einem Müsliriegel. »Meine Suppe ist zwar unschlagbar«, behauptete er mit einem Grinsen. »Aber ist ja nicht so, dass ich was gegen Müsliriegel hätte. Jetzt, wo wir auf die Fleischbeilage verzichtet haben.«

Nach einer Weile sagte Sid: »Ich ziehe mich mal ein bisschen zurück. Ich brauche meine Cowboy-Privatsphäre.« Er legte sich etwas entfernt von uns hin. Ich wurde das Gefühl nicht los, das er viel genauer verstand, was zwischen uns los war, als wir ahnten.

Der Himmel war sternenklar. Er war dunkelblau, an manchen Stellen wirkte er fast lila. Natürlich dachte ich an meinen ersten Abend hier. Sternegucken mit Caden, das hatte ich schon mal getan. Es war damals so anders gewesen.

»Wir können ein wenig für Astronomie üben«, sagte Caden, als wir nebeneinander auf unseren Schlafsäcken lagen. Der Schlafsack war zwar weich, aber man spürte die harte Erde darunter. »Schließlich ist die praktische Anwendung das Wichtigste.«

Egal, wie wir diese komische Beziehung nannten, die wir hatten, egal, was er sagte, es machte mich glücklich, hier zu sein. Nachdem wir den ganzen Tag über aufgepasst hatten, uns nicht zu nahe zu kommen, war Cadens Nähe nun viel zu deutlich. Mein ganzer Körper erwachte auf eine Weise zum Leben, die mir gänzlich neu war. Als wären alle Nerven sensibilisiert, als wäre ich ein einziger Nerv, ein hyperempfindliches Nervengewebe, das auf Reize wartete.

An dem Sternenhimmel konnte man sich hier einfach nicht sattsehen.

»Da oben ist der Große Bär«, sagte Caden.

»Das hast du jetzt extra schnell gesagt, weil du wusstest, dass es das einzige Sternbild ist, das ich kenne.«

»Was ist der Unterschied zwischen dem Großen Bär und dem Großen Wagen?«, fragte er.

»Wird das hier ein Test? Der Große Wagen ist ein Teil vom Großen Bär, das sind nur die sieben hellsten Sterne, die den Bären ausmachen. Bestanden?«

»Man merkt dir den Streber aus New York immer noch an«, sagte Caden. »Und dort ist Kassiopeia. Das sind die fünf Sterne, die ein großes W bilden.«

»In New York sieht man nie die Milchstraße. Ich habe erst hier verstanden, warum sie so heißt, ein milchiger Streifen aus Sternen.«

»Vielleicht finden wir noch den Schützen, mein Sternbild. Der ist nur bis September sichtbar, im Winter nicht mehr.«

»Angeber.«

»Ich versuche, dich zu beeindrucken.«

»Versuche es weiter, es gefällt mir«, sagte ich grinsend. Mein Herz klopfte. Ich dachte daran, wie ich mich an diesem ersten Abend unter dem Sternenhimmel vor dem *Sweet Dream Valley* über ihn gebeugt hatte. Ich erinnerte mich noch genau daran, wie ich mich gefühlt hatte, wie mein ganzer Körper gekribbelt hatte, in Erwartung von allem, was noch kommen würde. Ich war überzeugt davon gewesen, dass ich gerade jemand ganz Besonderen getroffen hatte. Einen Seelenverwandten. Und irgendwie war ich davon noch immer überzeugt. Ich hoffte nur, dass er das auch erkennen würde.

»Soll ich dir was zeigen?«, fragte Caden.

»Klar«, sagte ich und begann, mich aufzusetzen.

Cadens Hand schnellte zur Seite, und er drückte mich wieder nach unten. Ich ließ mich zurücksinken.

»Ich kann es dir zeigen, ohne dass du aufstehen musst. Du musst nur machen, was ich sage.«

»Okay«, sagte ich, während sich mein Herzschlag beschleunigte.

»Du musst in den Himmel schauen und möglichst wenig blinzeln. Konzentriere dich auf die Sterne. Du musst sie in dich hineinlassen. Sodass nichts anderes mehr da ist. Wenn du das lang genug machst, dann beginnst du zu schweben. Du fühlst dann, dass die Erde im All schwebt und du mit ihr. Versuch es mal.«

»Ich soll fliegen?«, fragte ich zweifelnd.

»Es ist ganz einfach. Du darfst nicht auf einen einzelnen Stern schauen. Du musst versuchen, alle gleichzeitig anzuschauen, ohne bestimmten Fokus.«

Ich versuchte es. Ich hörte auf zu blinzeln, was gar nicht so einfach war, nahm ein paar tiefe Atemzüge und versuchte, mich auf den Himmel zu konzentrieren, ohne auf einen einzelnen Stern zu starren. Konnte man so viele Sterne gleichzeitig anschauen? Er hatte recht. Mir wurde fast schwindelig von all den Sternen. Ich lag gar nicht auf dem Boden, ich schwebte ein paar Zentimeter über der Erde. Ich fühlte keinerlei Gewicht.

Wahrscheinlich sollte ich mir Steine in die Schuhe stecken, um nicht wegzufliegen.

»Es ist komisch. Plötzlich ist man ein Teil davon. Kennst du diese Bilder von Strukturen, die sich immer wieder wiederholen? Wie ein Blumenkohl, der an jeder Knospe eine weitere hat, die aus der gleichen Struktur besteht und immer so weiter? Irgendwie wiederholt sich alles im Großen, was es im Kleinen gibt. Unser Herzschlag ist ein Pulsschlag des Weltalls. Ich glaube, wenn man ins Weltall schaut, sieht man gleichzeitig auch in sich hinein.« Den Gedanken hatte ich schon häufiger in der Vorlesung gehabt. Aber er hatte zu merkwürdig geklungen, als dass ich ihn ausgesprochen hätte. Jetzt wirkte er nicht mehr so abwegig.

»Wir unter dem Sternenhimmel in Montana. Man könnte meinen, ich will dich überzeugen, mit mir rumzuknutschen«, gluckste Caden.

»Könnte man meinen«, sagte ich. »Aber wir sind ja auf einem rein geschäftlichen Ausflug. Mit Sid.«

»Vielleicht müssen die Geschäftsbedingungen für die Ranch noch mal überarbeitet werden. Ich glaube, da steht so eine Passage drin, dass romantische Beziehungen zwischen Ranchmitarbeitern und Gästen nicht erlaubt sind. Und du zählst ja eigentlich noch zu den Gästen.«

»Dann bist du schon straffällig geworden.«

»Aber bisher noch kein Wiederholungstäter.«

Ich musste kichern. Ich boxte ihn in die Seite, aber schneller, als ich schauen konnte, hatte er nach meiner Hand gegriffen und umfasste mein Handgelenk ganz fest.

Mein Magen drehte sich bei der Berührung, als wären ein paar hektische Schmetterlinge darin eingeschlossen. Caden stützte sich auf seinem Ellenbogen ab und rollte sich auf die Seite, sodass er mir ins Gesicht sehen konnte. Seine Pupillen hatten seine Iris verschlungen. Ich hörte auf zu atmen. Es fühlte sich so gut an, in seinem Blick zu baden, denn nichts anderes war das.

»Darf ich … etwas ausprobieren?«, fragte er nach einer Weile. Seine Stimme war leise, eher so, als müsste er sich räuspern, um klar sprechen zu können.

»Ich hoffe, Sid schläft schon«, murmelte ich.

»Er bewegt sich schon eine Weile nicht mehr«, sagte Caden. Er schob eine Haarsträhne von meinem Hals, die sich verheddert hatte und wie eine Kette um meinen Hals lag. Dabei starrte er wie hypnotisiert auf meinen Hals. Der Blick erinnerte mich an den Abend bei ihm. »Du bist sicher kein Vampir?«, fragte ich. »Mir fällt gerade auf, dass das hier ein ideales Vampirszenario ist. Und auf der Ranch kannst du dann sagen, dass es ein wildes Tier gewesen ist.«

»Wie jetzt, wir hatten über romantische Beziehungen zwischen Mitarbeitern geredet. Die sind nicht gestattet. Blutsaugen war erlaubt, dachte ich«, erwiderte Caden mit gespielter Überraschung.

Ich musste lachen, hielt aber inne, als Caden sich plötzlich über mich beugte, und zwar so, als würde er seine Lippen auf meinen Hals senken wollen. Das tat er aber nicht. Er verharrte ein paar Millimeter über meinem Hals, sodass sein Atem gegen meine Haut blies. »Du riechst sehr lecker. Ist, glaube ich, meine bevorzugte Blutgruppe.«

Ich gluckste. »Du bist sicher, dass Sid schläft?«, flüsterte ich. Seine Anwesenheit machte mich nervös. Ich rutschte etwas zur Seite, und seine Lippen stießen gegen meinen Hals, was eine elektrische Welle durch meinen Körper fließen ließ.

Caden erstarrte ebenfalls. Dann spürte ich seine Lippen noch deutlicher an meinem Hals, und er begann zu saugen. Nur kurz, aber immer wieder.

»Ich markiere dich schon mal als mein Opfer«, murmelte er und zupfte mit den Zähnen erneut an meinem Hals, küsste die Stelle und saugte daran. Das würde garantiert einen Knutschfleck geben. Es war mir wahnsinnig egal.

Er hob seinen Kopf ein wenig und war direkt über meinem Gesicht. Er schloss kurz die Augen und nahm einen tiefen Atemzug.

»Dein Verhalten gefällt mir allerdings nicht. Du kennst mich doch kaum. Du kannst nicht so verrückte Dinge machen, wie mit fremden Männern auf Ausritte gehen. Das ist viel zu gefährlich. Das ist heute das letzte Mal«, sagte Caden bestimmt. »Das hört ab morgen auf. Ab jetzt passe ich auf dich auf.« Ein Geräusch aus Sids Richtung drang zu uns, und Caden ließ sich wieder neben mir ins Gras gleiten.

Ich musste lachen. Mir gefiel das, was er sagte, viel, viel zu sehr. Aber ich erinnerte mich nur zu gut an unsere Abmachung. Keine Verpflichtungen. Irgendwie passte alles nicht zusammen. Wahrscheinlich sollte ich mich darüber aufregen, aber ich konnte nicht. Ich war froh, überhaupt ein Stückchen von ihm haben zu können.

»Hast du eigentlich mal was von deinem Vater gehört?«, fragte Caden nach einer Weile.

»Ich habe Liam versprochen, dass ich versuchen werde, Kontakt zu ihm zu bekommen«, sagte ich.

»Ihr habt grade gar keinen Kontakt?« Caden war überrascht.

»Nein. Das geht wohl am Anfang nicht.«

»Das kann ich mir kaum vorstellen. Er ist ja nicht in Einzelhaft und ein hochgefährlicher Terrorist oder so. Ich habe nicht genau erzählt bekommen, was er gemacht hat, Finanzbetrug, nicht wahr?«

»Er hat das Geld in seinem Fonds veruntreut. In den Fonds hatten auch jede Menge Leute investiert, mit denen er ›befreundet‹ war. Freundschaften und Business waren total verwoben. Deshalb ist jetzt auch niemand mehr übrig geblieben.«

Eine Pause entstand. Dann fragte ich: »Weißt du, warum Rose und meine Mutter so lange nicht mehr miteinander gesprochen haben?«

»Sie haben sich gestritten. Sie hatten wohl andere Ansichten«, sagte Caden. Es war klar, dass er nicht weiter darüber sprechen wollte, aber mehr wusste.

»Aber wegen was für einem Streit spricht man fünfzehn Jahre lang nicht mehr miteinander?«

»Frag deine Mutter lieber direkt«, sagte er. Dann wechselte er abrupt das Thema: »Du solltest Kontakt zu deinem Vater aufnehmen. Meine Mutter ist so früh gestorben, ich wünschte, ich hätte sie mehr erlebt. Dein Vater ist sicher nicht der beste aller Väter, aber auch, wenn er einen Fehler gemacht hat, solltest du den Kontakt nicht abbrechen. Ich habe meine Mutter nicht mehr gesehen, als sie so krank war. Ich sollte nicht hingehen und sie so sehen. Das bereue ich am meisten, dass ich mich da nicht durchgesetzt habe.«

»Wie alt warst du denn?« Ich konnte es nicht fassen, dass er mir das erzählte. Es machte mich glücklich, dass er sich mir anvertraute, doch was er erzählte, brach mir das Herz.

»Sechs. Sie ist gestorben, als ich sechs war. Hätte ich drauf bestanden, hätte ich sie noch einmal treffen können. Nur noch ein einziges Mal.«

»Caden, das ist total verständlich. Mit sechs Jahren kann man sich nicht durchsetzen. Du warst viel zu klein. Sie wollten dich beschützen.«

Caden seufzte. »Ich weiß. Und ich habe meinen Vater, der mich liebt. Eine Stiefmutter, die mich liebt. Das ist auch ein Geschenk. Dafür bin ich unglaublich dankbar.«

Und nach kurzem Schweigen: »Es ist eine Weile her, dass ich hier draußen geschlafen habe. Wenn ich zu lange keinen Ausritt gemacht habe, werde ich unruhig.« Wir schauten nebeneinander in den Nachthimmel. Aber ich hörte an seiner Stimme, dass er lächelte. Hinter uns knackten Äste im Gebüsch, gefolgt von einem Rascheln, als würde ein kleines Tier weglaufen.

»Auf der CD mit Waldgeräuschen, die ich früher zum Einschlafen gehört habe, gab es nur Rufe von kleinen Käuzchen und nicht so ein gruseliges Rumoren. Das war ein totales Fake.«

»Gott, ich habe mich immer gefragt, wer solche CDs hört. Natürlich, New Yorker Citymädchen wie du.« Er gab ein amüsiertes Glucksen von sich.

Ein Schauer lief durch meinen Körper, als Caden begann, mit meinen Fingern zu spielen.

»Mmmh, mache ich dich nervös?«, fragte Caden selbstgefällig.

»Manchmal bist du unerträglich eingebildet.« Ich entzog ihm meine Finger, boxte ihn in die Seite und ließ meine Hand dort liegen. Er zupfte sie von seiner Taille und hielt sie fest. Ich wehrte mich nicht.

»Mir ist kalt. Es ist wissenschaftlich bewiesen, dass Frauen schneller frieren. Unsere Haut ist 15 Prozent dünner als bei Männern.«

»Ich habe eine Idee.« Caden drehte sich auf die Seite und stützte seinen Kopf mit einer Hand ab. Seine Silhouette zeichnete sich dunkel gegen den Himmel ab. Mein Herz schlug wie ein aufgeregter Spatz mit den Flügeln. Er schlang seinen freien Arm um meinen Nacken und zog mich zu sich heran. Er senkte den Kopf zu meinem Hals und verharrte so.

»Ich muss die Markierung erneuern«, sagte er. Er küsste mich seitlich auf den Hals, kurz und weich. Trotzdem klang die Berührung in mir nach wie bei einem Instrument.

»Ich mag deinen Hals«, nuschelte er und küsste ihn nochmals, länger.

»Wusstest du, dass man die Schlafsäcke auch zusammenschließen kann? Der Reißverschluss ist so gemacht, dass man einen großen Schlafsack daraus machen kann.«

»Das ist deine Idee?« Ich musste lachen, lauter, als ich wollte. »Da würde Sid sich morgen aber wundern.«

»Dein Lachen ist ein bisschen schmutzig. Gefällt mir.«

»Ich weiß nicht, ob schmutziges Lachen jetzt wirklich ein Kompliment ist.«

Ich schloss die Augen. Ich nahm das Bild der Sterne mit. Ich schwebte auf dieser Wiese, neben mir Caden, der so viel Hitze abstrahlte, dass er mich wärmte. Ich wollte mir diesen Moment merken, jedes Detail einprägen, jedes Gefühl, damit ich ihn immer wieder in meiner Erinnerung heraufbeschwören konnte.

Ich hörte, wie Caden einen lauten Atemzug machte. Dann wurde die Hitze irgendwie größer. Mein Kopf drehte sich. Seine Lippen trafen auf meine, sein Atem, nichts bewegte sich, sogar der Wind hatte gestoppt. Er küsste die Konturen meiner Lippen.

Ich ließ meinen Arm um seinen Nacken gleiten und zog ihn näher zu mir heran. Er spannte die Länge seines Körpers an, seine Brust drückte auf meine, nur die Kleiderschichten lagen zwischen uns. Aber ... Sid. »Sid«, sagte ich, als ich kurz Luft holte.

»Das war nur eine Gutenachtkuss«, sagte Caden und rollte sich zur Seite. »Völlig harmlos.«

»Ja. Er lässt mich total kalt«, sagte ich trocken.

Caden gluckste. Dann seufzte er. »Mich auch. Aber Cowboys schlafen nicht so fest«, sagte er.

Es fühlte sich so vertraut an, bei ihm zu sein, dabei kannten wir uns erst wenige Wochen. Eigentlich wusste ich wenig über ihn und seine Vergangenheit, über die er wenig sprach. Über seine früheren Freundinnen. Ich wollte mehr über ihn erfahren, auch über seine Mutter, die so früh gestorben war.

»An dem Abend im *Sweet Dream Valley* war ich sauer. Ich wollte etwas loswerden. Die Erinnerung an diesen schrecklichen Arzt. Und bevor dir gab es nie ... Ich habe ein Mal mit jemandem geschlafen. Alle fanden ihn toll, alle wollten mit ihm ausgehen. Und dann ist er mit mir ausgegangen. Es war schrecklich. Ich dachte ... es müsste so sein. Und etwas wäre falsch mit mir, weil ich nichts empfunden habe.« Ich schluckte. »Ich möchte die ganze Nacht mit dir hier liegen«, sagte ich dann. »Du bist der tollste Mann, den ich je getroffen habe. Die letzten Jahre waren so beschissen. Vielleicht ist es doch nicht so schlimm, hier angekommen zu sein. Vielleicht ist es Schicksal.«

Irgendwie hatte ich das Gefühl, mich auf sehr dünnem Eis zu bewegen, wo mir in jeder Sekunde die Füße wegbrechen konnten. Aber ich konnte nicht anders.

»Wir sollten jetzt schlafen«, sagte Caden. Seine Stimme klang kühl. Hatte ich etwas Falsches gesagt?

Wenn es so war, dann musste Caden jetzt damit leben. Es war völlig sinnlos und kleinlich, zu lügen, wenn man mitten im Universum lag. So war es. So fühlte ich. Ich konnte das nicht zurückhalten.

ZWANZIG

Am nächsten Morgen brachen wir sehr früh auf, um zurückzureiten. Es war bedeckt, und über dem Land lag ein gräulicher Schleier.

Wir machten nur eine kurze Pause, kontrollierten ein paar Zäune, Rinder und Gatter. Caden war schweigsam. Wir fielen zurück in unser »Tagesverhältnis«. Geschäftig und distanziert, gelegentlich ein Witz. Als wäre das Leben am Tag und das Leben in der Nacht vollständig voneinander getrennt.

Irgendwie hatte ich gedacht, dass es anders wäre, nachdem wir über so viele Dinge gesprochen hatten, nachdem er mir so viel anvertraut hatte. Aber im Gegenteil, er schien sich noch mehr von mir zurückzuziehen als gestern. Ich sollte einfach darauf vertrauen, dass die Nacht irgendwann zurückkommen würde. Wenn ich an den Abend bei ihm dachte, begann ich sofort zu hyperventilieren. Und doch …

Wir waren ein Stück bergauf galoppiert. Spirit, der heute sehr unruhig gewesen war, glänzte vor Schweiß. »Gehst du eigentlich zum *Fall Ball*?«, fragte ich Caden und ignorierte das laute Pochen meines Herzens. Es war eine vollkommen unverfängliche Frage.

Caden blickte mich prüfend an. Sein Mund zuckte merkwürdig. Dann blickte er zur Seite.

»Nein. Ganz bestimmt nicht«, sagte er. Dann schaute er doch wieder zur mir, als wollte er die Wirkung seiner Worte überprüfen. Sein Gesichtsausdruck war angestrengt neutral. Er wollte mir jede Hoffnung nehmen, ihn zu überreden.

Als wir zur Ranch zurückkamen, eilte Caden davon, kaum dass er Spirit abgesattelt hatte. Ich blieb wie belämmert zurück.

***

Auch am nächsten Tag war Caden beschäftigt. Er war distanziert und mied mich. Ich überlegte, was ich gesagt oder getan haben könnte, das ihn so gestört hatte. Die paar Sätze über meine Gefühle waren schon zu viel gewesen? Schon wieder dachte ich nur noch darüber nach, was ein anderer Mensch von mir dachte. Schon wieder.

Mein Bruder war drüben bei Rose zum Abendessen. Ich aß mit meiner Mutter, immerhin gab es heute Hühnchen und keine Käsenudeln. Beim Essen lief eine alberne TV-Serie. Ich war ganz froh darüber, dann brauchten wir nicht zu viel sprechen.

»Gefällt dir deine Arbeit hier eigentlich?«, fragte ich.

»Es ist anders. Ich habe mich angepasst«, sagte sie.

»Was passiert, wenn Dad rauskommt? Bleiben wir hier?«

Mom nahm noch einen Bissen von ihrem Hühnchen und kaute sehr langsam. Sie wollte Zeit schinden.

»Wir haben uns sehr verändert, dein Dad und ich«,

sagte sie. »Ich glaube nicht, dass es eine gemeinsame Zukunft gibt.«

Sie wirkte so kalt. Ihr Gesicht verriet gar kein Gefühl. Als hätte sie vollständig mit Dad abgeschlossen. Als hätte sie ihn schon fast vergessen.

»Erzählst du mir irgendwann, was mit Rose vorgefallen ist?«, fragte ich, anstatt weiter nach Dad zu bohren.

Sie blickte mich lange an. Dann nickte sie. »Gib mir noch ein bisschen Zeit«, sagte sie.

Nach dem Abendessen ging ich in mein Zimmer. Ein einziger Gedanke drehte sich in meinem Kopf: Caden. *Caden*. Caden. Wir hatten eine Fuckbuddy-Beziehung. Das konnte doch nicht heißen, dass ich mehr als in jeder normalen Beziehung auf einen Anruf von ihm wartete. Nicht, dass ich jemals eine normale Beziehung gehabt hätte, aber ich wusste nur zu gut, wie sich bei Lula immer alles darum gedreht hatte, ob »er« angerufen, ihre Nachricht gelesen, beantwortet, den Beziehungsstatus offiziell geändert hatte.

Ich konnte doch auch entscheiden, ob wir uns trafen, oder etwa nicht? Vielleicht war ich für ihn nur Fuckbuddy, aber immerhin ein gleichberechtigter. Dann würde ich ihm genauso überraschende Besuche abstatten und mich genauso überraschend zurückziehen, gar kein Problem für mich. Wobei, das Zurückziehen würde vermutlich schwer werden …

Ich schrieb ihm eine Nachricht: »*Mir ist langweilig. Hast du Zeit?*« Mein Atem beschleunigte sich, während ich die Buchstaben tippte und abschickte. Aber es kam keine Antwort. Egal, wie konzentriert ich auf das Handy starrte. Und ich starrte lange. Ich war mir sicher, dass er zu Hause war, denn ich hatte ihn noch vorhin von Weitem bei den Ställen gesehen. Ich würde hier nicht dämlich rumsitzen und darauf warten, dass er sich meldete.

Ich ging kurz ins Bad, bürstete meine Haare und putzte mir die Zähne. Ich hatte nach dem Reiten vorhin geduscht, und meine Haare waren noch feucht. Hoffentlich bildete er sich nicht ein, dass ich mir für ihn die Haare gewaschen hatte. Also zerzauste ich die Haare wieder, damit sie nicht gekämmt aussahen. Er hatte immer noch nicht geschrieben. Ich zog meine Jacke über mein Shirt und schlüpfte in meine Turnschuhe. Als ich mich etwas später aus dem Haus schlich, schloss ich die Tür sehr leise hinter mir. Auf die Bemerkungen meiner Mutter hatte ich keine Lust.

***

Es war schon dunkel. Nur die Geräusche der Tiere waren zu hören: Insekten, Vögel, das Rascheln von kleinen Nagetieren in den Büschen, die Rinder in der Ferne. Das Plätschern des kleinen Flusses war nachts immer doppelt so laut wie tagsüber. Die kühle Nachtluft in Kombination mit meinen feuchten Haaren entlockte mir einen Schauer. Die Temperaturen schwankten hier viel stärker als in New York. Der vertraute feuchte Nebel breitete sich auf den Weiden aus. Ein Pferd wieherte in der Ferne, ein anderes antwortete. Anders als in New York zeugten die Geräusche hier nicht von der Fülle der Menschen, sondern von der Leere des weiten Lands.

Ich ging durch die Dunkelheit die mir inzwischen vertrauten Wege entlang. Zum Glück begegnete ich niemandem, bis ich vor Cadens Hütte stand. Aus dem Fenster im Wohnzimmer drang Licht und warf ein perfekt quadratisches Feld auf dem Rasen davor. Ich dachte an den Abend zurück, an dem ich ihn mit diesem Mädchen überrascht hatte, und für einen Moment war die alte Scham zurück, und ich wollte wieder umkehren. Wie bescheuert ich mir damals vorgekommen war! Mein Handy war immer noch stumm.

Ich wusste, wenn ich zu lange zögerte, würde ich mich nicht trauen. Das hatte ich doch irgendwo gelesen: Unangenehme Dinge musste man sofort erledigen, am besten innerhalb der ersten fünf Sekunden, damit man nicht den Mut dazu verlor.

Ich klopfte an. Nach einem Moment hörte ich Schritte, dann öffnete sich die Tür, und Caden erschien.

Sein Oberkörper war nackt, mit einer Hand rubbelte er sich die Haare trocken, was, so viel hatte ich schon innerhalb von wenigen Sekunden gesehen, seine Muskeln in den Armen und Brust spielen ließ. Als er mich erkannte, ließ er das Handtuch sinken.

»Pearl«, sagte er. Es klang nicht wie eine Einladung, eher wie das Ende von etwas.

»Hi«, sagte ich. Ich wusste, schon bevor ich anfing, dass etwas falsch lief. Er hatte Zweifel. Sie lagen in der Luft, so dick, dass man sie beinahe anfassen konnte. Ich wurde bei seinem Anblick von dem mir schon bekannten Schwindel überkommen. Es war einfach nicht normal, wie sehr ich auf ihn reagierte. Aber, man konnte es nicht anders sagen, so, wie er dort stand, war er einfach schön.

Sein Blick glitt kurz an mir herunter und wieder nach oben, was sich fast anfühlte, als wäre er mit dem Zeigefinger an meinem Körper entlanggefahren.

»Du hältst dich von mir fern«, brach es aus mir heraus. Mist. Ich wollte kein Problemgespräch führen. Ich wollte mit ihm ins Bett, ihn spüren, näher, so nah es ging, am besten in mir. Ich wollte noch mal diesen Ausdruck in seinem Gesicht sehen, der nur mir gehörte. Ich zauberte schnell ein Lächeln hervor und trat ein, bevor er etwas dagegen tun konnte. Ich küsste ihn mit weichen Lippen. Sein Mund war nicht fest verschlossen. Aber er reagierte auch nicht. »Bist du allein?«, fragte ich an seinem Mund.

»Schon«, sagte er.

»Gut.« Ich drängte mich noch dichter an ihn heran, reckte mich zu ihm hoch und küsste ihn zwischen Wange und Mund, wo ich hoffte, dass es wirkungsvoll war. Er reagierte immer noch nicht. Ich schlang meinen Arm um ihn und küsste ihn wieder, strich ihm vorsichtig über den Hals. Ein kleiner Seufzer entwich ihm.

»Was machst du …«

Ich senkte meinen Mund auf seinen Hals und probierte den Geschmack seiner Haut mit der Zunge. Ich nahm ein Stück Haut zwischen die Zähne und begann zu saugen. Ein Schauern durchlief seinen Körper. Ich spürte ihn fast so, als wäre er ich.

Ich ließ meine Hand über seinen Brustkorb wandern, über seine Muskeln, seine Rippen, die Senke seines Brustbeins. Dann über die Bauchmuskeln nach unten. Bevor er mich stoppen konnte, zupfte ich am Bund seiner Hose.

»Pearl.«

»Schhht«, sagte ich. »Ich bin dran.« Ich schloss die Haustür hinter uns. Dann schob ich ihn rückwärts in sein Schlafzimmer und auf sein Bett. Sein zweifelnder Ausdruck wurde ungläubig. Ich konnte auch nicht recht glauben, was ich hier machte. Aber es fühlte sich gut an.

Ich drückte meine aufgefächerte Hand gegen seinen Oberkörper, bis er lag, presste seine Arme nach unten, um ihm zu zeigen, dass er sich nicht bewegen sollte. Er blickte mich verwundert an und ... fasziniert. Und ganz offensichtlich erregt. Das wiederum spornte mich an. Ich war eigentlich nicht jemand, der dominant war. So hatte ich mich jedenfalls noch nie gesehen. Nicht umsonst hatte ich alte Disneyfilme geliebt, in denen – anders als in den neueren, wo es mit Pocahontas und Mulan kämpferische Mädchen gab – die Frauen zum Erobertwerden da waren. Nur waren meine einzigen Eroberer bisher Dr. Pfitzer und dieser bescheuerte Fußballspieler gewesen. Es war wohl überfällig, dass ich selbst aktiv wurde. Ich kniete mich neben ihn und zog seine Hose an seinen Beinen herunter und warf sie neben das Bett. Er hatte es aufgegeben, sich zu wehren, und sah mir zu. Ich hatte seine volle Aufmerksamkeit. Genau das wollte ich.

Ich kletterte auf ihn und küsste seine Brust. Dann blickte ich zu ihm hoch, um seine Reaktion zu sehen.

»Ich wollte das noch nie machen, Caden. Aber gerade gibt es, glaube ich, wenig, das ich lieber machen möchte.« Ich legte meine Hand auf seine Shorts und konnte das Pulsieren unter meinen Händen spüren. Er zuckte kurz zusammen, als meine Hand auf ihn traf. Er wollte nach mir greifen. Ich hielt seine Hand fest.

»Nicht bewegen«, sagte ich. Er hielt still, in seinem Blick Erstaunen und sehr viel Verlangen. Ich fühlte mich so mächtig. Ich lehnte meinen Kopf runter auf seine Brust und presste meinen Oberkörper an ihn, meine Brust gegen seinen Bauch, und fing die Hitze auf, die von ihm abstrahlte. Er löste eine Hand und schob sie unter mein Shirt direkt an meine Brust. Diesmal hielt ich ihn nicht davon ab. Vorsichtig schob er den Stoff meines BHs zur Seite. Wieso wusste er, wie er mich streicheln musste, damit es sich anfühlte, als würde mein Kopf gleich wegfliegen?

»Möchtest du mich jetzt küssen?«, fragte ich, hob meinen Kopf und drängte meinen Körper noch dichter an ihn heran, um sicherzustellen, dass es nur eine Antwort auf diese Frage gab.

»Pearl …«, murmelte er.

Ich presste meine Hand fester zwischen seine Beine, ich konnte seine Erektion fühlen.

»Ja«, sagte er, »aber …« Plötzlich griff er mit beiden Händen nach meinen Schultern und hielt mich fest. »Pearl, nein«, sagte er. »Es geht nicht.«

Ich küsste mich weiter an seinem Oberkörper entlang. »Was geht nicht? Ich will ja nichts sagen, aber ich bin mir ziemlich sicher, dass es geht. Es ist nicht zu übersehen.«

Er gab ein Geräusch von sich. Es klang so, wie ich mich fühlte, gequält und doch voll süßem Verlangen.

Wir ließen voneinander ab, mein Atem ging schwer. Caden atmete mindestens genauso laut und unregelmäßig.

»Pearl, du turnst mich an. Seit du auf dem Hof bist, habe ich sozusagen Probleme, auf dem Sattel zu sitzen.«

»Sollen wir das ändern?« Ich klang wie in den Videos, in denen die Frauen das mit Augenaufschlag zu den Männern sagten, während sie vor ihnen knieten. Das Verrückte war, dass ich mich genauso fühlte. Aber nicht so, als würde ich irgendetwas nachmachen. Ich wollte es wirklich.

»Pearl ... es geht nicht«, sagte Caden, und er klang frustriert.

Diesmal schob er mich energisch von sich. Sehr energisch. Er hielt mich quasi mit Gewalt auf Distanz.

»Wir machen uns etwas vor«, sagte er.

»Was?«, fragte ich, und mein Magen schnürte sich zusammen. Ich ahnte, was nun kommen würde. Denn natürlich machten wir uns etwas vor. Ich wollte mehr von ihm, als er zu geben bereit war. Aber wenn das alles war, was ich von Caden haben konnte, hatte ich nicht vor, es aufzugeben.

»Wir schlafen nicht miteinander, ohne etwas zu fühlen. Ich jedenfalls fühle etwas«, sagte er, und mein Kopf begann sich zu drehen. Ich hing an seinen Lippen.

»Ich auch«, flüsterte ich.

»Siehst du?«, sagte er und verzog das Gesicht. »Und

das geht nicht. Ich weiß, wie es enden wird, verstehst du?«

»Ich habe das genau verstanden. Du hast irgendwie eine komische Erfahrung gemacht, Caden. Das ist nicht so schwer zu durchschauen. Und glaub mir, das habe ich auch. Aber alles, was gerade passiert, fühlt sich richtig an. Ich folge einfach meinem Gefühl. Du brauchst keine Angst zu haben, dass ich an dir kletten werde. Werde ich nicht. Ich weiß auch noch nicht, wo es hinführt. Aber ich würde es gerne ausprobieren.«

Er blickte mich aus seinen dunklen Augen an. Es war unmöglich zu erraten, was er dachte.

Dann senkte er den Blick und drückte sich die Hände auf die Stirn.

»Pearl. Vielleicht sollten wir das lieber eine Weile lassen.«

»Das meinst du nicht ernst«, sagte ich. Alles, was gerade warm und flüssig gewesen war, wurde kalt und hart, als wäre mir ein Stück Eisen in den Magen gefallen.

»Ich kann nicht«, sagte Caden. »Wir hatten gesagt, dass es nur um Sex geht. Das tut es aber nicht. Das hast du gerade selbst zugegeben.«

Er schaute mich immer noch nicht an.

»Sagst du mir zumindest, was los ist?«

»Du hast es selbst gesagt, als wir mit Sid ausgeritten sind. Du bist kein Mädchen, das unverbindliche Bettbeziehungen hat. Ich schon, Pearl. Ich kann nur solche Beziehungen haben. Aber du willst mehr von mir. Und das kann ich dir nicht geben.«

Ich blickte ihn einen Moment lang stumm an. Und dann stand ich auf und ging.

EINUNDZWANZIG

Am nächsten Nachmittag traf ich Kim in der Mensa, die mit bunten Länderfähnchen dekoriert war. »*Internationale Woche*« stand auf einem breiten Banner, das eine Wand schmückte. Ich hatte keinen Hunger, aber ich freute mich, Kim wiederzusehen. Sie war eine Freundin geworden, ohne dass ich richtig darüber nachgedacht hatte. Ich wusste, dass ich ihr vertrauen konnte. Sie war in den paar Wochen, die wir uns kannten, eine bessere Freundin geworden als viele, die ich in New York gehabt hatte.

Nachdem meine erste Traurigkeit und Wut verflogen waren, kam die Kämpferin in mir zurück. Es war noch nicht alles vorbei. Hey, ich war als Einzige meines Jahrgangs in Harvard und in Stanford angenommen worden. Ich war schlau genug, um herausfinden, was bei Caden los war.

»Du siehst aus, als hättest du Sex gehabt«, sagte Kim unvermittelt und etwas zu laut.

»Das hast du gerade nicht gesagt«, zischte ich, musste aber glucksen.

»Habe ich doch. Dieses Grinsen. Du hast so einen Afterglow. Für mich stellt sich nur die Frage, ob mit Caden oder mit River.«

»Was?«, prustete ich in meine Hühnersuppe.

»Stimmt's oder habe ich recht? Und dreh dich mal um, dann kommt der Erste schon rüber. War er es? Mir ist übrigens aufgefallen, dass du nichts abgestritten hast.«

Als ich hinter mich schaute, kam River auf uns zu. Er trug ausnahmsweise kein Schwarz, sondern Jeans und ein dunkelgrünes Shirt mit Knöpfen. Die Farbe des Shirts brachte seine Augen zum Leuchten.

»Pearl«, sagte er. »Ich fühle mich vernachlässigt. Gehst du mit mir zum *Fall Ball*, ja oder nein?«

Der *Fall Ball*, natürlich. Den hatte ich fast vergessen. »Ich weiß noch nicht genau.«

»Wartest du, ob noch ein besseres Angebot kommt?«

Ich fühlte mich ertappt. Außerdem spürte ich, wie Kim mir unter dem Tisch gegen das Schienbein trat. Vorsichtig, aber ich musste doch einen kleinen Schrei unterdrücken.

»Ich hatte überlegt, mit Caden zu gehen«, sagte ich. »Aber ...«

Ich wusste auch nicht, warum ich das gesagt hatte. Caden würde nicht hingehen. Das hatte er sehr klargemacht. Vielleicht wollte ich einfach Rivers Reaktion sehen.

River stutzte tatsächlich. »Du willst lieber mit mir gehen.« Er sagte das wie eine Feststellung.

»Kannst du mir mal erklären, was euer Problem ist?«

River schaute einen Moment, als würde ihn die Frage überraschen. Dann fasste er sich wieder. »Wir haben uns einfach auseinandergelebt.«

»Heißt das, dass ihr mal befreundet wart?«

Rivers Blick wanderte zu Kim, die krampfhaft versuchte so auszusehen, als wäre dies hier ein ganz normales Gespräch. Dann blickte er wieder zu mir.

»Also, *Fall Ball*, ja oder nein? Ich bin ja ein sehr geduldiger Mensch. Aber wenn du dich nicht bald entscheidest, muss ich deine Freundin fragen. Und irgendwie habe ich das Gefühl, dass sie Ja sagen wird.«

Kim quietschte. »Ich bin vergeben. Ich habe einen Verlobten.«

»Das war nur ein Test, ob du zuhörst.« River grinste.

»Ist ja schon gut. Ich hole mir noch einen Nachtisch. Ihr könnte euer peinliches Dating-Gespräch ohne mich führen.« Damit schob Kim ihren Stuhl zurück, wobei er unangenehm auf dem Boden quietschte, und verschwand Richtung Nachtisch-Büfett.

»*Fall Ball X*. Es wir dir gefallen. Bist du dabei?« Er hielt seine Hand auf. »Es macht Spaß, Pearl. Oder hast du Angst?«

Ich gab mir einen Ruck. Ich wollte gehen. Caden wollte nicht. Vielleicht würde es sogar helfen, ihm zu zeigen, dass ich unabhängig war, wenn ich mit River hinging. Und vielleicht ... den Gedanken ließ ich aber nicht so richtig zu, würde er auch ein wenig eifersüchtig sein.

»Ich sag dir morgen Bescheid, okay?«, sagte ich.

»Okay.« River nickte mir zu und verschwand. Er hatte so einen elastischen Gang, als würde er gerade vom Sport kommen und sich dabei ausgiebig gedehnt haben.

Kaum war er gegangen, kam Kim mit einem Vanillepudding in der Hand zurück und setzte sich wieder auf ihren Platz.

»Du siehst nicht so aus, als würdest du dich freuen. Ist doch cool, dass du mit River zum *Fall Ball* gehst.«

»Ich gehe aber nicht mit River zum *Fall Ball.*«

»Du hast abgelehnt? Nicht dein Ernst. Was ist los?« Sie betrachtete mich mit spielerisch zusammengekniffenen Augen. Sie hatte sich einen besonders langen Lidstrich gemalt. Mit ihrem Retrokleid wirkte sie wie aus den prüden Sechzigern entsprungen. Aber wenn man mit ihr redete, war schnell klar, dass sie alles andere als prüde war.

»Caden. Wir ... ich mag ihn. Es ist ein bisschen mehr zwischen uns passiert und ...«

»Ich bin nicht bescheuert. Ich weiß, dass wesentlich mehr passiert ist, als du erzählst. Dabei ist das doch der halbe Spaß, alles mit der Freundin durchzukauen.« Sie seufzte betont resigniert. »Ich wäre sehr dankbar für ein wenig mehr Information.«

Ich biss mir auf die Unterlippe.

»Oh nein.« Sie riss die Augen auf. »Du hast dir Hoffnung auf was Richtiges gemacht? Das hätte ich dir wirklich vorher sagen können. Das ist bei Caden Bradbury völlig umsonst.«

»Aber warum? Er ist total anders, wenn wir zusammen sind. Er hat mir so viele Dinge erzählt. Und dann geht er einfach so auf Distanz.«

»Ja, weil er keine Beziehung will. Und glaub mir, da gibt es noch andere Mädchen, die dachten, dass sie das ändern können. Mach dir mal keine Hoffnung. Es ist sinnlos. Caden hat seit der Highschool niemanden mehr so richtig an sich rangelassen. Wundert mich, dass ihr überhaupt zusammen wart, egal, wie kurz.«

»Na ja, nicht so richtig. Wir hatten gesagt, dass es unverbindlich bleibt. Aber wir haben diesen Ausritt gemacht, und da … Er verhält sich so, als wären wir zusammen, wenn wir allein sind. Gestern hat er mir auch gesagt, dass er mehr für mich empfindet. Aber sobald ich das sage, macht er wieder einen Rückzieher.«

»Er hat dir wirklich gesagt, dass es anders ist mit dir?«

»Ja. Und ich habe ihm gesagt, dass ich ihn auch mag. Ich hätte es einfach nicht sagen sollen. Sonst wären wir noch in diesem unverbindlichen Ding, und alles wäre offen. Jetzt denkt er bestimmt, dass ich zu verliebt bin und zu anhänglich werden könnte.«

Ich ignorierte die Stimme tief in mir, die mir sagte, dass er vollkommen recht damit hatte. Ich war nicht anhänglich. Ich war von ihm besessen.

»Aber wenn er in der Highschool eine Freundin hatte, ist er ja offensichtlich nicht ganz beziehungsunfähig. Was ist denn damals passiert?«

Kim sah mich an, dann schüttelte sie den Kopf. »Das zu analysieren bringt jetzt nichts. Ich weiß es nämlich auch nicht. Am besten fragst du ihn einfach.«

»Danke für den Tipp. Es ist nur leider so, dass er ziemlich spärlich Informationen rausrückt. Kannst du nicht ein paar Details rausfinden?«, fragte ich und setzte einen bittenden Blick auf.

»Also, ganz ehrlich. Wenn du zeigen willst, dass du unabhängig bist, dann würde ich schon mal als Erstes mit River zum *Fall Ball* gehen. Vergiss Caden.«

Ich seufzte. »Okay. Wenn ich hingehe, hörst du dich dann mal um?«

Kim warf mir einen langen Blick zu. »Einverstanden. Aber nur, damit du ihn dir danach endgültig aus dem Kopf schlägst. Vergeude deine Collegezeit als Single nicht damit, dein Herz an einen verlorenen Posten zu verlieren. Wäre auch schade um die vielen lustigen Geschichten.« Sie grinste.

ZWEIUNDZWANZIG

In den nächsten zwei Wochen ging Caden weiter auf Distanz. Er war auch vorher schon distanziert gewesen, verschlossen, aber nun begegneten wir uns fast gar nicht mehr. Ich merkte jetzt erst, wie häufig wir uns vorher gesehen hatten, zufällig, aber vielleicht doch weniger zufällig, als ich geglaubt hatte. Sogar in der Astronomievorlesung saß er entfernt von mir. Und wenn ich mich nach Ende der Vorlesung umschaute, war er wie vom Erdboden verschluckt.

Ich ärgerte mich, dass ich überhaupt vom *Fall Ball* angefangen hatte. Hätte ich nicht gesagt, dass ich mehr für ihn empfand, wäre er dann noch hier? Würden wir uns noch sehen? Ich war sauer auf ihn, und doch sehnte ich mich mit jedem Millimeter nach ihm, es zog in meinem Bauch. Ich bildete mir das nicht ein, es tat wirklich weh.

Es war bescheuert, einfach zu ignorieren, wie sehr wir uns gegenseitig anzogen. Das konnte bei ihm doch auch nicht plötzlich verschwunden sein? Es gab keinen Knopf, um das einfach auszuschalten, und wenn doch, dann hatte ich ihn noch nicht gefunden.

***

An einem Mittwochmorgen ging ich zu dem Termin mit Mary Berk. Sie trug ein gelbes, enges Kleid und wirkte, als wäre sie in Einklang mit sich selbst. Sie strahlte eine faszinierende Stärke aus.

»Guten Morgen, Miss Anderson. Wie schön, dass wir uns wiedersehen. Haben Sie sich bisher gut eingelebt bei uns?«, begrüßte sie mich freundlich. An den Wänden ihres Büros hingen alle möglichen Zertifikate und Auszeichnungen in dicken Holzrahmen, aber man konnte nicht erkennen, ob sie von der Uni waren oder von ihr selbst.

Ihre großen, braunen Augen ruhten wohlwollend, aber prüfend auf mir. »Schon«, nickte ich.

»Und die Kurse gefallen Ihnen. Sie sind nicht überfordert mit dem Pensum?« Sie lächelte.

»Ich fühle mich nicht überfordert, Mrs Berk.«

»Das freut mich sehr zu hören.« Sie warf mir einen langen Blick zu. Ihre Hände lagen gefaltet vor ihr. Man hatte das Gefühl, dass es wenig gab, was sie aus der Ruhe bringen konnte.

»Wissen Sie, das Leben ist anders hier. Die Menschen sind anders. Das kann schwierig sein. Ich möchte nur nicht, dass Sie Ihren Notenschnitt aufs Spiel setzen. Sie hatten ja in der Bewerbung geschrieben, dass Sie nächstes Semester ein Stipendium beantragen möchten, bei Ihrem bisherigen Schnitt wäre das kein Problem. Wir haben jedoch einige Regeln, die mir die Hände binden, sollten Ihre Noten zu weit absacken.« Ich mochte Mrs Berk. Aus irgendeinem Grund fühlte ich mich nicht beurteilt von ihr, obwohl sie mir offenbar ins Gewissen reden wollte. Sie hatte eine Art, die wesentlich mütterlicher war als die meiner leiblichen Mutter.

»Mrs Berk, Sie meinen meine Noten in den Pre-Med-Kursen, nicht wahr?« Warum sollte ich so tun, als wüsste ich nicht, wovon sie sprach?

»Einige Studenten verlieren sich. Das College kann ein verwirrender Ort sein. Gerade wenn alte Routinen aufgebrochen werden, wenn das enge Korsett, in dem man sich vorher bewegt hat, plötzlich wegfällt. Freiheit ist schließlich eine Herausforderung«, sagte Mrs Berk. Sie brachte das ganz entspannt vor. Ihre Worte kamen völlig natürlich rüber.

»Ich bin nicht abgelenkt«, sagte ich. »Oder vielleicht schon ein wenig, aber das ist nicht der Grund für meine schlechten Noten.«

Mrs Berk lehnte sich zurück und legte ihre gefalteten Hände auf ihren Bauch. Sie legte den Kopf schief, als würde sie ganz besonders aufmerksam zuhören.

»Ich glaube, ich möchte überhaupt nicht Medizin studieren. Ich würde gern aus dem Pre-Med-Programm aussteigen«, sagte ich. Als ich das aussprach, begann meine Stirn zu prickeln. Denn auch wenn ich in den letzten Monaten meine Zweifel hatte, mein Ziel, Medizin zu studieren, war momentan die einzige Konstante in meinem Leben. Das Einzige, was mir eine Richtung vorgab. »Es tut mir leid. Ich weiß, dass Sie sich so bemüht haben, mir einen Platz in diesen Kursen zu beschaffen«, fügte ich schnell hinzu.

Jetzt erschien ein Lächeln auf Mrs Berks Gesicht. »Darüber machen Sie sich mal keine Sorgen. Das ist mein Job. Die meisten Studenten ändern ihre Studienfächer. Und nicht nur einmal. Das College ist die Zeit des Experimentierens«, sagte sie. »Aber falls Sie vorhaben, weiterhin leere Blätter abzugeben, sollten Sie den Kurs jetzt beenden. Denn später kann ich Sie nicht mehr aus dem Kurs entfernen, und Sie behalten ein ›Ungenügend‹ auf Ihrem Zeugnis.«

Ich nickte.

»Überlegen Sie es sich einfach. Sie finden etwas Neues. Veränderung beginnt mit dem Verlassen des Gewohnten. Dass sie sich dabei etwas unsicher fühlen, ist normal.«

Ich nickte.

»Mein neues Hauptfach ...«

»Ach, das kommt von allein. Wie gefällt Ihnen denn Astrophysik? Ich habe nicht zu viel versprochen, oder? Professor Bernstein ist ein Genie.«

»Es ist der beste Kurs, den ich je belegt habe.«

»Sehen Sie.«

Als ich das Büro verließ, fühlte ich mich so leicht, als würde ich ein klein wenig über dem Boden schweben. Ich hatte ihr meine Abmeldung für Pre-Med dagelassen und musste jetzt nur noch online die Kurse umändern, sobald sie mich freigeschaltet hatte. Ein gutes Gefühl, ein wenig gruselig. Als könnte ich gleich wegfliegen wie die Ballons auf einer Kirmes, die nur an einem dünnen Faden hingen.

***

Später war ich mit Kim auf einen Kaffee verabredet. Wir trafen uns in dem kleinen Campus-Café, das ökologischen Kaffee servierte, dazu vegane Kuchen und 100 % plastikfrei war. Es war sehr gemütlich, auch wenn man sehr böse angeschaut wurde, wenn man sich mit einem To-go-Becher aus der Mensa dorthin verirrte. Kim hatte einen Sofaplatz belegt und studierte ihr Chemiebuch.

»Hallo, Schönheit. Du siehst irgendwie bedröppelt aus«, sagte sie, als ich mich auf den Sessel neben sie plumpsen ließ.

»Ich fühle mich gar nicht so bedröppelt«, sagte ich. »Aber ich fürchte, ich werde den Chemiekurs nicht weitermachen. Ich will meinen Schwerpunkt ändern.«

»Wirklich?« Sie schaute mich überrascht an.

»Ich war gerade bei Mrs Berk. Du bist dir so sicher mit deinem Berufswunsch. Ich bin es nicht. Und sie hat mir versichert, dass ich, falls ich es mir später anders überlege, die Kurse theoretisch nachholen kann. Aber ich will erst einmal andere Sachen ausprobieren.«

Kim nickte langsam. »Hm. Vielleicht keine schlechte Idee, wenn du dir nicht sicher bist. Ich werde nur meinen Lab-Partner vermissen.«

Natürlich, für Kim war das gar keine große Sache. Nur für mich war diese Freiheit so ungewöhnlich.

»Hier, ich habe Apfelkuchen und Kaffee mit Mandelmilch. Schmeckt köstlich, ehrlich gesagt, diese Veganer wissen, was gut ist.«

Ich stach mit der Gabel in den sehr bröckelig und selbst gemacht aussehenden Kuchen. Aber der Geschmack war überzeugend, innen saftig, mit einer dicken Prise Zimt.

»Also. Caden.« Kim wechselte abrupt das Thema.

Sie blickte hoch und betrachtete mein Gesicht. Offenbar wollte sie sehen, welche Wirkung die Erwähnung seines Namens auf mich hatte.

»Jaaaa?«, fragte ich.

»Ist ein ganz simpler Fall von gebrochenem Herzen«, sagte Kim und schob sich selbst auch eine Gabel Kuchen in den Mund.

»So simpel erscheint mir das nicht. Er wirkt ziemlich verbohrt.«

»Seine Exfreundin Melanie hat ihn sitzen lassen. Und rate mal wegen wem?«

»Ich kenne ihn?« Ich stellte den Mandelmilch-Kaffee wieder auf den kleinen Holztisch. Eine Ahnung stieg in mir auf.

Kim nickte und presste dabei die Lippen zusammen. »Und es weiß, glaube ich, jeder. Ich war nur früher auf der Mädchenschule und nicht auf der normalen Highschool. Sonst hätte ich es auch gewusst. Aber war ein riesiger Krach damals.«

»Kannst du bitte endlich damit rausrücken, statt mir deine Lebensgeschichte zu erzählen? Ist spannend, aber ...«

»River.«

Für einen Augenblick blieb mein Mund offen stehen. »Nicht. Dein. Ernst.«

»Und es kommt noch schlimmer. River war damals sein allerallerbester Freund. Die beiden waren absolut unzertrennlich. Sie haben alles zusammen gemacht. Und dann ... hat Melanie die Seiten gewechselt.«

»Und jetzt denkt er, alle Mädchen sind so? Da macht er es sich aber ziemlich einfach.«

Kim nickte. »Gefühle sind nicht logisch. Es war auch nicht so einfach. Sie haben ein halbes Jahr ein Verhältnis gehabt, Melanie und River. Und gleichzeitig haben sich alle drei ständig gesehen. Das war schon ein Verrat von allen Seiten.«

»Puh, das ist schlimm. Aber Caden ist viel zu jung, um zu denken, dass es keine Frauen gibt, die anders sind«, sagte ich.

»Und du willst es ihm beweisen?«, fragte Kim unschuldig. Sie kratzte das letzte Stück Apfelkuchen vom Teller.

Ich zuckte mit den Schultern. »Es kann nicht unmöglich sein.«

»Ich sag doch, das haben schon einige gedacht. Tu dir das nicht an, Pearl. Vergiss ihn.«

Ich nickte langsam. »Ich wünschte, es wäre so einfach.«

DREIUNDZWANZIG

Am Nachmittag vor dem Ball ging ich in die unbenutzte Garage, in der wir Möbel und Kisten lagerten, die wir aus New York mitgebracht hatten, für die wir aber keinen Platz oder keine Verwendung hatten. Ich wusste, dass Mom dort auch die Unterlagen für den Prozess von unserem Vater aufbewahrte. Meine Mutter hatte alles ziemlich ordentlich beschriftet, und schon in der dritten Kiste fand ich, was ich suchte.

Einen Ordner mit einer Anschrift und der Kontaktadresse des Gefängnisses in Utah, in das mein Vater verlegt worden war. Mom hatte gesagt, dass er verlegt worden sei, damit er näher bei uns wäre, nicht in New York. Das schien sinnlos, wenn wir ihn ohnehin nicht besuchen durften.

Ich schrieb eine E-Mail an das Gefängnis und strengte mich dabei ziemlich an, auf die Tränendrüse zu drücken. Es war wahrscheinlich albern, Vorschriften waren Vorschriften, aber ich hatte Liam versprochen, mich zu bemühen, und das würde ich tun. Also schrieb ich von meinem kleinen Bruder, der seinen Vater vermisste.

Danach durchwühlte ich meinen Kleiderschrank, um etwas Brauchbares für den Ball zu finden. Kim hatte sich ein neues Kleid gekauft, wie die meisten

Mädchen, die immer einen Grund suchten, um etwas Geld auszugeben. So wie ich es früher gemacht hatte. Es schien eine Ewigkeit her.

Ich hatte definitiv genug Kleider für ein ganzes Leben, jedenfalls, wenn man auf süße Pastelltöne stand. Vielleicht sollte ich einfach mal eine ganze Ladung schwarz färben? Ich streifte sogar das hellblaue Kleid über, das ich in New York zu meinem Abschluss getragen hatte. Formell. Brav. Nett. Der *Fall Ball* war einigermaßen formell, das würde passen. Aber der *Fall Ball X* – da würde ein anderes Outfit gefragt sein.

Nach einer Weile entschied ich mich für das schwarze Kleid vom ersten Abend. Es war ziemlich weit von einem Ballkleid entfernt, aber immerhin war es ein Kleid, in dem man zum *Fall Ball* genauso wie zu diesem *Fall Ball X*, was auch immer das genau war, gehen konnte. Und warum sollte ich nicht einfach tragen, was mir gefiel? Dazu streifte ich das Armband über, das mein Vater mir einmal geschenkt hatte. Ich hatte es seit unserer Ankunft in Montana nicht mehr getragen.

River hatte vorgeschlagen, mich direkt in einem Restaurant zu treffen. Vielleicht wollte er ein Treffen mit Caden vermeiden. Ich jedenfalls war ganz froh, keine komische Begegnung von River und Caden erleben zu müssen. Andererseits war der Sinn ja auch, dass Caden mich mit River sah. Aber die Uni war klein, irgendwie würde sich die Nachricht schon herumsprechen.

***

Als ich aus der Tür trat, um zu meinem orangefarbenen Volvo zu gehen, den ich inzwischen, man konnte es nicht anders sagen, richtig lieb gewonnen hatte, erblickte ich erst Carls Fahrrad, dann Cadens Rücken. Er reparierte zusammen mit Carl ein Stück Zaun. In Sichtweite. Was für ein Zufall.

»Hi, Pearl«, rief Carl und winkte mir zu. Caden schien völlig versunken in seine Arbeit und schaute gar nicht auf.

»Hi«, sagte ich. »Macht ihr alles schön für die liebe Verwandtschaft?«, sagte ich. »Vielen Dank.«

»Wow, du siehst sehr schön aus«, sagte Carl anerkennend. »Wohin gehst du?«

Als hätte er erst jetzt mitbekommen, dass ich hier stand, blickte Caden hoch. Sein Blick glitt über meinen Körper, aber so schnell, als wollte er eigentlich nicht schauen.

»Zum *Fall Ball*«, sagte ich und zuckte mit den Schultern. Ich versuchte krampfhaft, unverkrampft zu wirken. Das Blut schoss mir ins Gesicht. Vielleicht hatte ich sogar insgeheim gehofft, dass Caden mich in diesem Kleid sah.

»Schau mal, Caden, wie Pearl heute aussieht.«

»Ich habe es gesehen«, brummte Caden. »*Fall Ball*. Viel Spaß.«

»Warum gehst du eigentlich nicht?«, fragte Carl unschuldig. Ha. Danke, Carl.

»Ist nicht so mein Ding. Zu viel soziales Rumgeschmuse«, sagte Caden und verzog das Gesicht.

Carl blickte einen Moment prüfend zu Caden, dann begann er, das Werkzeug zurück in die Tasche zu räumen.

»Ich bringe das schon zurück, okay?«, sagte er, hievte die schwere Tasche auf den Gepäckträger und machte sich auf den Weg. Er war vielleicht jung, aber er war wesentlich sensibler, als man ihm zugetraut hätte.

»Du gehst allein, kein Date?«, fragte Caden mit Blick auf den Volvo. Er kam langsam näher. Er war das Gegenteil von geduscht – staubig und verschwitzt von einem Tag auf der Ranch, aber wie immer fand ich ihn anziehend, alles an ihm, in jedem Zustand. Plötzlich konnte ich ihm nicht mehr erzählen, dass ich mit River ging. Ich wollte mit ihm gehen. Ich wollte nur ihn. Doch er musste es an meinem Gesichtsausdruck gesehen haben.

»River?«, fragte er betont gleichgültig.

Ich zuckte mit den Schultern. »Ist ja eigentlich egal, oder?«, sagte ich und schaute zur Seite. Er kam noch näher, langsam wie ein Tier, das nur ungern die Deckung verließ, bis er direkt vor mir stand. Er legte eine Hand auf meinen Arm, und wie immer hatte ich das Gefühl, dass seine Hände Stromstöße aussenden konnten. »Geh nicht mit River, okay?«, sagte er.

Damit, dass er das so direkt aussprach, hatte ich nicht gerechnet.

»Wir haben kein Date«, sagte ich zögernd. »Willst du mit mir gehen?« Ich fühlte mich irgendwie stark, als ich das sagte. Und das war gut. Der ganze Plan, ihn eifersüchtig machen zu wollen, war bei seinem Anblick zerfallen.

Sein Gesichtsausdruck verdüsterte sich.

Er schüttelte den Kopf. »Nein, ich kann nicht.«

»Du kannst nicht, oder du willst nicht?«, fragte ich.

Er erwiderte nichts.

»Caden, ich bin nicht Melanie.«

Vielleicht war ich zu weit gegangen. Er machte einen Schritt zurück, als hätte ich ihm eine Ohrfeige gegeben.

»Hör mir zu. Ich bin von einem beschissenen Arzt im Krankenhaus begrapscht worden. Immer wieder. Er hat ausgenutzt, dass ich von seiner Empfehlung abhängig war. Denke ich deshalb, dass alle Männer so sind? Denke ich deshalb, dass alle Ärzte so sind? Du machst es dir viel zu einfach.«

»Du warst nicht in diesen Arzt verliebt, Pearl«, erwiderte Caden.

»Nein, natürlich nicht.« Damit, dass er darauf eingehen würde, hatte ich nicht gerechnet. »Aber wenn dich jemand verlässt, dann heißt das nicht, dass es wieder passiert.«

Er gab ein merkwürdiges Schnauben von sich und warf den Kopf zurück, als würde ich totalen Quatsch reden.

»Gehst du mit mir zum Ball?«, fragte ich noch einmal.

Er stieß ein frustriertes Stöhnen aus.

»Ist das ein Nein?«

Es war ein Nein. Wieso hatte ich je denken können, dass es etwas anderes sein könnte?

»Ich … vielleicht bin ich in dich verliebt. Na und? Ich brauche kein Label. Ich brauche auch kein Versprechen für die Ewigkeit. Ich folge einfach meinem Gefühl. Das reicht mir. Ich bin gern mit dir zusammen. Ich rede gern mit dir. Ich reite gern mit dir aus. Es ist interessant. Es inspiriert mich. Es macht Spaß. Aber ich halte es nicht länger aus, so zu tun, als wären wir nur befreundet. Oder Freunde mit Vorzügen. Oder gar nichts von allem. Ich habe die ganzen letzten Jahre so getan, als wäre alles okay, auch wenn ich genau wusste, dass es falsch war. Das will ich nicht mehr.«

Caden blickte mich nur stumm an.

»Also, kommst du mit?«, fragte ich. Wir blickten uns einen Augenblick an, und es stand so viel in seinem Blick. Aber dann konnte ich zuschauen, wie seine Schultern zusammenfielen, wie die Energie, die ihn zu mir zog, verpuffte. Er presste die Lippen aufeinander und schüttelte den Kopf. »Ich kann nicht.«

Ich schlenderte zu meinem Auto, stieg ein und stellte die Musik an.

Dann ließ ich den Motor an, der sich laut ins Leben dröhnte, und fuhr davon. Für einen winzigen Moment fühlte ich mich wie ein Sieger. Aber leider nur für einen Moment.

Was sie für süße Worte sagt! Sie schüttet ihm das Herz aus und er sagt einfach nichts?

VIERUNDZWANZIG

Als ich vor dem Restaurant ausstieg, fühlte ich mich wie gerädert von den ganzen Gefühlen und Gedanken. Das Restaurant, in dem ich River traf, strahlte einen merkwürdigen Vibe aus. Der Innenraum wirkte heruntergekommen und etwas verwahrlost, aber so, als hätte man es darauf angelegt, wie bei vielen Bars in New York. Die kratzten etwas Tapete herunter und schmirgelten die Tische ab, um dann die Drinks ein bisschen teurer zu machen. In einem angrenzenden Raum gab es sogar ein Tattoostudio. Man trank ein Bier, und zwischendurch ließ man sich ein neues Tattoo stechen? Das alles passte irgendwie nicht nach Montana. Nach kurzer Orientierung fand ich River an einem Tisch am Rand. Er trug wieder das übliche Schwarz.

»Du siehst toll aus, Pearl«, sagte er und stand auf, um mich mit einem Kuss auf die Wange zu begrüßen.

»Danke. Meine Mutter hasst dieses Kleid«, sagte ich. Sie war schließlich verantwortlich für die Ansammlung von Pastell in meinem Kleiderschrank.

»Ja, weil sie deine Mom ist«, schmunzelte River. »Was möchtest du trinken?«, fragte er. Seit dem Abend im *Sweet Dream Valley* hatte ich, abgesehen von einem Schluck Bier am Lagerfeuer, keinen Alkohol mehr getrunken. Ich hatte es auch nicht vermisst. Mein Kopf war von den vielen Gedanken an Caden die meiste Zeit ausreichend benebelt. So ein Absturz würde mir nie wieder passieren.

»Ein Bier?«

»Klar.« River grinste. »Ich kenne nicht viele Mädchen, die auf Bier stehen.«

Ich zuckte mit den Schultern.

Wir bestellten Burritos, River suchte meinen für mich aus. »Das ist das Beste hier«, sagte er. Er war völlig auf mich fixiert. Dabei waren wir noch nicht mal allein. Wir hatten Bekannte von River getroffen, die sich an den Tisch neben uns gesetzt hatten. Aber er schenkte ihnen überhaupt keine Beachtung, was irgendwie schmeichelhaft war.

»Weiß Caden, dass wir hier sind?«, fragte River.

»Er geht nicht zum Ball«, sagte ich, ohne die Frage wirklich zu beantworten. Ich hatte keine Lust, mich ausfragen zu lassen. Und es war klar, dass River genoss, dass Caden sich möglicherweise ärgerte.

»Ich möchte nur nicht, dass meine Nase noch krummer wird«, sagte River. »Er hat ein leichtes Problem mit Eifersucht. Was ist das?«, fragte er und lehnte sich nach vorn, bevor ich fragen konnte, was genau mit Melanie und offenbar mit seiner Nase passiert war. Er ließ seinen Zeigefinger an meinem Unterarm heruntergleiten, bis er gegen das Armband stieß. Vorsichtig tippte er dagegen.

»Ein Armband?«, sagte ich.

»Und?«, fragte er. »Hat es eine Bedeutung?«, fragte er. »Von deinem Freund in New York?«

»Eher mein Freund im Knast. Mein Vater hat es mir geschenkt.«

»Hast du inzwischen mit ihm gesprochen?«, fragte River.

Ich schüttelte den Kopf. »Demnächst«, sagte ich vage. Er blickte mich prüfend an, aber schien zu verstehen, dass ich heute nicht über meinen Vater reden wollte.

»Du hast das Armband noch nie getragen.« Er blickte mich wieder mit seinen intensiven Augen an.

»Dir fällt viel auf.«

»Ich schaue genauer hin, als die meisten denken.« Caden war es nicht aufgefallen, schoss mir urplötzlich durch den Kopf. Ein blöder Gedanke, ich wünschte, ich hätte ihn nicht gehabt. River schien auf eine Antwort zu warten, eine weitere Erklärung. Statt etwas zu sagen, biss ich in meinen Burrito. Er war mit Hühnchen, Paprika, scharfem Salsa und Käse gefüllt und schmeckte tatsächlich sehr lecker. Allerdings machte das würzige Essen Durst. Ich bestellte eine Cola.

»Dein Kleid ist übrigens total hot. Du solltest es öfter tragen«, sagte er mit einem Grinsen.

Okay. Er machte sich auf jeden Fall falsche Hoffnungen. Oder vielleicht machte er sich auch richtige Hoffnungen. Ich wusste auch nicht mehr, was ich denken sollte.

»Meinst du, in dem Kleid kannst du Motorrad fahren?«, fragte er dann.

»Ich bin mit dem Volvo da.« Dass ich heute Motorrad fahren würde, hatte ich tatsächlich nicht geplant.

»Zum *Fall Fest X* schafft der Volvo es vielleicht

nicht. Also musst du hintendrauf.« Er grinste. »Macht außerdem viel mehr Spaß«, sagte er.

»Gut, ich fahre mit dir. Aber dann gibst du mir deine Jacke. Ich möchte aufgetaut ankommen.« Ich schenkte ihm ein süßes Lächeln.

River seufzte.

»Dein Wunsch ist mir Befehl.«

»Was ist damals eigentlich mit Caden passiert? Ihr wart doch befreundet, oder?«

River schloss kurz die Augen. »Du hast es noch nicht gehört?«, sagte er.

Ich schüttelte den Kopf.

»Erstaunlich, wo sich in diesem Kaff doch alles so schnell rumspricht. Wir waren befreundet. Wir sind früher sogar zusammen Rodeo geritten.«

»Rodeo? So als Sport?«

Er zuckte mit den Schultern. »Ist normal hier.«

»Und dann?«

»Dann hat sich seine Freundin in mich verliebt.«

»Melanie«, sagte ich.

River zog die Augen nach oben. »Warum fragst du, wenn du es schon weißt?«

»Und du hast ihm die Freundin weggenommen.«

»Man kann eine Freundin nicht wegnehmen. Sie hat ihn verlassen und war dann mit mir zusammen. Ich war in sie verliebt.«

»Er hat es dir übel genommen.«

»Das kann man so sagen«, sagte River.

»Und du hast kein schlechtes Gewissen gehabt? Hast du es ihm sofort gesagt?«

»Ich sag doch, du weißt es schon. Ich habe es ihm

gesagt, aber zu spät. Ich hätte es ihm direkt sagen sollen. Aber ich hatte Angst. Nicht ganz zu unrecht, wie man im Rückblick sagen muss.« Er deutete auf sein Gesicht.

Ich verstand nicht.

»Dabei ist die wunderschöne Krümmung herausgekommen.«

»Caden hat dir die Nase gebrochen?«, fragte ich fassungslos.

»Er hat mich geschubst. Ich bin doof gefallen. Das Ergebnis ist dasselbe. Aber keine Angst, er hat Aggressionsbewältigungs-Therapie aufgebrummt bekommen.« River grinste. »Wie gesagt, er ist kein guter Verlierer. Hat ihn das erste Jahr Uni gekostet.«

Für einen kurzen Moment schwiegen wir beide. Dann fragte River: »Sollen wir überhaupt noch zum Ball an der Uni? Wir können direkt zum *Fall Ball X* fahren.«

Ich kannte kaum andere Studenten, abgesehen von Kim. Und Kim würde auch ohne mich klarkommen.

»Ich muss nicht unbedingt hin«, erwiderte ich.

River lehnte sich noch mal nach vorn. »Du bist cool. Die Mädchen hier rasten alle aus wegen dem Ball. Aber du ... du gehörst hier genauso wenig hin wie ich. Dieses Kaff macht mich noch verrückt. Immer die gleichen Leute, egal, wo man hingeht, egal, wie alt man wird, es ist immer dasselbe.«

»Warum gehst du nicht einfach?«, fragte ich.

»Ich kann nicht alles zurücklassen, meine Eltern zählen auf mich. Aber vielleicht nächstes Jahr.«

»Du bist vernünftiger, als ich dachte«, sagte ich

und lächelte. Aber ich war nicht ganz bei der Sache. Meine Gedanken kreisten immer noch um Caden. Er frustrierte mich und machte mich wütend. Er machte es sich so verdammt einfach!

River lehnte sich vor und drückte seinen Daumen gegen meine Stirn. Seine grünen Augen suchten mein Gesicht ab, etwas Merkwürdiges lag in seinem Blick.

»Ich glaube, ich weiß, was mit dir los ist«, sagte River.

Ich legte den Kopf schief. »Du bist ganz schön arrogant. Wieso glaubst du, dass du mich kennst?«

»Ich weiß, dass du sauer bist. Ich weiß nicht, was, aber ich weiß, dass du gerade etwas vergessen willst. Ich will auch Dinge vergessen. Und glaub mir, ich weiß, wie's geht. Außerdem weiß ich, dass du Abgründe in dir hast, die andere nicht verstehen. Man kann sich hineinfallen lassen, man muss sie nicht immer abwehren. Es ist befreiend, einige Grenzen zu überschreiten.«

»Du klingst wie ein schlechter Drogenverkäufer«, antwortete ich.

»Ich verkaufe keine Drogen«, erwiderte River. Aber so, wie er das sagte, hatte ich das Gefühl, dass das nicht alles war, was er zu dem Thema auf Lager hatte.

Kurze Zeit später saß ich hinter ihm auf dem Motorrad. Ich legte meine Hände um seine Taille. Er nahm sie und zog sie fester um sich.

»Halt dich fest. Ich will schnell fahren. Du solltest mehr Angst davor haben, herunterzufallen, als davor, mich zu umarmen«, grinste er.

»Da bin ich mir nicht ganz sicher«, sagte ich.

Er ließ amüsiert den Kopf nach hinten fallen und lachte. »Ich mag dich, Pearl.«

***

Draußen war es schon dämmrig, man konnte den Mond im grauen Himmel erkennen. Wir fuhren los, und River fuhr in der Tat schnell. Die Landschaft flog nur so an uns vorbei. Ich war froh über die Geschwindigkeit, irgendwie entfernte mich der kalte Fahrtwind von den Grübeleien über Caden. Warum dachte ich nur, dass ich diejenige war, die ihn ändern konnte? Wenn das scheinbar so viele Mädchen vor mir gedacht hatten. Der Wind blies mir einzelne Haarsträhnen ins Gesicht, und meine Beine waren kalt, aber es gefiel mir. Ich legte meine Wange seitlich an Rivers Rücken und blickte nach oben.

River streckte einen Arm aus und machte eine Geste, dass ich mich gut festhalten sollte.

Ich umklammerte ihn fester, und er gab Gas. Die Lichter an seinem Motorrad waren die einzige unnatürliche Lichtquelle. Inzwischen prangte der Mond über uns, schwer und groß, wie in den Himmel gehängt. Ich hatte das Gefühl, ins Weltall zu fahren. Dann bog River ab, und wir fuhren langsamer über eher holprige Straßen einen Hügel hoch. Die Straße machte ein paar Biegungen, und wir näherten uns einem sehr modernen Haus, das kurz vor dem höchsten Punkt auf dem Hügel gebaut worden war. Es wirkte hier völlig fehl am Platz, ein Ufo von einem fremden Stern. Das Haus war in einem völlig anderen Stil gebaut als die meist traditionellen Häuser, die es hier sonst so gab. Es wirkte wie ein Haus, das Städter sich gebaut hatten, die eine Weile in der Wildnis leben, aber ihren modernen Lebensstil nicht aufgeben wollten. Irgendwie hatte ich gedacht, dass die Party im Wald stattfinden würde.

River parkte neben einigen Autos. Ich stieg vom Motorrad und ging ein paar Meter mit steifen Beinen. Mit einem Ruck zog ich mir den Helm vom Kopf. Sofort stand River neben mir.

»Ich hoffe, dir war nicht zu kalt?«, sagte er besorgt. Er griff nach meiner Hand.

Ich schüttelte den Kopf. Eigentlich hätte ich die Hand zur Seite schieben sollen. Aber ich fühlte mich nicht danach. Er lächelte mich an. Natürlich war das eine Masche von ihm gewesen, von wegen wir gehören zusammen, wir haben beide unsere Abgründe, und wenn wir uns ihnen gemeinsam stellen, kommen wir auf eine ganz neue Ebene. Trotzdem klang die Einladung dazu verführerisch. Ich erinnerte mich an diesen ersten Abend in Montana. Ich hatte mich gut gefühlt an diesem Abend. Es war mir wirklich egal gewesen, was die anderen von mir dachten.

»Soll ich dir alles zeigen?«, fragte River.

Ich nickte.

Er umfasste meine Hand und zog mich mit sich. Seine Hand war warm und fühlte sich ein bisschen trocken an. Er ließ mich nicht los, als er ein paar der anderen Gäste begrüßte und mich vorstellte.

»Wir könnten zusammen nach New York gehen«, sagte River plötzlich.

»Meinst du nicht, es ist ein bisschen früh, unsere gemeinsame Zukunft zu planen?«, fragte ich.

»Ich finde, wir fangen spät damit an. Wir hätten schon früher mit der Zukunftsplanung anfangen sollen. Du bist das coolste Mädchen, das ich je getroffen habe, Pearl.«

»Glaubst du nicht, ein bisschen was von meiner Coolness hat was mit meiner Herkunft zu tun, New York?«

»Mit Sicherheit«, sagte River. »Aber ist das schlimm? Ich weiß, dass wir gut zusammen wären.«

Manchmal war ich mir wirklich nicht ganz sicher, ob River nicht doch ein Dämon war. Er brachte so ganz andere Seiten in mir hervor. Noch nie hatte es eine derartige Anziehung auf mich ausgeübt, nicht zu tun, was man von mir erwartete. Wie wäre es eigentlich, mal so überhaupt gar nicht zu funktionieren? Mir die alte Haut ganz abzustreifen, und nicht nur für einen Abend?

Ich erkannte von den anderen Gästen fast niemanden. Einige Gesichter kamen mir vage bekannt vor, aber weil es schon dämmrig war, war es schwer zu entscheiden, ob sie nicht einfach nur aussahen wie alle anderen Studenten. Dumpfe Bässe hallten weit in die Umgebung, doch es gab niemanden, den sie stören würden. Ich ließ meinen Blick über die Landschaft schweifen. Die stillen Berge, die Bäume, die ich so oft bewundert hatte. Sie standen in scharfem Gegensatz zu der Party hier. Vielleicht waren einige Studenten das ewig eindrucksvolle Panorama leid und wollten es mit lauter Musik und Alkohol betäuben. Das lag mir eigentlich fern.

»Ich hole uns was zu trinken«, sagte River.

Ich nickte.

Er legte einen Arm um meine Taille. Ich sollte ihn wegschieben. Er blickte mir in die Augen.

»Du wolltest was zu trinken holen?«, fragte ich. »Ich habe keine geheime Flasche versteckt. Für mich bitte Wasser.«

Er grinste. Seine Hand ließ mich nur zögernd los. Er lehnte sich an mein Ohr, sodass sein Atem mich kitzelte.

»Lauf nicht weg«, sagte er, bevor er verschwand.

Ich musste aufpassen, dass das nicht aus dem Ruder lief. Ich war sauer auf Caden. Ich war enttäuscht und verletzt. Und River war anziehend. Eine gefährliche Mischung.

Ich wanderte einen Moment herum. Im Garten des Hauses war ein beleuchteter Pool, der für den Abend beheizt worden war. Aus dem Wasser stiegen Dampfwolken in den Himmel. Es wurde immer voller, einige kamen in Abendkleidern und Smoking, sie waren offensichtlich beim echten *Fall Ball* gewesen. Plötzlich legte sich ein Arm um meine Schulter, und ich zuckte zusammen.

»Uh. Du wirkst sauer. Am besten nicht mit den Gefühlen für mich durcheinanderbringen.«

Ich blickte zu River hoch. Er hielt mir ein Glas Wasser hin. »Trink einen Schluck«, sagte er.

Ich seufzte. »Danke. Du hast recht, ich bin irgendwie sauer. Aber es hilft nichts.«

Ich nahm das Glas und trank. Ich hätte heulen können. Oder schreien. Irgendetwas.

»Ich glaube, ich möchte nach Hause«, sagte ich zu River. Plötzlich kam ich mir gefangen vor auf dieser komischen Party. Was hatte ich mir dabei gedacht? Ich wollte nicht hier sein.

Er sah mich forschend an. »Komm, lass uns eine Runde drehen. Wenn du in einer halben Stunde immer noch nach Hause willst, bringe ich dich, okay?«

Wir gingen zu einer Gruppe, die ein großes Lagerfeuer aufgeschichtet hatte und es jetzt in Brand setzte. Sie mussten Brandbeschleuniger oder so etwas hineingekippt haben, denn die Flammen loderten weit in den schwarzen Himmel. Die Musik wurde lauter gestellt. Der Klang musste kilometerweit getragen werden.

Ich blickte einen Moment in die Flammen und wurde ruhiger. River war noch mal verschwunden. Alle Versuche von anderen, ein Gespräch mit mir anzufangen, hatte ich abgeblockt. Die ersten Partygäste waren schon im Pool gelandet und schwammen entweder in ihrer Kleidung oder in Unterwäsche. Einige Mädchen trugen sehr hübsche Unterwäsche, die perfekt zusammenpasste. Sie hatten den Sprung ins Wasser wahrscheinlich geplant.

Plötzlich stand River wieder neben mir.

»Alles klar bei dir?«, fragte er.

Irgendwie sah er anders aus als vorher, weicher. Er schaute mich so besorgt an. Er hob eine Hand und schob die Haare auf meinen Schultern zurück.

»Ja«, nickte ich. »Das Feuer gefällt mir.«

»Du willst nicht mehr gehen?«, fragte er. Er war so nahe bei mir, dass ich die Härchen seiner Augenbrauen zählen konnte. Mein Gesicht glühte plötzlich, und ich war froh über den kühlen Abendwind.

Ich zuckte mit den Schultern.

»Ich wusste es«, sagte er.

Er nahm noch einen Schluck aus seinem Wasserglas. Irgendwie bewegte er sich komisch.

»Ich will nicht, dass dir gleich schlecht wird, Baby«, sagte er und legte einen Arm um mich.

»Seit wann bin ich dein Baby?«

Er trank immer noch Wasser. Aber ... irgendetwas war komisch an ihm. Er wirkte fast zu ruhig. Ich schaute um mich. Auf der Terrasse hatten einige Studenten begonnen, ausgelassen zu tanzen. Es sah fast nach einem Kampf aus. Schwitzend warfen sie ihre Körper hin und her, als würden sie jemanden besiegen wollen.

»Sag mal, sind die alle high?«, fragte ich, von einer plötzlichen Ahnung überkommen. Mein Blick fiel zurück auf den Pool, wo sich ein Paar gefunden hatte und gut sichtbar für alle knutschte. Falls sie nur knutschten, möglicherweise konnte auch ein Baby dabei herauskommen.

River lächelte mich an. Er zuckte mit den Schultern. »Ich weiß von nichts«, sagte er. Aber sein Lächeln war unnatürlich breit, als hätte jemand einen dieser Witzfilter darübergelegt. Er griff nach einer Haarsträhne und begann, sie um seine Finger zu drehen.

Ich trat zurück. Und erstarrte.

Dort, nur ein paar Meter von mir entfernt, stand Caden und schaute genau zu uns.

Ich ließ River stehen und ging sofort auf ihn zu.

»Caden«, brachte ich atemlos hervor, als ich vor ihm stand. Mir war auf einmal schwindelig. »Was machst du hier?«, fragte ich. Ich verstand gar nichts mehr. Er wollte nicht zum *Fall Ball*. Aber vom *Fall Ball X* hatte er auch nichts gesagt.

»Ich habe dich gesucht.«

»Du hast nach mir gesucht?« Mein Herz pochte.

»Ja, das, was du vorhin gesagt hast ... Ich habe darüber nachgedacht. Und dann war ich auf dem *Fall Ball*, und jemand hat mir gesagt, dass du wahrscheinlich auf dem *Fall Ball X* bist, weil du Rivers Date wärst. Ich habe geantwortet, dass ich mir das nicht vorstellen kann.«

Ich brauchte einige Sekunden, bis ich verstand, was Caden hier sagte. Dass es nicht gut war, dass es alles andere als gut war.

»Ich dachte, du hättest kein Date mit River?«, fuhr er fort, seine Stimme klang etwas heiser. »Stimmt es, dass du mit ihm hier bist?«

Ich wusste, dass ich auf die Frage nur eine Antwort geben konnte. Die Wahrheit. Aber ich hatte solche Angst davor, was dann passieren würde. Meine Lunge zog sich zusammen, dass ich kaum sprechen konnte. Ich nickte. »Ja«, sagte ich leise. »Das stimmt. Aber ... ich will gar nicht hier sein.«

Caden sah so traurig aus, als ich das sagte. So unendlich verletzt.

»Caden. Es stimmte alles, was ich sonst gesagt habe. Du musst mir glauben.«

»Du warst so überzeugend vorhin. Ich habe wirklich am Schluss gedacht, ich bin ein Vollidiot, dass ich dir nicht einfach glaube. Aber ausgerechnet River. Ich sehe keinen Anlass, meine Meinung zu ändern.«

Und damit drehte er sich um und verschwand mit schnellen Schritten im Schatten des Hauses Richtung Parkplatz. Er schien beim Laufen ein wenig zu schwanken.

Es gab nichts mehr, was ich ihm noch erklären konnte. Sollte ich noch mal sagen, dass er einen falschen Eindruck hatte? Dass ich nur mit River gehen wollte, um ihn eifersüchtig zu machen? Das würde es wahrscheinlich nur noch schlimmer machen.

»Pearl«, erklang Rivers Stimme hinter mir. »Alles klar? Sollen wir reingehen?« Ich merkte, dass Caden gar nicht geschwankt hatte, der Schwindel war in meinem Kopf.

»Nein ... ich.«

Rivers lächelndes Gesicht erschien direkt vor meinem.

Ich riss mich zusammen. »Ich ... bin gleich wieder da«, sagte ich. »Wo sind die Toiletten?«

Er deutete auf das Haus. »Nimm die im Keller, die ist am besten.«

Es wirkte so irreal, die laute Musik, die ausgelassenen Menschen, die sich betäubten, statt in den Himmel zu schauen. Ich dachte an den Ausritt mit Caden und Sid zurück. An die Schönheit des Himmels, an die Natur, daran, wie zufrieden ich gewesen war. Ich war hierhergekommen, um Caden zu zeigen, dass ich nicht von ihm besessen war. So wie ich auch nicht im *Sweet Dream Valley* gewesen war, weil ich dort sein wollte, sondern um meine Mutter wütend zu machen.

Das war nicht besser, als die Dinge zu tun, um anderen zu gefallen. Was für ein absurder Plan. Und jetzt hatte ich alles versaut.

Ich fühlte mich auf einmal komisch. Hatte River etwas in mein Getränk getan? Ich ging zur Toilette und steckte mir meinen Finger tief in den Rachen, um den Würgereiz auszulösen. Es funktionierte nicht sonderlich gut, aber ich wollte das wieder loswerden, was ich vielleicht getrunken hatte. Danach trank ich so viel Wasser aus dem Hahn wie möglich. Ich schaute auf mein Handy. Ich hatte fünf Nachrichten von Kim, die wissen wollte, wo ich steckte. Ich rief sie zurück.

»Pearl!«, kreischte Kim ins Handy. »Wo zum Teufel steckst du? Ist es nicht cool?«

»Ich bin gar nicht da. *Fall Ball X*. Großer Fehler. Ich stecke hier fest.« Ich brachte irgendwie keine vollständigen Sätze raus.

»Was ist los?«

Ich versuchte, normal zu reden. »Ich habe geschafft, alles kaputt zu machen. Alles.« Den folgenden Schluchzer konnte ich nicht rechtzeitig unterdrücken.

»Oh Gott. Pearl. Du klingst schlimm. Warte da, ich hole dich ab.«

»Nein, nein, ich komme hier schon irgendwie weg. Es ist weit weg, das findest du sowieso nicht.«

»Hör zu, ich bin hier geboren. Ich hole dich ab.«

Sie legte auf. Ich konnte nicht leugnen, dass mich das erleichterte, trotz meines schlechten Gewissens, dass ich sie vom *Fall Ball* geholt hatte.

Das Handy in meiner Hosentasche vibrierte. Ich zog es aus der Tasche und erstarrte. Ich hatte eine Mail bekommen. Eine automatisierte Mail vom Gefängnis in Utah. Ich konnte es nicht fassen.

FÜNFUNDZWANZIG

Kim war eine halbe Stunde später da. Ich umarmte sie und musste heulen. Ich war ihr so dankbar. Auf dem Weg zurück erzählte ich ihr, was passiert war.

»Ich bin schuld«, sagte Kim, die ein gelbes Kleid mit einem ausgestellten Rock trug, der den ganzen Sitz einnahm. »Ich habe dir geraten, River zu treffen. Was für eine bescheuerte Idee.«

»Du brauchst dir nun wirklich keine Vorwürfe zu machen. Dein Verlobter wird mich dafür hassen, dass ich dich vom *Fall Ball* geholt habe.«

»Nein. Er liebt dich. Er war froh, nach Hause gehen zu können, tanzen ist nicht so sein Ding«, sagte Kim und zuckte mit den Schultern. Ihr schien es ebenfalls nicht viel auszumachen.

»Ich bringe dich jetzt zu Caden«, sagte Kim. »Das muss man doch bereden können. So ein bescheuertes Missverständnis.«

»Ich muss morgen um halb sechs nach Utah. Ich habe einen Besucherslot bei meinem Vater bekommen«, sagte ich.

»Du hast was?« Kim wusste, was mit meinem Vater passiert war.

»Sie haben mir einen Besucherslot zugewiesen. Ich habe gerade die Mail bekommen.«

»Wenn du mit dem Auto fahren willst, musst du jetzt sofort noch ein paar Stunden schlafen, das ist sonst viel zu gefährlich, so übermüdet zu fahren. Oder du verschiebst den Besuch. Und ich bringe dich zu Caden.«

Sie blickte kurz zur Seite, um mein Gesicht zu sehen.

Ich wollte zu Caden. Natürlich. Aber ich musste selbstverständlich zu meinem Vater, der monatelang nichts von uns gehört hatte.

»Ich fahre morgen früh zu meinem Vater. Das kann ich nicht verschieben. Ich kann nicht glauben, dass ich nicht früher rausgefunden habe, dass Mom uns belügt.«

»Du kannst bei mir schlafen. Owen ist sowieso in seine Wohnung gefahren, damit ich ihn nicht aufwecke. Dann bringe ich dich morgen früh zu deinem Auto.«

»Quatsch, ich schlafe zu Hause.«

»Kommt gar nicht infrage. Ich wohne viel näher. So schläfst du wenigstens ein paar Stunden, okay?«

Irgendwie war ich ihr unfassbar dankbar. Es tat so gut, jemanden zu haben, der sich einfach um einen kümmerte. Ich musste mich zusammenreißen, um nicht direkt wieder loszuheulen.

»Irgendetwas war so falsch an dieser Party, so dunkel. Ich kann noch nicht mal genau sagen, was es gewesen ist.«

»Ich fürchte, da waren Drogen im Spiel. Keine Ahnung. River hat heute ein wenig von seinem Glanz verloren, würde ich sagen.«

Wir schwiegen eine Weile, während die nächtliche Landschaft an uns vorbeiflog. Der Mond ließ die Bäume Schatten werfen, so hell schien er heute.

»Pearl. Es wird alles gut. Du fährst zu deinem Vater. Und Caden wird es verstehen. Wenn er dich nicht will, nur wegen diesem Missverständnis, dann liebt er dich nicht.«

»Ich habe ihn in dem Moment angelogen, wo er mir vertrauen wollte.«

»Wenn er nicht merkt, warum du das getan hast, dann hat er nichts verstanden.«

»Warum habe ich es getan?«

»Aus Angst, ihn zu verlieren«, sagte Kim nüchtern. »Jeder, der sich verliebt, hat Angst, den anderen zu verlieren. Und das müsste Caden am allerbesten wissen.«

***

Ich hatte gedacht, dass ich nie schlafen können würde, doch ich war tatsächlich irgendwann eingenickt. Kim lieh mir ein paar Anziehsachen. Ihre Leggings gingen mir nur bis unter die Kniekehlen, das Oversized-T-Shirt war bei mir weniger oversized und der Schlabberpulli körperbetont, aber so konnte ich direkt losfahren. Ich hatte Mom schon gestern Nacht eine Nachricht geschrieben, dass ich bei Kim übernachten und mit ihr heute einen Ausflug machen würde. Erstaunlich, dass sie, so viel, wie sie mich in meinem Leben angelogen hatte, nicht auf die Idee kam, dass ich sie vielleicht auch einmal anlügen könnte. Ich würde mit meinem Vater sprechen und dann noch mal mit Liam zu ihm fahren.

Um 5:30 Uhr saß ich endlich in meinem Volvo.

»Es wird alles gut, Pearl. Dass Caden gestern gekommen ist, ist ein gutes Zeichen. Ich war mir noch nie so sicher, dass es mit euch was wird, wie heute«, sagte Kim zum Abschied.

»Ich war mir noch nie so sicher, jede Chance zunichtegemacht zu haben.«

»Lass das Grübeln für heute, okay? Manchmal muss man ein wenig dem Schicksal und der Liebe vertrauen. Wir sprechen uns, wenn du zurück bist. Konzentriere dich auf die Fahrt und deinen Vater.«

Zum Abschied drückte sie mir einen Coffee-to-go-Becher in die Hand, und ich versuchte, das Dröhnen im Kopf mit einem Kaffee zu vertreiben, während ich mich auf den Weg zum Highway machte.

***

Um acht Uhr rief ich aus dem Auto beim Besucherzentrum im Utah Correction Center an. Nicht, dass das alles ein Witz war. Aber nein, wenn auch die Mitarbeiterin mehr als genervt war, es war kein Missverständnis gewesen. Ich konnte meinen Vater heute völlig problemlos besuchen. Meine Anmeldung war eingegangen, also war der Weg frei. An den Fensterscheiben zog die wechselnde Landschaft vorbei. Mein orangefarbener Volvo fuhr wie immer verlässlich, ich hatte keine Sorge, dass er auch diese dreihundert Meilen schaffen würde.

Während der Fahrt auf den ewig geraden Highways gab es mehr Zeit als genug, um meine Gedanken treiben zu lassen. Während ich an den grauen Siedlungen mit identischen Häusern vorbeifuhr, versuchte ich vergeblich, nicht an Caden zu denken. Der Gedanke verursachte Knoten in meinem Magen, dicke Knäule, die Übelkeit in mir auslösten.

An einer Tankstelle holte ich mir etwas zu trinken und ein paar Chips. Es gab nichts, was nicht mindestens zwei Jahre haltbar und voller krebserregender Chemikalien war. Der Tankwart hatte ein weißes, mehliges Gesicht, als würde er auch nichts anderes essen als die Snacks in dieser Tankstelle. Wie konnte man mitten in der Natur wohnen und trotzdem nur künstliches Essen zu sich nehmen?

Ich kaufte noch einen Kaffee gegen die Müdigkeit. Er stand schon länger auf einer Wärmeplatte, war tiefschwarz und sah irgendwie ölig aus. Natürlich gab es keine frische Milch, nur weißliches Pulver. Irgendwie hatte ich das Gefühl, als sei schon auf dem Weg zum Gefängnis alle Lebensfreude aus der Gegend herausgesaugt worden. Als würde die negative Energie der eingesperrten Gefangenen bis in die Ferne die Blumen welken lassen – wenn es denn irgendwo welche gegeben hätte.

Und dann tauchte in der Ferne das Gefängnis auf. Unverkennbar. Es besaß mehrere Wachtürme und war von hohen, beigen Mauern umgeben. Nirgendwo stand ein Baum, sodass die Sonne unbarmherzig auf die containerartigen Gebäude brennen konnte. Die Fenster waren winzig, ich mochte mir die Hitze gar nicht vorstellen, die sich hinter den Mauern sammelte.

Der Hauptteil des Gefängnisses bestand aus einem

riesigen quadratischen Bau. Um die Mauer herum waren dünne Pfähle in den sandigen Boden versenkt und mit Unmengen Stacheldraht umwickelt. Würde man nicht erwarten, dass heutzutage eher elektronische Sicherungen verwendet wurden als Mauern mit Stacheldraht?

Ich parkte mein Auto auf dem ausgeschilderten Parkplatz und ging zum Besuchereingang.

»Willkommen im Utah Correction Center«, sagte eine Beamtin mit strohigen blondierten Haaren, als sie meinen Ausweis und mein Anmeldeformular kontrollierte. Sie war freundlich. Ich weiß auch nicht, warum ich damit gerechnet hatte, dass sie unfreundlich war.

Ich wurde durch Metalldetektoren und mehrere Sicherheitsschleusen geschickt. Alles, was ich dabeihatte, musste ich wegschließen. Handy, Geld, Autoschlüssel, noch nicht einmal einen Stift durfte ich mitnehmen. Jetzt hatte ich auch keine Fotos mehr, die ich Dad hätte zeigen können. Wahrscheinlich dämlich, dass ich gedacht hatte, dass Handys erlaubt waren.

Dann musste ich warten. Die Besucher wurden nur in Schüben in den Besucherraum gelassen. Ich vertrieb mir die Zeit damit, die Schweißperlen zu zählen, die unter meinem T-Shirt mein Brustbein hinunterliefen. Im Warteraum war es heiß, trotz einer Klimaanlage, die in einer Zimmerecke dröhnte. Endlich wurde ich aufgerufen.

Wie würde mein Vater aussehen? Ich hatte noch gar nicht darüber nachgedacht, dass er vielleicht anders aussah, als ich ihn in Erinnerung hatte. Würde er einen orangefarbenen Overall tragen, wie ich ihn aus dem Fernsehen kannte?

Im Besucherraum wurde mir ein Platz zugewiesen. Die Stühle waren fest im Boden verankert, damit niemand sie … als Waffe benutzen konnte?

Ich setzte mich an den Tisch. Das Gefängnis war fortschrittlich, die Gefangen waren nicht hinter einer Scheibe platziert, dafür war der Besuch auf eine Stunde begrenzt. Neben mir strömten noch andere in den Besucherraum und verteilten sich auf die Stühle. Die anderen Besucher sahen auch ganz normal aus, anders als die Schüler und Mütter von meiner Luxus-Highschool in New York, aber wie normale Leute. Warum hatte ich angenommen, dass die anderen Besucher selbst Kriminelle waren? Ich hatte mehr Vorurteile, als ich mir eingestand. Dann ertönte ein lauter Brummton, und die Tür an der anderen Seite des Raumes sprang auf. Hintereinander betraten einige Männer den Raum, die ersten waren groß und irgendwie fleischig, dann kam ein schmächtiger, hagerer Mann, der ziemlich alt aussah, und dann … erkannte ich meinen Vater.

Die Art, wie er ging, sprang mir sofort ins Auge. Suchend wanderte sein Blick über die Einzeltische. Sein Gesicht war schmaler, als ich es in Erinnerung hatte, er hatte abgenommen. Er trug einen Overall, doch er war beige, nicht orange. Irgendwie erleichterte mich das, es wirkte normaler. Er war rasiert, und seine Haare waren kürzer. Als er mich erkannte und auf den Tisch zulief, veränderte sich sein Gesichtsausdruck. Er presste die Lippen zusammen, und sein Gesicht verzog sich. Ich hoffte inständig, dass er nicht weinen würde. Aber zu spät. Schon während er sich setzte, entwich ihm ein tiefer Schluchzer. Er brach aus ihm heraus, von ganz tief innen drinnen. Er hob entschuldigend die Hand und schluchzte einige Mal in seine Hände. Dann riss er sich wieder zusammen. Er stand auf und wollte mich umarmen. Sofort regte sich die Aufsichtsperson.

»Anderson, Sie kennen die Regel, bitte setzen«, sagte die übergewichtige, dunkelhäutige Frau mit leerem Gesichtsausdruck.

»Pearl«, sagte mein Vater mit gepresster Stimme, während er sich setzte. »Es tut mir so leid. Das wollte ich nicht.« Seine Schultern bebten.

»Ich wusste nicht, dass wir dich besuchen können. Sonst wäre ich früher gekommen«, sagte ich. »Liam vermisst dich auch. Das nächste Mal nehme ich ihn mit.«

»Er wird sich schämen. Sein Vater im Gefängnis. Vielleicht nimmst du ihn lieber nicht mit«, sagte er.

»Natürlich kommt er mit«, sagte ich. Mit dem Anblick von meinem Vater war jede Wut auf ihn verflogen.

»Es ist schrecklich hier drinnen. Diese Männer ...«, er blickte sich um und warf seinen Mitgefangenen einen abfälligen Blick zu. »Ich habe alles kaputt gemacht«, fuhr er fort. »Aber dieser Idiot Simmons«, sagte er und blickte dabei im Raum an Pearl vorbei. »Wenn er nichts gesagt hätte. Sie haben mich alle im Stich gelassen.«

Gerade hatte ich angesetzt, ihn zu trösten, aber jetzt verstummte ich. So schnell fand er wieder zurück dazu, andere verantwortlich zu machen.

»Ich bin nicht gekommen, um dich zu beschuldigen.«

»Wie ist es bei Tante Rose?«, fragte er. Er wirkte nervös, als er das fragte.

»Sie ist sehr nett zu uns«, sagte ich.

Er nickte. »Sie war immer eine sehr loyale Frau. Sie war … anders als ihre Schwester. Wenn Simmons es nicht hätte platzen lassen, hätte ich es geschafft, Pearl.«

»So, wie ich es verstanden habe, hast du das Geld veruntreut, da konnte auch Simmons nichts machen. Aber ich kann mir nicht vorstellen, dass du so lange hierbleiben musst. Sie lassen dich bestimmt früher raus.«

»Ich habe nicht vor, fünf Jahre hierzubleiben. Wobei, wenn ich hier rauskomme, gibt es nichts, zu dem ich zurückkommen kann. Alles ist weg.«

»Einige Leute, deren Lebens- und Krankenversicherung weg ist, die haben auch nichts mehr.« Ich bereute es schon, während ich es aussprach. Ich war schließlich nicht gekommen, um mich zu streiten. Er dachte in einer anderen Logik. Sollte ich ihm jetzt sagen, dass er es aber verschuldet hatte? Die anderen hatten nichts mehr, weil sie ihm vertraut hatten. Das war ein Unterschied. Ich seufzte. »Ich weiß inzwischen nicht mehr, ob man jetzt die ganzen Apartments, Privatschulen und teuren Urlaube in Maui gebraucht hat. Es war alles Mögliche falsch in unserem alten Leben.«

»Gefällt es Liam in Montana, oder hasst er mich?« Von Fehlern im alten Leben wollte er nichts hören.

»Er vermisst dich. Er fragte immer nach dir. Wäre er nicht gewesen …« Ich brach ab.

»Wäre was?«

Nein, ich konnte ihm nicht sagen, dass meine Mutter uns belogen hatte. Dann würde er so sauer sein. Er hätte zu viel Zeit, um sich dieser Wut hinzugeben. Also fuhr ich fort: »Dass es ihm auf der Ranch so gut gefällt, hilft uns sehr.«

»Patricia hat euch nicht gesagt, dass ihr mich besuchen könnt.« Seine Augen bekamen einen merkwürdig leeren Ausdruck.

»Vielleicht dachte sie, dass es besser ist«, erwiderte ich. Ich wollte meine Mutter überhaupt nicht verteidigen, aber ich wollte auch meinen Vater nicht noch trauriger machen.

»Pearl, du musst mir nichts vormachen. Patricia versucht weiterzumachen, so ist sie eben. Dass Rose euch einfach so aufgenommen hat ... Rose ist ein Engel. Ich habe mich wahrscheinlich für die falsche Schwester entschieden.« Er gab ein verächtliches Lachen von sich.

»Wie meinst du das, du hast dich für die Falsche entschieden?«

Mein Vater biss sich auf die Unterlippe.

»Wie geht es Patricia sonst?«, fragte er, ohne auf meine Frage einzugehen. »Wird sie auch kommen?«

Ich spürte ein Prickeln im Nacken. Ich wusste nicht, was ich dazu sagen sollte, also schwieg ich.

»Ich weiß, dass sie nur ungern kommen wird. Aber sie wird sich wieder einkriegen.« Er seufzte. »Sie hat Angst davor, fünf Jahre zu warten. Sie ist ungeduldig. Wie ich. Aber es freut mich wirklich, dass du gekommen bist.«

Ich erzählte ihm von der Ranch und meinen Aufgaben dort, von Liam und seinen Reitkünsten.

»Hast du einen netten Jungen kennengelernt, Pearl?«, fragte mein Vater. Eine Frage, die er mir mein ganzes Leben noch nicht gestellt hatte. Wahrscheinlich wollte er vermeiden, über die Uni zu reden, die ich jetzt besuchte und die in seinen Augen weit unter meiner Würde war.

»Dad, wir brauchen jetzt nicht mit so persönlichen Boyfriend-Gesprächen anfangen, nur weil du hier bist.«

»Und, deine Noten? Du bist doch wahrscheinlich der absolute Überflieger an dieser Landei-Uni.« Er hatte sich doch getraut. »Ich werde noch ein paar alte Bekannte anrufen. Sie können mich nicht alle im Stich gelassen haben. Ich kann bestimmt etwas machen, und wenn du dich frühzeitig bewirbst, bekommst du ein Stipendium. Ich glaube, Roger kennt jemanden bei Amherst. Das ist fast wie ein kleines Harvard«, sagte er.

»Vielen Dank, Dad. Aber bitte rufe niemanden an.«

»Du traust deinem Vater nicht mehr zu, dass er dir helfen kann«, sagte er, aber in seiner Stimme klang Selbstmitleid mit. »Es ist nicht so, dass ich alles falsch gemacht habe, nur weil ich im Knast sitze, mein Schatz. Die meisten Leute, die hier sitzen, haben viel Schlimmeres gemacht.«

Ich setzte an, dem Ganzen etwas entgegenzusetzen. Aber was half's. Er würde sich, wenn er allein war, wahrscheinlich genug Vorwürfe machen.

»Bitte rufe niemanden an. Ich muss mir sowieso erst

überlegen, was ich studieren will.« Die Augen meines Vaters verengten sich. »Ich möchte mein Leben selbst steuern. Ich habe eigentlich nie nachgedacht, sondern immer nur das gemacht, was ihr gesagt habt. Ich habe mich auch nicht richtig verhalten.«

»Du willst mir jetzt wirklich sagen, dass alles schlecht war?«

Die Stimme meines Vaters war leiser geworden. Er wirkte unglücklich.

»Dad, ich meine einfach, dass ich auch versuche, etwas aus allem zu lernen. Es ist ganz normal, dass man irgendwann seine eigenen Entscheidungen treffen möchte. Du sprichst seit Jahren nicht mehr mit deinen Eltern. Aber du erwartest, dass ich, auch wenn ich erwachsen bin, nur das mache, was du mir vorgibst. Kannst du das gar nicht nachvollziehen? Mir gefällt es hier, ich will erst mal in Montana bleiben«, sagte ich, und in dem Moment, wo ich es sagte, wusste ich, dass es wahr war.

Sein Gesicht verfinsterte sich. »Du denkst jetzt, dass ich schwach bin, nur weil ich hier drin bin. Aber ich werde mit meinem nächsten Anruf jemand Einflussreichen kontaktieren. Du wirst durch mich ein Stipendium bekommen. Und dann wirst du auf diese Universität gehen. Ich lasse diese Idioten, die mich hierhergebracht haben, nicht auch noch dein Leben kaputt machen. Sieh dir doch das Leben von Tante Rose auf dieser Ranch an, wie heruntergekommen alles ist.«

»Die Ranch ist nicht heruntergekommen, sie ist wundervoll«, widersprach ich.

Der Blick meines Vaters ruhte weiterhin auf mir. Aber trotz allem, was er getan hatte, spürte ich keinen Groll mehr gegen ihn. Er tat mir vor allem leid.

»Dad, ich will nicht mit dir streiten. Ich hoffe so sehr, dass du deinen Weg findest. Ich hoffe, du kannst irgendwann akzeptieren, dass ich meine eigenen Entscheidungen treffen möchte. Ich bin gekommen, weil ich dich sehen wollte.«

»Hast du aufgegeben, Pearl? Gehst du jetzt den Weg des geringsten Widerstandes? Das ist nicht die Tochter, die ich kenne.«

Ich schluckte. Seine Worte waren verletzend. Ich würde versuchen, sie nicht an mich ranzulassen, sie abperlen zu lassen, als wäre meine Haut imprägniert.

»Willst du wissen, warum Rose so lange nicht mit Patricia geredet hat?«, fragte er. So, wie er mich ansah, war ich nicht mehr sicher, ob ich es wirklich wissen wollte. Trotzdem nickte ich langsam.

»Es ist keine schöne Geschichte für sie. Wir haben damals Rose besucht. Sie war gerade frisch verheiratet mit einem sehr reichen Unternehmer aus Kalifornien. Patricia und ich haben gemeinsam einen Wochenendausflug mit ihnen gemacht. Deine Mutter und Jonathan, so hieß er, haben damals eine Affäre begonnen.«

»Mom und Roses Mann?«, fragte ich fassungslos.

»Deine Mutter hatte schon immer ein Faible für erfolgreiche Männer.«

Ich starrte ihn an. Übelkeit stieg in mir hoch. »Nein«, sagte ich.

»Doch. Als es nach zwei Monaten aufgeflogen ist, haben Rose und Jonathan sich getrennt.«

»Und du?«

»Ich habe deiner Mutter verziehen. Sie ist ehrgeizig, und sie lässt sich zu leicht beeindrucken. Sie hat einen Fehler gemacht. Aber sie liebt mich. Und ... ich liebe sie trotzdem.«

Ich konnte nicht glauben, wie überzeugt mein Dad letztlich davon war. »Das ist so schrecklich, Dad, dass sie dir das angetan hat. Und Rose – wie konnte Mom das ihrer Schwester antun?«

»Ihr hat es nachher sehr leidgetan. Wir waren jung. Ich bin froh, dass ich ihr verziehen habe. Wir hatten gute Jahre, bis ... Vielleicht will sie deshalb nicht, dass du mich besuchen kommst. Sie weiß, dass du wissen willst, was los ist, wenn du Rose jeden Tag siehst, will aber nicht, dass ich es dir erzähle.«

Ein lauter Brummton kündigte das Ende der Besuchszeit an.

Ich dachte an Roses Großzügigkeit und Wärme. Sie war so natürlich, so völlig anders als meine Mutter.

»Mach deiner Mutter nicht zu viele Vorwürfe. Sie kann nicht aus sich raus. Sie sagt viele Dinge, die sie nicht so meint. Ich würde mich freuen, wenn sie mich besucht.« Bei diesem Satz drohte seine Stimme zu brechen.

»Dad, ich werde mit ihr reden.«

»Ich weiß, dass sie kommen wird. Sie liebt mich mehr, als sie selbst weiß«, sagte Dad. Ein schräges Grinsen erschien auf seinem Gesicht.

»Ich komme wieder, Dad«, sagte ich.

»Pearl. Es tut mir leid, was ich vorhin gesagt habe«, sagte mein Vater. »Ich bin froh, dass du meine Tochter bist.« Er presste kurz die Lippen zusammen, drehte sich um und verließ den Raum. Ich konnte mich nicht daran erinnern, dass er jemals etwas zurückgenommen hatte, was er gesagt hatte.

Mein Vater hatte sich verändert.

Kurze Zeit später schloss sich die letzte Tür der Sicherheitsschleuse hinter mir. Als ich wieder auf dem Parkplatz stand, musste ich mich einen Augenblick sammeln. Ich blinzelte in die grelle Sonne, blieb einen Moment stehen, ließ die Wärme auf mein Gesicht prickeln und versuchte zu verstehen, wie ich mich fühlte. Ich hatte Mitleid mit meinem Vater. Und so verrückt es war, seine Worte hatten mir Kraft gegeben.

***

Die Stunden auf der Rückfahrt vergingen schnell. Ich versuchte, meine Gedanken, die in meinem Kopf herumschwirrten wie aufgeregte Insekten, zu ordnen. Die langen, eintönigen Straßen boten keine Ablenkung, sie waren trostlos und trotzdem irgendwie schön. Teilweise war der Boden extrem ausgetrocknet, und es war erstaunlich, dass überhaupt etwas wachsen konnte. Dann wieder sprudelten Wasserfontänen aus künstlichen Brunnen, um die Aufmerksamkeit auf Luxus-Shoppingcenter zu lenken. Mit jedem Kilometer, den ich fuhr, fühlte ich mich freier. Ich war dort gewesen. Egal, was er gesagt hatte, mein Vater würde akzeptieren, dass ich meinen eigenen Weg ging.

Spätabends kam ich nach Hause, ging direkt ins Bett und fiel in einen tiefen, traumlosen Schlaf.

SECHSUNDZWANZIG

Obwohl ich tief geschlafen hatte, wachte ich vor Sonnenaufgang auf. Sobald meine Gedanken ins Rollen gekommen waren, konnte ich unmöglich wieder einschlafen. Ich konnte noch nicht meiner Mutter begegnen, dazu war ich viel zu durcheinander. Die Tatsache, dass sie verschwiegen hatte, dass wir meinen Vater besuchen können. Ihre Vergangenheit mit Rose, der Betrug an ihrer eigenen Schwester, die uns trotzdem mit offenen Armen aufgenommen hatte. Die Liebe, die mein Vater ihr entgegenbrachte. Ich setzte mich im Bett auf, lehnte mich an das Kopfteil und blickte aus dem Fenster. In der Ferne durchzuckte ein Blitz die Dämmerung, aber er war so weit weg, dass das Gewitter bestimmt an uns vorbeiziehen würde. Daran, dass man das Wetter in Montana aus der Ferne beobachten konnte, hatte ich mich schnell gewöhnt.

Von einem plötzlichen Einfall getrieben, schlüpfte ich in meine Reitsachen. Ich würde ausreiten und den Sonnenaufgang beobachten. Ein paar Stunden auf Blue würden meinen Kopf lüften.

***

Eine Viertelstunde später hatte ich Blue gesattelt.

Als ich gerade den Hof verlassen wollte, kam Sid mir entgegen.

»Guten Morgen, Pearl«, sagte er. »So früh auf den Beinen?«

»Hi Sid, ja, ich brauche ein wenig frische Luft.«

»Lass dich nicht vom Regen überraschen, und reite nicht zu weit nach Westen. Dann solltest du sicher vor dem Gewitter sein. Es zieht in die andere Richtung.«

Ich nickte. »Ich will zum Spiegelsee«, sagte ich. »Liam hat ihn mir gezeigt. Ich brauch grade etwas Zeit zum Nachdenken.« Ich lächelte ihn an. Sid tippte sich an den Hut und nickte mir zu – er schien mich voll und ganz zu verstehen.

Blue war hellwach, und scheinbar freute er sich genau wie ich über den Ritt am Morgen. Er tänzelte voll ungestümer Energie, und kurz hinter der Ranch bog ich auf einen Weg ab, wo wir schnell zu einer Galoppstrecke kommen würden. Die Wolken am Himmel und die aufgehende Sonne brachten das Land zum Leuchten. Es war windig und kühl, und die Luft roch nach dem nahenden Herbst.

Nach einer guten Stunde erreichte ich den Spiegelsee. Durch den grauen Himmel leuchtete der See dunkler als beim letzten Mal, die Oberfläche des Wassers kräuselte sich durch den Wind. Doch er hatte seinen Zauber nicht verloren. Mit den Bäumen, die dicht ans Ufer wuchsen, war er geradezu überirdisch perfekt. Sofort war klar, warum die Indianer den Ort mochten und warum Sid mit Caden genau hier den Unterstand gebaut hatte, den Liam mir gezeigt hatte.

Ich ließ Blue trinken und band ihn am langen Zügel an einen Baum, damit er sich ausruhen konnte. Dann setzte ich mich an den See und sah den Wolken zu, die langsam eine dunklere Farbe bekamen.

Ein merkwürdiges Geräusch drang an meine Ohren, und ich blickte mich um. Ein Pferd galoppierte den Hügel hoch, und eine Minute später stand Spirit neben Blue am Baum, und Caden kam auf mich zu. Es war höchstens acht Uhr morgens, was tat er hier? Hatte er mich gesucht?

»Sid hat mir gesagt, dass du hier bist«, sagte er, als hätte er meine Gedanken gelesen. Wie so oft. »Ich war kurz nach dir am Stall.« Er sagte das so, als wäre das die einzige Erklärung, die nötig war, seine Anwesenheit zu erklären.

»Caden, ich weiß, wie das wirkte, als du vorgestern gekommen bist ...«

»Es tut mir so leid, Pearl«, unterbrach Caden mich. Sein Gesichtsausdruck war dunkel, aber weich. Die Härte unserer letzten Begegnung war verschwunden. »Ich habe dich schon vorher gesucht, aber du warst nicht da.«

»Ich war bei meinem Vater«, sagte ich. »Ich hätte ihn die ganze Zeit schon besuchen können.«

»Ich weiß«, sagte Caden.

Ich warf ihm einen verwirrten Blick zu.

»Ich war bei Kim«, sagte er. »Als ich dich gesucht habe, hat mir deine Mutter gesagt, dass du dort bist.«

Er kam näher und ließ sich neben mir auf den Boden sinken. Er wich meinem Blick aus und griff nach einem kleinen Stein, den er in den Fingern wog und dann in den See warf. Der Stein versank beinahe geräuschlos im Wasser.

»Mein Vater hat mir erzählt, was damals mit Rose passiert ist«, sagte ich. »Ich hatte wirklich keine Ahnung.«

Caden griff nach einem weiteren Stein. »Jake und ich waren dagegen, dass Rose euch aufnimmt. Mein Vater hat Rose damals kennengelernt, als es ihr sehr schlecht ging. Sie ist in ein Loch gefallen, nachdem ihre erste Ehe zerbrochen war und sie gleichzeitig ihre Schwester verloren hatte. Deshalb ist sie auch hier rausgezogen.«

»Du hast es die ganze Zeit gewusst«, sagte ich. »Und ihr wart trotzdem so nett zu uns.« Jetzt verstand ich auch die Zurückhaltung von Caden meiner Mutter gegenüber. Ich hatte es mir nicht eingebildet.

»Carl hat keine Ahnung, nur Jake und ich wissen Bescheid. Ich war noch klein, als mein Vater Rose kennengelernt hat. Er hat damals um meine Mutter getrauert. Rose hatte kein Interesse an einer neuen Beziehung. Sie waren eine ganze Weile einfach befreundet. Aber ich bin dankbar dafür, dass ich eine Mutter wie sie bekommen habe.«

Ich suchte ebenfalls einen Stein und warf ihn ins Wasser.

»Nach gestern Abend hätte ich nicht gedacht, dass du noch mal mit mir sprichst«, sagte ich. »Aber als mein Vater mir gestern erzählt hat, dass er meiner Mutter verziehen hat und nichts bereut, habe ich plötzlich gedacht, dass es noch eine Chance gibt, dass Liebe viel stärker sein kann, als ich dachte.«

»Manchmal ist es einfach Schicksal«, sagte Caden.

Ich blickte zu ihm. »Das hat Kim gestern auch gesagt. Sie hat gesagt, ich soll dem Schicksal mehr vertrauen.«

»Ich weiß, dass sie das gesagt hat«, murmelte Caden.

»Du weißt das?« Jetzt war ich wirklich überrascht.

»Aber sie ist der Meinung, dass Schicksal in Kombination mit Anbrüllen und einem Arschtritt noch besser funktioniert.« Ein vorsichtiges Lächeln erschien auf seinem Gesicht.

Ich legte den Kopf schief. »Wie bitte?«

Der Wind war stärker geworden und wehte immer wieder Haarsträhnen in mein Gesicht. Plötzlich landete ein dicker Tropfen auf meiner Nase.

Ich blickte nach oben. »Das war kein Regen, nicht wahr?«

Caden blickte ebenfalls in den Himmel. »Nein, es regnet nicht. Gleich kommt die Sonne wieder heraus.« Der Himmel über uns war fast schwarz.

Weitere Tropfen fielen auf uns herunter, in unsere Gesichter, auf unsere Arme und angewinkelten Beine. Es waren dicke Tropfen, die die Kleider durchdrangen und kalt auf die Haut trafen.

»Ich spüre nichts«, sagte er. »Da vorne wird es schon heller. Es wird noch ein wunderschöner Tag.«

Und dann öffnete der Himmel seine Schleusen, und innerhalb von Sekunden prasselten dicke Tropfen auf uns nieder.

Wir blickten uns an und blieben unbeweglich sitzen. Der Regen wurde immer stärker. Er hatte keineswegs vor, aufzuhören.

»Caden?«, sagte ich.

»Ja?«, sagte er und zog eine Augenbraue nach oben.

»Lass uns die Pferde tiefer unter die Bäume stellen. Ein Gewitter scheint ja zumindest nicht zu kommen.«

Mit einem Sprung standen wir gleichzeitig auf und rannten zu den Pferden hinüber. Sie standen ruhig unter dem Baum, an dem wir sie angebunden hatten, ungerührt vom Regen. Sie wehrten sich nicht gegen die Natur, sie stellten sich unter einen Baum und warteten, bis es aufhörte. Wir führten sie trotzdem weiter in den Wald, wo sie unter dem dichten Blätterdach besser vor dem Regen geschützt waren.

»Komm, warum habe ich mit Sid diesen Unterstand gebaut, wenn wir ihn nicht nutzen?« Er rannte voraus, und ich folgte ihm zu dem Unterstand, der ein paar Hundert Meter entfernt lag und so gebaut war, dass er zur Ebene hin geöffnet war. Aber der Regen durchnässte uns so schnell, dass wir gar nicht damit anfangen mussten, uns gegen ihn zu wehren. Es war von vornherein hoffnungslos. Sich gegen den Regen zu wehren, schien genauso absurd, wie sich gegen meine Gefühle zu wehren.

»Wir brauchen nicht zu rennen. Es macht keinen Unterschied«, keuchte ich atemlos und fiel in Schritttempo. Caden machte es mir nach. »Lass uns reden«, sagte er und wandte sich mir zu.

»Du klingst wie ein Mädchen, das ein problemorientiertes Gespräch führen will.«

»Vielleicht will ich das.«

»Bist du von uns beiden also das Mädchen?«

Er gluckste.

»Erinnerst du dich an den Abend, an dem wir uns kennengelernt haben?«, fragte Caden. Wir hatten den Unterstand erreicht und stellten uns unter das Dach, das immerhin einigermaßen dicht zu sein schien.

Mir entwich ein Lachen. »Die Frage meinst du nicht ernst.«

»Nein, ich meine, wirklich erinnern? Ich weiß, dass du an dem Abend nicht ganz du selbst warst. Als ich dich nach Hause gebracht habe und mir klar wurde, wer du bist, habe ich wirklich versucht, den Abend zu vergessen. Aber die Wahrheit ist, dass ich nichts vergessen konnte. Es war einer der schönsten Abende, die ich je erlebt habe. Ich mochte dich vom ersten Augenblick an. Ich wollte deine Telefonnummer, und ich wollte dich wiedersehen. Und ich wollte keine unverbindliche Beziehung, in solchen Kategorien habe ich da gar nicht gedacht. Aber dann war ich mir nicht mehr sicher, ob du nicht doch mehr Jennifer als Pearl bist. Das hätte ich nicht ausgehalten. Ich dachte, dass ich dich vielleicht vergessen könnte, wenn wir zusammen wären, unverbindlich. Und als ich gemerkt habe, dass du wirklich mehr wolltest, kam plötzlich der ganze Shit von damals zurück. Ich habe damals fast ein halbes Jahr Schule verpasst. Deshalb bin ich später aufs College.« Er blickte mich an, irgendwie flehend, als hätte er Angst davor, was ich erwidern würde.

»An dem Abend wollte ich nicht so sein, wie ich bisher war. Ich wollte jemand anders sein. Wahrscheinlich nur, um meiner Mutter eins auszuwischen. Und mit River wollte ich ausgehen, um dich eifersüchtig zu machen. Und als du dann vor mir standest, wurde mir klar, dass ich einen riesigen Fehler gemacht hatte.«

»Ich habe meine erste Freundin immer festhalten wollen. Und es hat nichts geholfen, es hat es schlimmer gemacht. Ich habe versucht, sie zu kontrollieren, habe ihr Versprechen entlockt, die sie brechen musste. Ich habe nicht verstanden, dass es um Freiheit geht. Und um Vertrauen.«

»Und dann hat sie sich in River verliebt.«

»Ich fühlte mich verraten. Dabei ... sie wollte, glaube ich, vor allem weg.«

Draußen prasselte der Regen weiter und immer weiter. Der Unterstand hielt dicht. Die Wolken hingen tief über dem Land, aber in der Ferne, hinter den Regenschleiern, konnte man schon die Sonne erkennen. Wir waren völlig durchnässt. Cadens Haare klebten um seinen Kopf, Wassertropfen hatte sich in seinen Wimpern verfangen. Dadurch, dass wir unter dem kleinen Dach standen, spürte ich Cadens Gegenwart noch intensiver als draußen. Unsere Sachen klebten an unseren Körpern, aber mir war nicht mehr kalt. Im Gegenteil.

»Ich würde mich nicht kontrollieren lassen«, sagte ich. »Auch wenn die männermordende Jenny nur eine Erfindung war.«

»Die hast du aber ziemlich gut hinbekommen.«

»YouTube-Videos.«

»YouTube-Videos?«

»Ich habe mir vor dem ersten Abend bei dir Filme angeschaut, damit du nicht merkst, dass ich keine Ahnung habe. Ganz ehrlich, sollte ich jemals Kinder haben, dürfen die nie unbeaufsichtigt an den Computer.«

Caden schüttelte den Kopf. »Ich war so ein Idiot. Nein, ich war ein hirnverbrannter, blinder und feiger Idiot, wie deine Freundin Kim es so nett formuliert hat«, flüsterte er. Ich lachte kurz auf. »Pearl.« Er machte einen Schritt auf mich zu. Ich sah das Wasser auf seinem Gesicht, einen Wassertropfen, der von seinem Hals in den Ausschnitt seines Sweatshirts lief.

Ich machte gleichzeitig mit ihm einen zweiten Schritt nach vorn. Seine Hände umfassten mein Gesicht, und schon bevor sein Mund auf meinen traf, entwich der Sauerstoff aus meinen Lungen, und alles begann zu rauschen.

Er küsste mich gierig, seine Zunge suchte meinen Mund, sein Geruch und sein Geschmack überrollten mich. Wie hatte ich nur eine Sekunde denken können, dass ich auf dieses Gefühl verzichten konnte? Meine Hände krallten sich in seinen Rücken, und ich höre, wie er scharf einatmete.

Dann zog er seinen Kopf zurück, schwer atmend, als wäre er von einem Tauchgang aufgetaucht. »Pearl ich bin wahrscheinlich ein beschissener Freund. Aber ich werde mich bemühen, okay? Ich will dich kennenlernen und für dich da sein.« Dann grinste er: »Aber wenn ich meinen Gefühlen folge, wie du sagst, dann kann es wirklich sehr, sehr lange dauern, bis wir wieder zu Hause sind.«

Ich schob meine Hände unter sein Sweatshirt und legte sie auf seine Brust. Sein Körper glühte. Dann schob ich den Stoff nach oben. »Man muss nasse Sachen sofort ausziehen. Sonst erkältet man sich«, sagte ich und zog es ihm über den Kopf. »Ich habe dir noch nicht gesagt, dass ich meinen Gefühlen bisher auch noch nicht nachgegeben habe. Bisher war alles total unterdrückt«, murmelte ich.

»Mein Gott, Nymphomanin bist du auch noch? Welche guten Eigenschaften hast du eigentlich nicht?«

Ich hob kurz meine Hand und boxte ihn in die Seite. »Du musst brav sein, wenn ich meine nymphomanische Seite wirklich ausleben soll.«

»Warte mal, ist Nymphomane nicht jemand, die ständig mit verschiedenen Männern Sex hat?«, stutzte Caden. »Also, egal wie wir es nennen, mein Körper gehört exklusiv dir, und ich dachte schon, wenn du …«

»Laut unserer Definition ist es jemand, der nur mit einer Person Sex hat. Dafür aber oft. Ich muss schließlich nachholen, was ich die ganzen Jahre verpasst habe.«

»Meine Güte, da habe ich jetzt Angst, ob ich deinen Ansprüchen gerecht werden kann«, sagte Caden.

»Kann es sein, dass du dich über mich lustig machst?«, fragte ich.

»Das kann schon sein.« Caden grinste. Würde ich mich eigentlich irgendwann an ihm sattsehen? Ich bezweifelte es.

»Ist das denn erlaubt?«, fragte ich unschuldig.

»Ich würde sagen, ja, schließlich stellen wir unsere eigenen Regeln auf.«

»Und … ist das auch erlaubt?« Ich legte meine Hand auf seine Hose. Er zuckte zusammen.

»Du redest zu viel, Caden. Vielleicht bist du gar kein echter Cowboy.«

Das musste ich ihm nicht zweimal sagen. Sekunden später war mein Sweatshirt auch weg, und Hitze durchflutete mich. Seine Hände waren überall, er küsste meinen Hals, die Kuhle an meinem Kehlkopf, küsste sich an meinem Brustbein herunter, meine Hände in seinen Haaren. Seine Hände glitten zu meinem Po. Ohne nachzudenken, schlang ich meine Beine um seine Hüften. All diese Dinge, die ich noch nie gemacht hatte, schienen so natürlich mit Caden. Alles machte Sinn. Er hielt mich mit einer Leichtigkeit, als würde ich gar nichts wiegen.

»Ich wollte dir nie wehtun. Ich wollte dich nicht enttäuschen, verstehst du?«, sagte er, und seine Lippen fuhren die Linie meines Kinns entlang. Draußen ließ das Rauschen des Regens etwas nach. »Es ist immer so schwer, dir zu widerstehen. Aber ich glaube, wir sollten lieber zurückreiten.«

Er küsste die Haut oberhalb meiner Brust, fast gedankenverloren, als hätte er keine Ahnung, was er damit auslöste, und mir blieb für einen Moment die Luft weg.

Ich ließ meine Beine zum Boden gleiten. Er fasste nach meinen Armen und zog sie nach oben, legte sie über uns an die Wand hinter uns und fixierte sie dort mit einer Hand. Er wollte mich in Position bringen, um mich besser küssen zu können. Aber so gut es sich anfühlte, ich musste ihn auch anfassen. Ich entzog ihm meine Hände und griff nach dem Bund seiner Jeans.

»Pearl«, sagte er atemlos. Sein Blick glitt über die Umgebung, den Unterstand, den hölzernen Boden. »Wir sollten besser nach Hause gehen.« Ich nahm seine Hände und führte sie neben mich an die Wand, damit er sich dort abstützen konnte. Ich ging in die Knie und öffnete den Gürtel seiner Jeans und zog sie an den Beinen herunter, damit er aus ihnen heraustreten konnte. Er ließ es zu, aber dann zog er mich hoch. Schnell, entschlossen. Seine Küsse wurden noch tiefer, dabei streichelte er mich zärtlich, aber intensiv, überall gleichzeitig, Hände, Finger, Zunge. Er ließ seinen Mund meinen Oberkörper herunterwandern, langsam, er versuchte jede Stelle zu küssen. Dann ging er in die Knie, sein Mund wanderte tiefer. Ich war völlig aufgelöst. Seine Zunge strich über meinen Bauch, dann schob er die Hose von meinen Hüften, streifte mit beiden Händen die Hosenbeine von meinen Beinen, half mir, sie auszuziehen. Seine Hand umfasste meine Fesseln und strich an den Innenseiten nach oben, während er meinen Bauch küsste, mir entfuhren kleine Seufzer, die er mir in einer anderen Tonlage zurückgab. Er erforschte jeden Winkel meines Körpers, küsste, probierte, und er sah mich an, als wäre ich das Schönste, was er je gesehen hatte.

»Ich liebe diese Geräusche. Ich liebe deinen Körper«, murmelte er. Seine Zunge wanderte weiter, er richtete sich etwas auf, mein BH fiel zu Boden, er liebkoste meine Brüste mit Zähnen und Lippen, bis ich zu zittern begann. Seine Hände wanderten mit einem leichten, unendlich berauschenden Druck zwischen meine Beine. Er strich über meinen Slip, zog kleine Kreise, erhöhte den Druck. Mehr. Mehr. Ich schnappte nach Luft, als er den Slip zur Seite schob, und plötzlich war er in mir. Er fing meine Seufzer auf und bewegte seine Finger weiter und küsste mich. So leicht. Er ließ sie kreisen, er zog mich auf wie das Gewinde einer Spieluhr. Ich wollte meinen Kopf zur Seite wenden, aber sein Kuss wurde intensiver, er wollte jede Regung von mir aufnehmen. Ich grub meine Hände in seinen Rücken, mein Atem ging schneller und wurde lauter, mir war es egal, dass er merkte, wie sehr er mich in der Hand hatte.

»Komm mit mir«, flüsterte er, während seine Hände sich weiter bewegten, schneller, eine Welle stieg in mir auf, bis meine Muskeln zu arbeiten aufhörten, sich zusammenzogen und entspannten und mein ganzer Körper zitterte. Er stöhnte in meinen Mund. »Gott, Pearl«, sagte er. »Ich liebe es, dass ich das tun kann.«

»Glaub mir, ich liebe es auch, aber …« Ich blickte ihn an. Atemlos. Mein Hals war wie aus Gummi.

»Ich möchte mit dir schlafen«, sagte ich.

»Gott, du bist unersättlich«, sagte er.

»Oder ich möchte zumindest das Gleiche für dich tun.«

»Pearl«, er küsste meinen Hals. »Wir haben fast nichts an. Es regnet in Strömen, ein Gewitter nähert sich. Wir sind in einer Hütte, wo bestimmt in jeder zweiten Holzdiele ein Splitter ist. Lass uns zurückreiten, okay? Wir haben Zeit. Ganz viel Zeit.«

Ich seufzte. »Ich bin ungeduldig. Ich warte schon so lange«, sagte ich leise.

»Ich liebe dich, Pearl. Ich mag das nicht sagen, weil viele Menschen den Ausdruck benutzt haben, die mit Sicherheit nur einen Bruchteil der Gefühle haben, die ich für dich habe. Aber ich weiß auch kein besseres Wort. Wir haben Zeit.«

Ich ließ meine Hand über seinen Oberkörper gleiten.

»Ich möchte nicht, dass wir gleich vom Blitz erschlagen werden, bevor ich all die Dinge machen kann, die ich mir schon so genau vorgestellt habe. Und du solltest auch keinen Splitter haben. Und je schneller wir losreiten, umso schneller sind wir zu Hause. Außerdem ... bis ich mit dir fertig bin, hast du eine Lungenentzündung. Das möchte ich nicht riskieren.«

»Aber du musst mir versprechen, dass wir direkt zu dir gehen, wenn wir zu Hause sind.«

Caden stöhnte und hielt sich den Kopf.

»Worauf habe ich mich nur eingelassen.«

»Komm, los, wir reiten nach Hause«, sagte ich.

»Ja, lass uns nach Hause reiten.«

SIEBENUNDZWANZIG

Am nächsten Tag fuhr ich früh zur Uni. Nebel lag auf den Feldern und tauchte die Umgebung in ein diesiges Licht. Langsam wurde es wirklich Herbst, und die Farben der Landschaft hatten angefangen, sich zu verändern. Das Gras wurde blasser und nahm eine gelbliche Farbe an, die Laubbäume leuchteten orange, sobald die Sonne schien. Vor der Astronomie-Vorlesung wollte ich Kim treffen. Ich fand sie an einem der kleinen Tische im veganen Studentencafé. Sie löffelte einen Chia-Kokos-Pudding, während sie in ihrem Chemiebuch blätterte.

Sobald sie mich erkannte, sprang sie hoch und umarmte mich stürmisch.

»Hat alles geklappt? Wie ist es mit deinem Vater gelaufen?«, fragte sie und blickte mir prüfend ins Gesicht.

»Es war ganz okay. Das Gefängnis war krass. Aber so schnell lässt er sich nicht kleinkriegen. Seine Reue ist auch nur mittelmäßig ausgeprägt, muss man sagen.«

»Aber war es gut, ihn zu sehen? Hast du schon mit deiner Mutter gesprochen?« Sie folgte mir zu der kleinen Theke, wo ich einen Mandelmilch-Latte bestellte.

»Gestern. Sie hat noch nicht einmal ein sonderlich schlechtes Gewissen gehabt. Sie meinte, sie wollte uns nur schützen. Aber sie fährt mit Liam hin. Wenn sie einmal sieht, wie es Dad dort geht, wird sie vielleicht weiterhin zu ihm halten. Auf jeden Fall wird sie nie wieder jemanden finden, der so loyal zu ihr ist.«

»Wieso sollte er nicht loyal sein, hat sie auch irgendetwas gemacht?«

»Na ja, sie wusste, glaube ich, schon genau, was los war. Das haben sie nur nicht vor Gericht gesagt. Aber er hat mir Dinge von früher erzählt. Sie hat ein paar schwer verzeihbare Sachen getan. Doch er hat sie nie aufgegeben.« Kim blickte kurz in mein Gesicht. Sie verstand, dass ich darüber momentan nicht weiter sprechen wollte.

»So sollte es sein«, sagte Kim. »Das ist doch der Sinn davon, wenn man heiratet und sich gegenseitig Treue verspricht.«

»Ich hoffe, sie erinnert sich daran, was Dad für sie getan hat. Sie kann so kühl sein, dass man vergisst, dass irgendwo darin auch ein Herz schlägt.«

»Manche Leute gehen auf diese Weise mit Schwierigkeiten um. Totale Verdrängung. Eltern sind ja auch nur Menschen, vergisst man ja immer wieder.«

Ich nahm meinen Mandelmilch-Latte, und wir ließen uns wieder auf die gepolsterten Stühle sinken. Ein paar Minuten hatten wir noch, bevor ich zur Vorlesung musste.

»Caden«, sagte Kim und kratzte dabei die letzten Reste von ihrem Pudding aus der Schale. »Kannst du das Thema mal ganz schnell zusammenfassen?«

»Du hast ja gesagt, ich soll einfach dem Schicksal vertrauen.« Ich zog eine Augenbraue hoch und legte den Kopf schief.

»Und?«, fragte sie und machte dabei ein betont unschuldiges Gesicht. »Hat es geklappt?«

»Na ja, scheinbar hat das Schicksal auch durch dich gesprochen«, sagte ich.

Kim grinste. »Er hätte es auch allein getan«, versicherte sie mir dann. »Er war ja schließlich bei mir, um dich zu suchen. Ich war sozusagen nur ein Schicksalshelfer.«

»Ein Helfer, der Tritte in den Hintern verteilt, wenn ich das richtig verstanden habe.«

»Ich glaube, Vorwürfe sind nicht angebracht«, Kim strich sich kokett die blonden Haare nach hinten. »Du musst dir überlegen, wie unfassbar selbstlos das von mir war. Schließlich profitiere ich am meisten davon, wenn du Single bist und Abenteuer erlebst. Und ich nehme hier wissend in Kauf, dass ich dich für ein paar Wochen oder Monate deutlich weniger sehen werde.«

»Kim«, ich lehnte mich nach vorn und umarmte sie. »Ich weiß echt nicht, womit ich eine Freundin wie dich verdient habe.«

Sie schob mich verlegen zurück. »Das Unterbewusstsein entscheidet irgendwie in unter drei Sekunden, ob man einen Kerl gut findet oder nicht. Das gilt bestimmt auch für Freundschaften. Und du warst einfach cool.«

Ich schaute auf die Uhr. »Ich muss gleich los. Heute geht's um Paralleluniversen. Du solltest wirklich den

Astronomiekurs machen nächstes Jahr. Er würde dir gefallen.«

»Ja, vielleicht werde ich mir eine Scheibe von dir abschneiden und meinen Horizont erweitern. Oh«, sagte sie und blickte zum Eingang des Cafés.

Ich folgte ihrem Blick. Caden war durch die Tür getreten und blickte sich um. Als er uns zusammen auf den grünen Sesseln sitzen sah, erschien ein Lächeln auf seinem Gesicht. Er hatte uns gesucht. Mich gesucht.

Wir hatten uns noch nie in der Öffentlichkeit gesehen, seit wir offiziell zusammen waren, und ich hatte noch keine Zeit gehabt, mir zu überlegen, wie ich reagieren sollte. Küsste ich ihn auf den Mund, wenn wir uns trafen? Umarmte ich ihn?

Mit wenigen Schritten war er bei uns. Er legte die Arme von hinten um mich und küsste mich auf die Wange.

»Hi«, sagte er leise. Ich drehte mich zur Seite, und sein Mund streifte meinen. Am liebsten hätte ich ihn sofort näher zu mir gezogen. Aber mir war nur zu sehr bewusst, dass Kim direkt neben uns saß und interessiert zuschaute.

»Werdet ihr jetzt eines dieser Paare, die in der Öffentlichkeit ein bisschen unappetitlich touchy-feely sind und bei denen man nie weiß, wo man hinschauen soll? Bitte nicht«, sagte Kim.

»Wir schauen mal. Beunruhigt dich das?«, fragte Caden und grinste Kim an. »Komm, Pearl. Wir müssen zur Vorlesung. Sonst verpassen wir die neuesten Erkenntnisse über schwarze Löcher und Paralleluniversen.«

»Paralleluniversen, wirklich? Ich dachte, Pearl hätte eben nur einen Witz gemacht«, sagte Kim.

»Ja, vielleicht können wir wirklich viele Leben gleichzeitig leben. Gibt einen ganz anerkannten schwedischen Wissenschaftler an der MIT, der davon ausgeht«, erklärte Caden.

»Man hat in der anderen Dimension ein paar andere Entscheidungen getroffen, und das ganze Leben ist dort anders verlaufen«, ergänzte ich. »Es gibt unzählige Universen, unzählige Möglichkeiten, wie dein Leben verlaufen kann.« Der Gedanke war wieder einer von den faszinierenden Bernstein-Gedanken gewesen.

»Das hört sich jetzt eher nach einer kosmischen Sekte an. Bist du sicher, dass es ein Astronomiekurs ist, den ihr belegt, und nicht Astrologie oder Sphärenkunde oder so was?«

Ich musste kichern.

Caden griff nach meiner Hand und zog mich vom Sessel hoch.

Wie konnte er so einfach von *Ich bin total cool und will mich auf nichts Festes einlassen* zu *Bin in einer festen Beziehung* wechseln? Er hatte einfach einen Schalter umgelegt, gar kein Problem. Ich war noch total unsicher, wie wir uns jetzt verhalten sollten.

Wir verabschiedeten uns von Kim und liefen gemeinsam los, rüber zum großen Hörsaal. Ich ging ein bisschen wie auf Watte, es war alles so neu.

Als wir nach draußen traten, wehte uns ein kühler Wind entgegen, und ich lehnte mich dichter an Caden. Praktisch, dass er immer so warm war. Kurz vor dem Hörsaal sah ich leider die Person, die ich gerade am wenigsten sehen wollte. River. Er schlenderte mit einem Freund über den Campus in eine andere Richtung. Leider wandte er den Kopf im falschen Moment. Sein Blick sprang zwischen Caden und mir hin und her. Es war ziemlich eindeutig, wie das Verhältnis zwischen uns war.

River blieb stehen und wartete, bis wir noch näher herangekommen waren.

»Harmonischer als beim letzten Mal, als ich euch gesehen habe«, sagte er. Seine Augen hatten rote Ränder, die entzündet aussahen. Er wirkte angeschlagen. Vielleicht noch die Spätfolgen vom *Fall Ball X*.

Ich spürte Cadens Anspannung neben mir.

»Hi River«, sagte Caden. »Schräge Party.« Seine Stimme klang erstaunlich ruhig. Nur daran, dass er meine Hand noch etwas fester umschloss, merkte ich, wie angespannt er war.

»Zu schräg für dich offenbar. Du bist ziemlich schnell abgehauen«, erwiderte River.

»Stimmt«, antwortete Caden. »So was brauche ich nicht. Du eigentlich auch nicht.« Er machte eine kleine Pause. »Wir müssen los.« Er zupfte an meinem Arm, und wir liefen weiter Richtung Hörsaal.

»Pearl. Ruf mich an, wenn dir langweilig wird!«, rief River uns nach. Ich merkte, wie Caden sich wieder verspannte.

»Mach ich!«, ich hob die Hand zum Abschied, grinste dabei aber Caden an. »Ich fürchte, du musst dich anstrengen, mich zu unterhalten«, flüsterte ich ihm zu. Ich stupste ihn an, und seine Schultern entspannten sich etwas.

»Komisch, dass ihr mal so gut befreundet wart.«

Caden nickte. »Ja«, sagte er knapp.

»Meinst du, du kannst ihm irgendwann verzeihen? Ich glaube, er ist einfach schlecht darin, Entschuldigung zu sagen. Aber er weiß, glaube ich, dass falsch war, was er damals gemacht hat. Vor allem die Geheimnistuerei. Er hatte wahrscheinlich einfach Angst vor deiner Reaktion. Ich will ihn nicht verteidigen, aber trotzdem.«

Caden nickte. »Ich glaube, ich habe in den letzten vierundzwanzig Stunden mehr Fortschritte beim Verzeihen gemacht als in den letzten zwei Jahren. Aber ohne die Rodeos, die wir zusammen gemacht haben, ist von der Freundschaft ohnehin nicht viel übrig geblieben.«

***

Als wir den Hörsaal betraten, flüsterte er mir zu: »Ich freue mich, eine ganze Stunde neben dir im Dunkeln zu sitzen.«

Oh Gott. Nein. »Caden, bitte nicht in der Öffentlichkeit irgendwelche peinlichen Sachen machen.«

»Ich finde es so schön, wenn du verlegen wirst. Wenn wir allein sind, bist du gar nicht mehr schüchtern.«

»Weil ich dann nicht darüber nachdenke, was ich tue. Aber nicht, wenn alle dabei sind.«

»Lass uns nach ganz hinten setzen.«

»Nein! Wir setzen uns nach vorn, und du hältst dich zurück.«

»Ich werde es probieren.«

Ich boxte ihn in die Seite.

Er zwinkerte. »Keine Angst. Bleibt alles unser Geheimnis. Ich freue mich schon darauf, ganz viele Geheimnisse mit dir zu haben. Ganz viele Dinge, die nur wir beide wissen.«

Wenn ich vorher mal gedacht hatte, dass ich auf irgendeine Vergangenheit von Caden eifersüchtig sein würde, auf seine Erfahrungen mit seiner letzten Freundin, war das jetzt verflogen. Er hatte eine Entscheidung getroffen. Die Entscheidung war ich. Und damit schien alles klar zu sein. Ein warmes Gefühl der Sicherheit durchströmte mich.

»Jin-Hoon wollte später ins *Sweet Dream Valley* gehen. Sollen wir mitgehen? Nur, wenn du Lust hast.«

»Sweet Dream Valley«, wiederholte ich. Es fühlte sich an, als ob mein letzter Besuch dort nicht erst wenige Wochen, sondern eine ganze Ewigkeit her wäre. Ich hatte mich in der kurzen Zeit hier stärker verändert als in Jahren in New York.

***

Ein paar Stunden später lagen wir auf dem Gras unter dem Sternenhimmel. Wir hatten versucht, die gleiche Stelle zu finden, an der wir bei unserem ersten Abend gelegen hatten. Es war viel kälter als damals, und Caden und ich hatten unsere Jacken angelassen.

»Sollen wir fliegen?«, fragte ich.

»Fliegen?«, fragte er erstaunt.

»Das hast du mir doch beigebracht. Ich kann inzwischen minutenlang in den Himmel starren, ohne zu blinzeln.«

Als Antwort gluckste er nur.

»Professor Bernstein hat recht. Die Länge unseres Lebens wirkt so kurz, wenn man weiß, wie viele Millionen von Jahren es das Universum schon gibt. Und dann sind wir auch noch so winzig in Anbetracht der Ausdehnung des Alls. Aber umso größer ist das Wunder, dass wir überhaupt da sind und über diese Welt nachdenken können.«

»Und wenn ich das mit den Paralleluniversen heute richtig verstanden habe, können wir auch noch von Glück reden, dass wir in diesem gelandet sind«, sagte Caden. »Hätte schlimmer kommen können.« Er richtete sich etwas auf und küsste mich kurz auf den Mund. »Okay, lass uns fliegen. Und danach fahren wir zurück.« Dann legte er sich wieder zurück, eine Hand lag in meiner, eine legte er unter seinen Kopf.

Gemeinsam schauten wir nach oben in den Nachthimmel. Er war übersät mit leuchtenden Punkten in unterschiedlichen Größen, sogar dort, wo Wolken den Himmel verdunkelten, drang vereinzelt das Strahlen besonders heller Sterne durch die Wolkendecke. Ich war heilfroh, genau in diesem Universum gelandet zu sein, in dem ich gerade war, mit all den verrückten Dingen, die passiert waren. Und erleichtert, dass das Schicksal mich nach Montana gebracht und ich genau die Entscheidungen getroffen hatte, die mich hierhingeführt hatten, unter diesen Himmel. Zu Caden.

EINS

Das Leben war einfach unfair! Krachend schlug Katie die Tür ihres Schrankfaches zu. Das half. Ein Teil ihrer Wut verflog. Außerdem verstummte das Gespräch neben ihr.

Francine, der Superstar des Jahrgangs, die Cheerleaderin, die Tochter megareicher Eltern, die Fahrerin eines roten Cabrios, sah Katie an. »Ist was?«

Ja! Es war einfach nicht gerecht, dass Katie ihre Hausaufgaben wieder in der Nacht machen musste, weil sie vorher keine Zeit hatte. Es sei denn, ihre Freundinnen sprangen wieder ein und halfen ihr. Selbst wenn Trevor – früher mal Katies heimlicher Schwarm, jetzt Francines Freund – sich für sie interessieren würde, hätte sie gar keine Zeit für einen Freund. Außerdem sah Francines blonde Mähne jeden Tag aus, als ob ein Star-Coiffeur sie gestylt hätte, während es bei Katie nur für einen lockeren Pferdeschwanz reichte. Dabei waren ihre Haare naturblond und nicht gefärbt! Und dann war da noch Francines Flitzer, das rote Cabrio, das den perfekten Gegenpart zu Katies klapprigem Fahrrad bildete. Mist!

Neben Francine sah nun auch Trevor sie abwartend an. Obwohl Katie ihnen gerne wenigstens einen der Punkte an den Kopf geschleudert hätte, brummte sie lediglich etwas von einem klemmenden Schloss. Schließlich konnten ihre Mitschüler nichts dafür, dass Katies Leben so ätzend war – ein ständiger Balanceakt zwischen Schule, dem Job im Diner und der Unmenge von Aufgaben, die sie zu Hause erledigen musste.

Hand in Hand schlenderte das aktuelle Dream-Team des Senior-Jahrgangs der Highschool davon.

Ihr schlechtes Gewissen meldete sich zu Wort. Es war einfach Schicksal, dass ihr Vater diesen Unfall gehabt hatte und heute im Rollstuhl saß. Sie brauchten das Geld für all die Dinge, die nicht von der Versicherung bezahlt wurden, und das waren fast alle. Damit hatte sie wenigstens einen Adressaten für ihren Ärger. Die amerikanische Regierung war echt das Letzte, wenn sie ein Gesundheitswesen duldete, in dem normale Familien durch einen Unfall in den Abgrund gerissen wurden! Und das galt dann auch noch ausgerechnet für einen Mann, der unzählige Male sein Leben riskiert hatte, um andere zu retten.

»Hey, Katie. Hast du genug Löcher in die Luft gestarrt? Wir haben noch eine Doppelstunde Sport, ehe das Wochenende beginnt.«

Wochenende? Katie fuhr zu Megan herum. Ihre Freundin sah sie aus funkelnden grünen Augen erst spöttisch, dann mitleidig an. »Lass mich raten, den Plan für deine Stunden im Diner hast du im Kopf, aber völlig vergessen, dass Freitag ist, oder?«

Da weit und breit kein anderer Schüler war, hatte Katie keine Probleme, ehrlich zu antworten. »Ich habe schon die Sachen für die Hausaufgaben zusammengepackt. Na ja, ich hoffe, ich habe alles erwischt. Sport habe ich ganz vergessen, aber das Herumgehopse spare ich mir. Lennie hat gesagt, dass er mich heute gut früher brauchen kann. Ich fahre in den Diner. Sagst du Ms Simpson, dass ich nach Hause bin? Wegen ... Kopfschmerzen.«

Megan strich sich eine braune Haarsträhne zurück. »Die hattest du das letzte Mal schon, lass dir was anderes einfallen. Und was sage ich zu ihr, wenn sie nach dem Attest von Schwester Alicia fragt?«

Katie grinste. Ihr Gehirn war wieder auf Gegenwart geschaltet, der kurze Anflug von *Die ganze Welt ist fies und gemein* war überwunden. Die Extraschicht im Diner wäre eine Packung der sauteuren Schmerzmittel für ihren Vater, die er oft genug brauchte, um nachts wenigstens ein paar Stunden zu schlafen. Die Chance würde sie sich nicht entgehen lassen. Die Schulkrankenschwester, die unerwartete Krankheitsfälle bestätigen sollte, war kein Problem. »Die ist vorhin schon weggefahren. Ihre kleine Tochter ist krank.«

Megan musterte sie prüfend und trat dann ganz dicht an Katie heran.

»Spinnst du?« Katie wich zurück.

»Natürlich nicht. Ich stelle nur gerade fest, dass deine Augen rot sind. Eindeutig eine Bindehautentzündung. Die ist praktischerweise extrem ansteckend. Ms Simpson wird dir danken, dass du nicht zum Sport kommst.«

»Sind die echt rot?«

»Nö. Und wenn, dann vor Wut.«

Katie musste lachen. Nur Megan und Ruth, ihre

beiden besten und auch einzigen Freundinnen, wussten, wie sehr sie ab und zu mit ihrem Leben haderte. Meistens verbarg sie ihren Unmut ganz gut, aber manchmal brach er an die Oberfläche – und dann knallten eben Schranktüren.

Ihre Freundin umarmte sie kurz. »Nun gefällst du mir schon besser. Melde dich heute Abend bei mir, dann warten die Geschichtshausaufgaben auf dich. Die Ergebnisse von diesem Online-Ankreuzzettel aus Geo habe ich dann auch fertig. Ich schicke dir einen Screenshot, damit du nur noch klicken musst. Ruth wollte sich diese Projektarbeit für Bio ansehen, die nächste Woche fällig ist. Das bekommen wir auch irgendwie geteilt. Aber du übernimmst dafür Mathe, okay?«

Wieder nickte Katie. Sie war einfach nur dankbar, dass ihre Freundinnen einmal mehr ihre Hausaufgaben mit übernahmen. Mathe war kein Problem, das war das einzige Fach, für das Katie nichts tun musste und dennoch immer ihre Eins sicher hatte. Sie war froh, dass sie sich wenigstens etwas revanchieren konnte.

»Danke, ihr seid die Besten.«

»Weiß ich doch. Und damit hast du dann Zeit genug für eine Folge von ›Defenders‹ auf Netflix. Auch wenn ich nie verstehen werde, warum du Jessica Jones so magst. Die ist so nervig.«

»Die ist cool, die hat's echt drauf«, widersprach Katie lachend.

Diese Diskussion hatten sie schon etliche Male geführt, und es wurde nie langweilig. Katie gefiel die

Art, wie die unkonventionelle Superheldin stur ihren Weg ging – ohne sich beirren zu lassen und ohne Rücksicht.

Megan schnaubte. »Ich würde dir ja zu gerne erklären, warum die Frau einfach nur daneben ist, aber dafür habe ich keine Zeit. Und du übrigens auch nicht. Wenn Ms Simpson uns hier beim gemütlichen Plausch erwischt, haben wir beide ein Problem.«

Der Korridor war schon leer, die Schüler entweder in den Unterrichtsräumen oder auf dem Weg in eins der Labore oder in die Sporthalle.

Megan legte Katie die Hand auf den Arm und lächelte. »Wir reden später.«

Ehe Katie etwas antworten konnte, war ihre Freundin weg.

Seufzend machte Katie sich auf den Weg zu ihrem Rad. Das Leben sah schon wieder viel besser aus, nicht mehr dunkelgrau, sondern höchstens hellgrau. Jedenfalls, solange sie stur geradeaus auf die Fahrradständer sah und den Parkplatz, auf dem die Fahrzeuge der Schüler standen, ignorierte. Ein eigenes Auto wäre ein Traum. Ein gebrauchtes würde ja reichen, aber das war finanziell einfach nicht drin.

Ihre Mutter brauchte sie gar nicht erst zu fragen, die würde ihr sofort vorrechnen, was für ein Glück sie hatten, dass Katie sämtliche wichtigen Orte in Fairfax mit dem Rad erreichen konnte. Manchmal hasste sie den Vorort von Washington, D. C., in dem sie lebten. Vorort? Die Bezeichnung passte nicht einmal. Man brauchte ungefähr vierzig Minuten für die zwanzig Meilen in die Hauptstadt. Viel zu viele Pendler hatten diese aufgeblähte Kleinstadt in Virginia als Wohnort gewählt: weil die Luft so schön klar war. Weil die Wälder und Seen traumhaft waren. Weil es an den Schulen keine nennenswerte Kriminalitätsrate gab. Oder anders: weil Fairfax stinklangweilig war.

D.C. hatte coole Ecken, die sie früher gemeinsam mit ihrer Familie erkundet hatte. Aber sie waren schon seit Ewigkeiten nicht mehr in der Hauptstadt gewesen, genauso wenig, wie sie überhaupt irgendeinen Familienausflug unternommen hatten. Früher hatte Katie es geliebt, Zeit mit ihrer Familie zu verbringen, heute war sie froh, wenn sie ihre Ruhe hatte.

Ein Schulbus hupte laut. Erschrocken fuhr Katie zusammen.

Sie musste zum Diner und hatte keine Zeit für Tagträume! Lennie, ihr Boss, war fast zu gut für diese Welt und der beste Arbeitgeber, den man sich wünschen konnte, allerdings hasste er Unpünktlichkeit. Selbst mit verdammt guten Begründungen reagierte er extrem unwirsch auf Verspätungen. Nicht einmal, als die Straßen unter Tiefschnee verschwunden waren, hatte er auch nur den Hauch von Verständnis gezeigt, als sich Betty, seit Jahrzehnten seine oberste Servicedame, um gerade mal zwanzig Minuten verspätet hatte.

Katie sah aufs Display ihres Smartphones. Je nach Stimmung brauchte sie zwischen acht und fünfzehn Minuten für die Strecke von der Highschool zum Diner. Sie hatte noch exakt zehn Minuten. Das musste reichen.

Außerhalb des Berufsverkehrs wurde die Straße, die Katie zu ihrem Nebenjob nehmen musste, nur relativ wenig befahren. Der Radweg in beide Richtungen war gut ausgebaut, rechts und links erstreckte sich Wald. Die Luft roch nach Nadelbäumen, und lautes Vogelgezwitscher war zu hören. Ab und zu sprangen Rehe oder Kaninchen über die Straße, und Katie hielt dann jedes Mal die Luft an. Es wäre ein Albtraum gewesen, wenn eines dieser Tiere überfahren würde.

An Tagen wie heute verzichtete sie darauf, ihre Kopfhörer zu benutzen. Sie liebte Coldplay, aber die Natur war dann doch noch interessanter.

Während sie kräftig in die Pedale trat, erinnerte sie sich an die Spaziergänge mit ihrem Dad an den See, der mitten im Wald lag. Sie waren oft unterwegs gewesen. »Vater-Tochter-Zeit« hatte er es genannt. Jedes Mal hatten sie neue Dinge entdeckt. Ein graues Eichhörnchen, das seine Beute vergrub. Einen bunten Specht, der Löcher in den Stamm hämmerte. Einen gigantischen Pilz, der an einem Baum wuchs. Die Liste hätte sie endlos fortsetzen können. Wieder einmal spürte sie den kleinen Hoffnungsschimmer, dass sich in dem mürrischen, unglücklichen Mann, zu dem ihr Vater geworden war, doch noch etwas von seinem alten Ich versteckte.